In Bushwick, einem noch nicht so schicken Viertel Brooklyns, teilen sich die Brüder Tyler und Barrett eine Wohnung mit Tylers großer Liebe Beth, die an Krebs erkrankt ist und um die sich beide kümmern. Sie sind in den besten Jahren und können noch nicht ganz glauben, dass sich ihre Träume niemals erfüllen werden: Tyler ist immer noch kein genialer Musiker, obwohl er Inspiration beim Kokain sucht, und Barrett, der in einem Secondhandladen arbeitet, trauert seinem letzten Lover nach, der ihn gerade schnöde per SMS abserviert hat. Als Beth sich wider alle Erwartungen zu erholen scheint, glaubt Tyler umso mehr an die Kraft der Liebe, und der Exkatholik Barrett fragt sich, ob das merkwürdige Licht, das er eines Nachts im Central Park am winterlichen Himmel sah, nicht doch irgendwie eine göttliche Vision gewesen sein könnte …

Michael Cunninghams Roman über diese oft verblendeten, aber meist sehr liebenswerten Glücksritter im heutigen New York ist eine Hymne auf den Glauben an die Liebe und das Leben.

MICHAEL CUNNINGHAM, geboren 1952 in Cinicinnati, Ohio, aufgewachsen in Pasadena, Kalifornien, hat mehrere Romane veröffentlicht. Er lebt heute in New York City und Provincetown und unterrichtet Creative Writing an der Columbia University. Sein Roman »Die Stunden« wurde vielfach preisgekrönt, u.a. mit dem Pulitzerpreis und dem PEN/Falkner Award, und wurde in 22 Sprachen übersetzt. Die überaus erfolgreiche Verfilmung »The Hours« mit Meryl Streep, Julianne More und Nicole Kidman wurde mit einem Oscar ausgezeichnet.

MICHAEL CUNNINGHAM BEI BTB

Die Stunden. Roman

Helle Tage. Roman

In die Nacht hinein. Roman

Michael Cunningham

Die Schneekönigin

Roman

Aus dem Amerikanischen
von Eva Bonné

btb

Die Originalausgabe erschien 2014 unter dem Titel
»The Snow Queen« bei Farrar, Straus and Giroux, New York.

MIX
Papier aus verantwortungsvollen Quellen
FSC® C014496

Verlagsgruppe Random House FSC® N001967

1. Auflage
Genehmigte Taschenbuchausgabe Dezember 2016
btb Verlag in der Verlagsgruppe Random House GmbH,
Neumarkter Straße 28, 81673 München

Umschlaggestaltung: semper smile, München
Umschlagmotiv: © Shutterstock/Olaf Naami
Druck und Einband: GGP Media GmbH, Pößneck
CP · Herstellung: sc
Printed in Germany
ISBN 978-3-442-71446-9

www.btb-verlag.de
www.facebook.com/btbverlag
Besuchen Sie auch unseren LiteraturBlog www.transatlantik.de

Dieses Buch ist für Billy Hough

Leer, groß und kalt war es in der Schneekönigin Sälen. Die Nordlichter flammten so genau, dass man sie zählen konnte, wann sie am höchsten und wann sie am niedrigsten standen. Mitten in diesem leeren unendlichen Schneesaal war ein zugefrorener See, der war in tausend Stücke zersprungen; aber jedes Stück war dem andern so gleich, dass es ein vollkommenes Kunstwerk war. Und mitten auf dem See saß die Schneekönigin, wenn sie zu Hause war, und dann sagte sie, dass sie im Spiegel des Verstandes säße und dass dieser der einzige und der beste in der Welt sei.

Hans Christian Andersen, *Die Schneekönigin*

Ein Abend

Ein himmlisches Licht erschien Barrett Meeks über dem Central Park, vier Tage nachdem die Liebe ihm wieder einmal übel mitgespielt hatte. Es war keineswegs sein erster romantischer Fußtritt gewesen, aber der erste, der ihm mittels einer fünfzeiligen SMS versetzt wurde, deren fünfte Zeile aus vernichtend unpersönlichen Wünschen für eine glückliche Zukunft bestand, gefolgt von drei kleingeschriebenen x.

Während der vergangenen vier Tage hatte Barrett sein Bestes getan, um sich durch diese Abfolge von, der Eindruck drängte sich auf, zunehmend lapidaren und lauwarmen Trennungen nicht entmutigen zu lassen. Als er noch unter dreißig war, endeten seine Liebesbeziehungen für gewöhnlich mit Weinkrämpfen und Geschrei, so laut, dass die Hunde der Nachbarschaft mit einstimmten. Einmal hatten er und sein zukünftiger Ex einander mit Fäusten traktiert (Barrett kann immer noch hören, wie der Tisch umkippt, die Pfeffermühle im Halbkreis über den Dielenboden rollt). Ein anderes Mal: eine lautstarke Auseinandersetzung in der Barrow Street, eine zerbrochene Flasche (bis heute assoziiert Barrett mit »verknallen« grüne Glasscherben auf dem Gehweg unter einer Straßenlaterne) und eine Frauenstimme, die aus einer dunklen, tiefer gelegenen Fensteröffnung kam und einfach nur fragte, weder schrill noch streng: »Könnt ihr Jungs denn nicht verstehen, dass hier Leute wohnen? Wir wollen schlafen«, und dabei klang wie eine erschöpfte Mutter.

Als Barrett dann Mitte und noch später Ende dreißig war, nahmen die Trennungen allmählich den Charakter von Geschäftsverhandlungen an. Sie kamen nicht ganz ohne Kummer und Vorwürfe aus, gestalteten sich aber fraglos weniger hysterisch. Sie ähnelten eher Verträgen oder Investitionen, die, unglücklicherweise und trotz vielversprechender Aussichten auf hohe Gewinne, schiefgelaufen waren.

Diese Trennung war jedoch die erste, die via SMS vollzogen wurde und deren Abschiedsgruß ungebeten und unerwartet auf einem Bildschirm erschien, der nicht größer war als ein Stück Hotelseife. *Hi Barrett ich glaube du weißt was jetzt kommt. Hey wir haben es immerhin versucht oder?*

Barrett hatte jedoch keine Ahnung gehabt, was kommen würde. Er verstand die Nachricht natürlich – die Liebe und die Zukunft, die sie bringen mochte, waren abgesagt. Aber *ich glaube du weißt was jetzt kommt*? Diesen Satz könnte ein Dermatologe nach dem jährlichen Check-up fallenlassen. *Ich vermute, Sie ahnen schon, dass es sich bei dem Schönheitsfleck auf Ihrer Wange, jenem kleinen, schokobraunen Punkt, der verschiedentlich als eines Ihrer reizendsten Merkmale bezeichnet wurde (wer hatte gleich gesagt, Marie Antoinettes aufgemalte Version habe sich an exakt derselben Stelle befunden?), in Wahrheit um Hautkrebs handelt.*

Barretts erste Reaktion erfolgte auf gleichem Wege, per SMS. Eine E-Mail hätte altmodisch, ein Anruf verzweifelt gewirkt. So tippte er auf winzigen Tasten: *Wow das kommt überraschend wie wäre es wenn wir kurz reden, bin da wo ich immer bin. xxx.*

Im Laufe des zweiten Tages hatte Barrett zwei weitere SMS abgeschickt, gefolgt von zwei Sprachnachrichten, und den größten Teil des zweiten Abends war er damit beschäftigt gewesen, keine dritte zu hinterlassen. Bis zum Ende von Tag drei hatte er nicht nur keine wie auch immer geartete Antwort erhalten, sondern auch angefangen einzusehen, dass er keine mehr bekommen würde; dass der stämmige, nachdenkliche Doktorand aus Kanada (Psychologie, an der Columbia), mit dem er sechs Monate lang Tisch, Bett und Privatsphäre geteilt hatte, der Mann, der gesagt hatte: »Ich könnte dich lieben«, nachdem Barrett beim gemeinsamen Bad Frank O'Haras »Ave Maria« rezitiert hatte, der Mann, der die Namen aller Bäume kannte, als sie das Wochenende in den Adirondacks verbrachten, einfach weiterzog; dass Barrett am Bahnsteig zurückgelassen worden war und sich wunderte, wie es dazu kommen konnte, dass er ganz offensichtlich den Zug verpasst hatte.

Ich wünsche dir für die Zukunft Glück und Zufriedenheit. xxx.

Am vierten Abend durchquerte Barrett nach einem Zahnarztbesuch, der ihm einerseits deprimierend banal erschien, andererseits seine seelische Stärke bewies, den Central Park. Bitte sehr, servier mich in fünf nichtssagenden und verletzend unpersönlichen Zeilen ab. *(Tut mir leid dass es sich nicht entwickelt hat wie erhofft, aber ich weiß wir haben beide unser Bestes gegeben.)* Deinetwegen werde ich meine Zähne nicht vernachlässigen. Ich werde froh sein, froh und dankbar dafür, dass ich nun doch keine Wurzelbehandlung brauche.

Dennoch. Die Vorstellung, dass er sich ohne jede Vorbereitungszeit damit abfinden musste, niemals mehr die reine, unbeschwerte Anmut dieses jungen Mannes erleben zu dürfen, der den gelenkigen, unschuldigen, schwärmerisch porträtierten Athleten eines Thomas Eakins so ähnlich sah; die Vorstellung, dass er nie wieder sehen würde, wie der Junge sich aus seinem Slip schälte, bevor er ins Bett stieg, nie wieder sein überbordendes, unschuldiges Entzücken über kleine Überraschungen erleben würde (ein von Barrett selbst aufgenommenes Leonard-Cohen-Mixtape mit dem Titel *Why Don't You Just Kill Yourself*; ein Sieg der New York Rangers), erschien ihm buchstäblich als Unmöglichkeit, als ein Verstoß gegen die Naturgesetze der Liebe. Ebenso der Umstand, dass Barrett voraussichtlich niemals erfahren würde, was so furchtbar schiefgelaufen war. In den letzten Wochen hatten sie gelegentlich gestritten, sich betreten angeschwiegen. Doch Barrett war immer davon ausgegangen, dass sie lediglich in die nächste Phase eintraten; dass ihre Meinungsverschiedenheiten (Meinst du, du könntest versuchen, wenigstens *manchmal* pünktlich zu sein? Warum machst du mich in Gegenwart meiner Freunde so nieder?) ein Hinweis auf wachsende Vertrautheit waren. Er hätte sich nicht ansatzweise vorgestellt, eines Morgens beim Blick auf sein Handy erkennen zu müssen, dass die Liebesmüh verloren war, und zwar mit ungefähr demselben Maß an Bedauern, wie man es nach dem Verlust einer Sonnenbrille empfinden würde.

Am Abend der Erscheinung – Barrett war soeben vom Fluch der drohenden Wurzelbehandlung befreit worden und hatte gelobt, pflichtbewusster Zahnseide zu benutzen – ging er über die große Wiese in Richtung der illuminierten, gletscherartigen Masse des Metropolitan Museum. Seine Schritte knirschten über den vereisten, silbergrauen Schnee. Barrett nahm die Abkürzung zur Linie 6, von den Ästen der Bäume fielen Tropfen auf ihn herab, er war froh, endlich zu Tyler und Beth nach Hause fahren zu können, froh, erwartet zu werden. Er fühlte sich betäubt, so als hätte man seinem ganzen Sein Novocain gespritzt. Er fragte sich, ob er mit seinen achtunddreißig Jahren im Begriff war, sich von einer Figur tragischer Leidenschaft, vom reinen Tor der Liebe in einen

Nullachtfünfzehn-Manager zu verwandeln, der, während er ein Geschäft abschreibt (ja, das Portfolio des Unternehmens hat Verluste gemacht, aber das ist keine Katastrophe), schon an das nächste denkt, mit neuer, wenn auch leicht realistischerer Hoffnung. Er fühlte sich nicht mehr genötigt, zum Gegenangriff überzugehen, im Stundentakt Nachrichten auf dem Anrufbeantworter zu hinterlassen oder vor dem Haus des Ex Wache zu stehen, obwohl er noch vor zehn Jahren genau das getan hätte: Barrett Meeks, Soldat der Liebe. Inzwischen empfand er sich als gealtert und verarmt. Wenn er ein Drama aus Wut und Leidenschaft inszeniert hätte, dann nur, um zu verschleiern, dass er bankrott war, dass er elend war, bitte, Bruder, hast du eine kleine Spende?

Mit hängendem Kopf lief Barrett durch den Park, nicht aus Scham, sondern ermattet, als wäre sein Kopf zu schwer, um aufrecht getragen zu werden. Sein Blick fiel auf die bescheidene, blaugraue Pfütze seines eigenen Schattens, die vom Laternenlicht auf die Schneedecke geworfen wurde. Er sah seinen Schatten über einen Kiefernzapfen gleiten, über angedeutete Runen aus Kiefernnadeln, über die Verpackung eines Oh-Henry!-Schokoriegels (wurden die immer noch hergestellt?), die knisternd vorbeiflatterte wie zerfetztes, vom Wind getragenes Silber.

Die Miniaturlandschaft zu seinen Füßen kam ihm ganz plötzlich unerträglich winterlich und nüchtern vor. Er hob den schweren Kopf und blickte empor.

Da war es. Ein blasses, türkisblaues Licht, transparent, ein Schleierfetzen, sternenhoch, nein, es stand tiefer als die Sterne, aber weit oben; höher als ein Raumschiff schwebte es über den Baumwipfeln. Es breitete sich langsam aus oder vielleicht auch nicht, war im Zentrum verdichtet und lief zu den Rändern hin in Rüschen und Spiralen aus.

Barrett hielt es für ein Nordlicht, das sich zu weit nach Süden verirrt hatte, ein nicht gerade gewöhnlicher Anblick über dem Central Park, aber als er da stand – ein Fußgänger mit Mantel und Schal auf einer laternenbeschienenen Eisfläche, betrübt und enttäuscht, aber ansonsten ziemlich normal – als er zu dem Licht emporblickte, das vermutlich gerade die Nachrichten beherrschte – als er sich fragte, ob er an seinem Standort verharren und die Überraschung für sich behalten oder loslaufen und sich nach einem Zeugen umschauen sollte – da waren noch andere Leute, dunkle Scherenschnitte, dort drüben auf der großen Wiese verteilt …

In dieser Unentschiedenheit, dieser Unbeweglichkeit, fest verankert in seinen Timberlands, ging es ihm auf. Er glaubte, nein, er wusste mit Sicherheit, dass das Licht, zu dem er hinaufsah, auf ihn heruntersah.

Nein. Es sah nicht. Es *verstand*. Wie ein Wal vielleicht, der den Schwimmer versteht, mit gravitätischer und majestätischer und vollkommen furchtloser Neugier.

Er konnte die Aufmerksamkeit des Lichtes als Kribbeln spüren, das ihn durchlief wie ein schwacher Stromstoß; eine sanfte, angenehme Spannung, die ihn durchdrang, ihn wärmte, ihn möglicherweise sogar ein ganz kleines bisschen zum Leuchten brachte, so dass er um ein oder zwei Nuancen heller war als zuvor; phosphoreszierend, doch auf eine rosa Weise, auf menschliche Weise, ohne jede Ähnlichkeit mit waberndem Sumpfgas, nur eine Ansammlung von schwach schimmerndem Blut-Licht dicht unter der Haut.

Und dann, weder langsam noch schnell, löste das Licht sich auf. Es verblich zu unzusammenhängenden, blassblauen Funken, die irgendwie belebt schienen, wie der verspielte Nachwuchs eines gelassenen, gigantischen Elternteils. Dann erloschen auch sie, und der Himmel sah aus wie vorher, wie immer.

Er blieb eine Weile stehen und beobachtete das Firmament, als wäre es ein Fernsehschirm, der urplötzlich dunkel geworden war und ebenso unerklärlicherweise wieder aufleuchten könnte. Doch der Himmel bot ihm nichts als die ewig gleiche, gepanschte Finsternis (die Lichter von New York ließen die nächtliche Schwärze ergrauen) und die spärlich gesäten Stecknadelköpfe jener Sterne, die stark genug leuchteten, um überhaupt sichtbar zu sein. Schließlich setzte er seinen Heimweg zu Beth und Tyler fort, zu den bescheidenen Annehmlichkeiten der Wohnung in Bushwick.

Was hätte er sonst tun sollen?

November 2004

Im Schlafzimmer von Tyler und Beth schneit es. Wirbelnder Schnee – harte, kleine Eiskugeln, eher Luftgewehrmunition als Flocken, eher grau als weiß im trüben Morgenlicht – legt sich auf die Holzdielen und auf das Fußende des Betts.

Tyler erwacht aus einem Traum, der sich fast augenblicklich auflöst und nur das vage Gefühl einer unverdienten Freude zurücklässt. Als er die Augen öffnet, ist ihm beinahe so, als wären die Schneegespinste, die durchs Zimmer treiben, Teil seines Traums, die Manifestation einer eisigen, göttlichen Gnade. Aber es handelt sich in der Tat um echten Schnee, der durchs Fenster, das er und Beth gestern Abend nicht geschlossen haben, hereinweht.

Beth schläft eingerollt im Halbkreis von Tylers Arm. Sanft macht er sich los und steht auf, um das Fenster zu schließen. Er geht barfuß über den schneebestäubten Boden und tut, was getan werden muss. Es ist befriedigend. Er ist hier der Vernünftige. In Beth hat er endlich jemanden gefunden, der noch unpragmatischer ist als er, auf eine romantische Art. Wenn Beth wach wäre, würde sie ihn höchstwahrscheinlich bitten, das Fenster offen zu lassen. Sie würde Gefallen daran finden, ihr kleines, vollgestelltes Schlafzimmer (überall stapeln sich Bücher, außerdem kann Beth einfach nicht von ihrer Gewohnheit lassen, auf der Straße gefundene Schätze nach Hause zu tragen – die Hulamädchenlampe, die sich, rein theoretisch, reparieren ließe; der verbeulte Lederkoffer; die beiden hohen und staksigen, mädchenhaften Stühle) als überdimensionierte Schneekugel zu sehen.

Tyler schließt das Fenster, mit Nachdruck. Alles in dieser Wohnung ist verzogen. Ließe man mitten im Wohnzimmer eine Murmel fallen, würde sie schnurstracks zur Wohnungstür hinausrollen. Als er den Fensterrahmen hinunterdrückt, schießt eine finale Schneefurie herein, als wollte sie ihre letzte Chance nutzen, um … um was zu tun? … um sich die vernichtende Wärme im Schlafzimmer von Tyler und Beth nicht entgehen zu lassen, diese einmalige Gelegenheit, sich in der Hitze aufzulösen? … Als die Miniaturbö an ihm vorbeifegt, fliegt ihm etwas ins Auge, ein Staubkorn oder vielleicht auch ein verhärteter, mikroskopisch kleiner Eiskristall, spitz wie die denkbar kleinste Glasscherbe. Tyler reibt sich das Auge, scheint nicht heranzukommen an den Splitter, der sich dort festgesetzt hat. Es fühlt sich an wie eine Verwandlung, als hätte der klare Splitter sich an seine Augenhornhaut angehaftet, und so steht er nun mit einem klaren und einem triefenden Auge da und beobachtet, wie die Schneeflocken sich an die Fensterscheibe werfen. Es ist noch nicht einmal sechs Uhr. Draußen ist alles weiß, überall. Die älteren Schneehaufen, die tagtäglich vor das benachbarte Parkhaus geschoben werden – sie haben sich zu grauen Miniaturbergen verdichtet, hier und da mit giftigen Rußflocken besprenkelt –, sehen nun, vorübergehend, alpin aus, wie ein Weihnachtskartenmotiv; allerdings ein Weihnachtskartenmotiv, aus dem man sich die kakaobraune Betonfassade des leeren Lagerhauses (an dem immer noch der Geist des Wortes »Beton« prangt, es ist zwar verblasst, aber noch erkennbar, so als beharre das zu lange vernachlässigte Gebäude darauf, der Welt seinen Namen mitzuteilen) wegdenken muss, genauso die noch schlummernde Straße, über der das Neon-Q des LIQUOR-Schildes flackert und brummt wie ein Notsignal. Doch selbst in dieser unspektakulären Stadtlandschaft – in diesem verwunschenen, halbleeren Viertel, wo das ausgebrannte Gerippe eines alten Buick (seltsam fromm in seiner verrosteten, ausgeweideten und besprayten absoluten Nutzlosigkeit) seit einem Jahr unter Tylers Fenster am Straßenrand steht – entlockt das Licht vor der Morgendämmerung allem eine schauerliche Schönheit, ein Gefühl von schäbiger, aber noch nicht ganz toter Hoffnung. Sogar in Bushwick. Da fällt er, der neue Schnee, echter Schnee, makellos, mit einem Hauch von Segen, als hätte sich irgendeine Firma, die die besseren Wohnviertel mit Stille und Eintracht versorgt, in der Adresse geirrt.

Wenn man an einem bestimmten Ort lebt, in bestimmten Verhältnissen, sollte man unbedingt lernen, das kleine Glück wahrzunehmen.

Und wenn man wie Tyler hier lebt, in dieser behäbig verarmten Gegend mit alternden Aluminiumverkleidungen, mit Lagerhallen und Parkplätzen, allesamt utilitaristisch, allesamt eher auf der billigen Seite, mit kleinen Ladengeschäften, die sich gerade so halten können, mit entmutigten Einwohnern (aus der Dominikanischen Republik, größtenteils; Menschen, die beträchtliche Mühen auf sich genommen haben, um hier zu leben, die große Hoffnungen hatten, gehabt haben müssen, welche Bushwick nicht erfüllen konnte), die pflichtbewusst zu oder von ihren Mindestlohnjobs trotten, als ließe sich die Niederlage nicht mehr abwenden, als müsse man sich glücklich schätzen, überhaupt etwas zu haben. Die Gegend ist nicht einmal mehr besonders gefährlich; selbstverständlich geschieht hier und da ein Überfall, aber inzwischen scheinen selbst die Kriminellen den Antrieb verloren zu haben. An einem Ort wie diesem ist Glück schwer zu fassen. Es ist nicht leicht, an einem Fenster zu stehen und zuzusehen, wie sich der Schnee federleicht auf die überquellenden Mülltonnen (die unberechenbaren Müllwagen scheinen sich nur sporadisch daran zu erinnern, dass es auch hier Müll abzuholen gilt) und das rissige Kopfsteinpflaster legt, ohne an seine bevorstehende Degeneration zu denken, den graubraunen Matsch, die braunen Tümpel und knöcheltiefen Pfützen an jeder Straßenecke, auf denen Zigarettenkippen und kleine Bälle aus Kaugummifolie (Katzensilber) treiben.

Tyler sollte sich wieder ins Bett legen. Wer weiß, vielleicht wacht er nach einem Intermezzo aus Schlaf in einer Welt auf, deren Reinheit fortgeschrittener, resoluter ist, eine Welt, die einen noch dickeren weißen Mantel über ihr Fundament aus Mühsal und Asche gebreitet hat.

Er zögert jedoch, den Fensterplatz in diesem Zustand halbgarer Wehmut aufzugeben. Jetzt zu Bett zu gehen wäre, als sähe er ein subtil anrührendes Theaterstück, das weder glücklich noch tragisch endet, sondern einfach ausläuft, bis keine Schauspieler mehr auf der Bühne stehen; bis das Publikum begreift, dass das Stück vorbei ist, dass es an der Zeit ist, aufzustehen und den Theatersaal zu verlassen.

Tyler hat versprochen, sich zurückzuhalten. Er war sehr erfolgreich während der letzten paar Tage. Aber jetzt, genau jetzt liegt ein metaphysischer Notfall vor. Beth geht es nicht schlechter, aber auch nicht besser. Die Knickerbocker Avenue wartet geduldig das kurze Zwischenspiel versehentlicher Schönheit ab, bevor sie sich wieder in ihrem eigentlichen Zustand zeigen kann, voller Schneematsch und Pfützen.

Also gut. Heute Morgen wird er eine Ausnahme machen.

Es wird ihm ein Leichtes sein, in die Spur der Unnachgiebigkeit zurückzufinden. Bloß ein bisschen Antrieb, wo Antrieb gebraucht wird.

Er geht zum Nachttisch, nimmt das Fläschchen heraus und zieht hastig ein paar Lines.

Und da ist es. Da ist der Stich der Lebendigkeit. Tyler ist zurück von seiner nächtlichen Schlafreise, er ist ganz Klarheit und Ziel; er hat seine Zugehörigkeit zur Welt der Menschen erneuert, die nach etwas streben und miteinander in Verbindung stehen, Menschen, die es ernst meinen, die brennen und verlangen, die nichts vergessen, die hellwach und unerschrocken durchs Leben schreiten.

Er kehrt ans Fenster zurück. Falls der vom Wind getragene Eiskristall vorhatte, mit seinem Augapfel zu verschmelzen, so ist die Verwandlung geglückt; mit Hilfe des winzigen Wunderspiegels kann er jetzt noch klarer sehen …

Da ist wieder die Knickerbocker Avenue, und ja, bald wird sie in ihren Dauerzustand der Irgendwoheit zurückversetzt sein, nicht, dass Tyler es vergessen hätte, aber die rußige Zukunft zählt nicht, ganz ähnlich wie der Schmerz, von dem Beth immer behauptet, er werde vom Morphium zwar nicht ausgelöscht, aber beiseitegeschoben, bedeutungslos gemacht, zum Beiprogramm degradiert, verstörend (Sehen Sie den Schlangenjungen! Sehen Sie die bärtige Frau!), aber fern und, natürlich, ein Scherz, nichts als Mastix und Latex.

Tylers eigener, viel kleinerer Schmerz, die Klammheit seiner inneren Abläufe, der vielen Kabel, die in seinem Gehirn zischen und Funken sprühen, ist vom Kokain wie weggeblasen. Vor einem Augenblick noch war er ganz fahrig und voller Sarkasmus, aber nun – schneller Sog harscher Magie – ist er nur noch Scharfsinn und Verve. Er hat sein Kostüm abgeworfen, und der wahre Anzug seines Selbst passt wie angegossen. Tyler ist ein Einmannpublikum, das zu Beginn des einundzwanzigsten Jahrhunderts nackt an einem Fenster steht, während die Hoffnung in seinem Brustkorb klappert. Es scheint denkbar, dass alle Überraschungen (er hatte eigentlich nicht geplant, mit dreiundvierzig ein unbekannter Musiker zu sein, in erotisierter Keuschheit mit seiner sterbenden Freundin und seinem kleineren Bruder zusammenzuleben, der sich, langsam und allmählich, von einem jungen Hexenmeister in einen nicht mehr so jungen, müden Zauberer verwandelt hat, der zum zehntausendsten Mal Tauben aus einem Zylinder zieht) Teil einer rätselhaften Kraft gewesen sind, zu immens, um als solche erfasst zu werden; eine bestimmte Ansammlung vertaner Chancen und verworfener Pläne und Frauen, die immer nur fast die Richtige waren, was ihm seinerzeit alles willkürlich erschien, ihn aber an diesen Punkt geführt hat, an dieses Fenster, in dieses schwierige, aber interessante Leben, zu störrischer Liebe, einem immer noch straffen Bauch (den Drogen sei Dank) und einem Knüppel von Schwanz (seinem), während die Republikaner auf dem absteigenden Ast sind und eine neue Welt, kalt und klar, im Begriff ist, zu entstehen.

Tyler wird einen Lappen holen und den geschmolzenen Schnee von den Dielen wischen. Er wird sich darum kümmern. Er wird Beth und Barrett mit reiner Liebe überschütten. Er wird sie hegen und pflegen, eine zusätzliche Schicht in der Bar übernehmen, den Schnee und alles, was er berührt, als Glück wahrnehmen. Er wird sie aus dieser trostlosen Wohnung holen, sich mit Leidenschaft ins Herz der Welt singen, einen Agenten finden, alles unter einen Hut bekommen, rechtzeitig die Bohnen für das Cassoulet einweichen, Beth pünktlich zur Chemo bringen, weniger koksen und das Dilaudid ganz weglassen, endlich *Rot und Schwarz* zu Ende lesen. Er wird Beth und Barrett halten, sie trösten, sie daran erinnern, wie wenig Grund zur Sorge besteht, sie ernähren und ihnen genau die Geschichten erzählen, in denen sie mehr von sich selbst entdecken können.

Draußen folgt der Schneefall einer Drehung des Windes, und es ist, als hätte eine gütige Macht, ein riesiger, unsichtbarer Zuschauer verstanden, was Tyler sich wünscht, noch bevor er selbst darauf kommt – eine plötzliche Bewegung, eine Veränderung, die den sanft und stetig sinkenden Schnee aufwirbelt und in flatternde Laken verwandelt, in eine luftige Karte der Windströme; und ja – Tyler, bist du bereit? –, es ist an der Zeit, die Tauben herauszulassen, fünf an der Zahl, auf das Dach des Schnapsladens, es ist an der Zeit, sie fliegen zu lassen und sie dann (schaust du hin?), versilbert vom frühen Tageslicht, gegen die windgetriebenen Schneeflocken zu lenken, sie mühelos nach Westen segeln zu lassen, in die aufgewühlte Luft hinein, die den Schnee zum East River bläst (wo Lastkähne, weiß wie Eisschiffe, durch das kabbelige Wasser pflügen); und ja, genau, einen Moment später ist es an der Zeit, die Straßenbeleuchtung zu löschen und gleichzeitig einen Truck um die Ecke der Rock Street zu schieben, dessen Scheinwerfer noch leuchten und auf dessen flachem Aluminiumdach kleine Warnlichter blinken, granat- und rubinrot, es ist perfekt, es ist phantastisch, vielen Dank.

Barrett läuft mit nacktem Oberkörper durch das Schneegestöber. Seine Brust ist scharlachrot; sein Atem explodiert in Dampfwölkchen. Er hat einige wenige, unruhige Stunden lang geschlafen. Nun dreht er seine morgendliche Runde. Er hat festgestellt, dass er in dieser durchaus gewöhnlichen Tätigkeit Trost findet, er sprintet die Knickerbocker entlang und hinterlässt eine kleine, schnell verdampfende Spur aus Atemstößen, wie eine Lokomotive, die durch ein verschlafenes, schneebedecktes Dorf rumpelt. Wobei sich Bushwick tatsächlich wie ein echtes Dorf anfühlt, das einer strukturellen Dorflogik zu gehorchen scheint (im Gegensatz zu seinem wahren Zustand planlos aneinandergereihter Gebäude mit Baulücken voll Geröll, ohne Zentrum und ohne Randbezirke), aber nur bei Tagesanbruch, nur in dieser eisigen Stille, die bald ein Ende finden wird. Bald werden die Delis und die Geschäfte auf der Flushing öffnen, Autohupen werden blöken, und der Irre – dreckig und orakelhaft, vor Wahnsinn glühend, ein tobender, gedemütigter Heiliger – wird, gewissenhaft wie ein Wachmann, seinen Platz an der Ecke von Knickerbocker und Rock Street einnehmen. Aber im Augenblick, für diesen Augenblick, ist es ruhig. Die Knickerbocker liegt gedämpft und keimend und traumlos da, leer, abgesehen von einigen Autos, die sich vorsichtig vorwärtsschieben und mit ihrem Scheinwerferlicht den fallenden Schnee zerteilen.

Seit Mitternacht kommt es herunter. Der Schnee stürzt und wirbelt, während die Sonne aufgeht und der Himmel anfängt, kaum merklich von einem nächtlichen, schwärzlichen Braun ins leuchtende, samtige Grau des frühen Morgens umzuschlagen, in New Yorks einzigen unschuldigen Himmel.

Gestern Abend ist der Himmel aufgewacht, er hat ein Auge geöffnet und nicht mehr und nicht weniger gesehen als Barrett Meeks, der, auf dem Heimweg und in seinem Mantel im Kosakenstil, auf der vereisten Platte des Central Park stand. Der Himmel hat ihn betrachtet, er hat ihn wahrgenommen und das Auge wieder geschlossen, um sich, Barrett kann es nur imaginieren, wieder den interessanteren, in leuchtenden Galaxien herumwirbelnden Träumen hinzugeben.

Eine Befürchtung: Gestern Abend war nichts, es war nur ein Echo, ein versehentlicher Blick hinter den himmlischen Vorhang, einer jener dummen Zufälle. Barrett ist ebenso wenig »erwählt«, wie ein Zimmermädchen dazu auserkoren wäre, in die Familie einzuheiraten, nur weil sie den ältesten Sohn nackt gesehen hat, auf dem Weg ins Bad, als er dachte, im Flur wäre niemand.

Eine weitere Befürchtung: Gestern Abend war etwas, doch es ist unmöglich zu wissen oder auch nur zu erahnen, was es war. Barrett, ein widerspenstiger, querköpfiger Katholik schon zu Grundschulzeiten (der graugeäderte Marmorjesus am Eingang der Transfiguration School war *sexy*, er hatte Sixpack und Bizeps und dieses traurige, jungfräuliche Gesicht), kann sich nicht erinnern, nicht einmal aus dem Mund der Nonnen, die an ihm verzweifelten, je von einer dermaßen willkürlich gewährten Vision gehört zu haben, der zudem jeder Kontext fehlte. Visionen sind Antworten. Antworten setzen Fragen voraus.

Nicht, dass Barrett keine Fragen hätte. Wer hat die nicht? Aber dafür braucht er nicht unbedingt die Antwort eines Propheten oder eines Orakels. Selbst wenn sich ihm die Gelegenheit böte, würde er kaum wollen, dass ein barfüßiger Jünger einen schummrig beleuchteten Korridor hinunterläuft und den Seher stört, um zu fragen: Warum stellen sich alle Geliebten von Barrett Meeks als sadistische Deppen heraus? Oder: Welche Tätigkeit wird Barretts Interesse länger fesseln als sechs Monate?

Was also – falls gestern Abend eine Intention dahintersteckte, falls das himmlische Auge eigens für Barrett geblinzelt hat – war verkündet worden? Was genau sollte er nach Ansicht des Lichtes *tun*?

Als er nach Hause kam, fragte er Tyler, ob er es auch gesehen habe (Beth lag im Bett, in der Umlaufbahn gehalten von der wachsenden Anziehungskraft ihrer Dämmerzone). Als Tyler sagte: »Was soll ich gesehen haben?«, stellte Barrett überrascht fest, dass er zögerte, vom Licht zu erzählen. Natürlich aus offensichtlichen Gründen – wer wollte schon von seinem großen Bruder für verrückt gehalten werden? –, aber zugleich drängte sich Barrett das unbestimmte Gefühl auf, dass hier Verschwiegenheit angebracht war, als sei er stillschweigend instruiert worden, niemandem ein Wort zu verraten. Also dachte er sich spontan etwas aus, Unfall mit Fahrerflucht an der Ecke Thames Street.

Und dann überflog er die Nachrichten.

Nichts. Die Wahlen, natürlich. Und die Neuigkeit, dass Arafat im Sterben lag; dass die Foltergerüchte aus Guantánamo bestätigt wurden; dass eine ungeduldig erwartete

Weltraumkapsel mit Sonnenproben zerschellt war, weil der Fallschirm sich nicht geöffnet hatte.

Aber kein Nachrichtensprecher mit kantigem Kinn, der Augenkontakt mit der Kamera suchte und verkündete: *Heute Abend hat Gottes Auge auf die Erde niedergeblickt …*

Barrett kochte das Abendessen (von Tyler kann man dieser Tage nicht verlangen zu bedenken, dass Menschen regelmäßig essen müssen, und Beth ist zu krank). Er gestattete sich, erneut über seine letzte verlorene Liebe nachzugrübeln. Vielleicht lag es an jenem Telefonat spätabends, bei dem Barrett gleich gespürt hatte, dass er schon viel zu lange über den bescheuerten Kunden redete, der vor dem Kauf eines bestimmten Sakkos unbedingt wissen wollte, ob es unter gewaltfreien Bedingungen genäht worden sei – manchmal kann Barrett ein ganz schöner Langweiler sein, nicht wahr? –, oder vielleicht lag es an dem Abend, als er gleich mit dem ersten Stoß die weiße Kugel vom Tisch befördert und die Lesbe sich zu ihrer Freundin umgedreht hatte, um einen Kommentar zu tuscheln (manchmal kann er auch ganz schön peinlich sein).

Seine mannigfaltigen Missetaten beschäftigten ihn allerdings nicht lange. Er hatte etwas Unmögliches gesehen. Etwas, das offenbar niemand sonst gesehen hatte.

Er kochte das Essen. Er versuchte, die Liste der Gründe, warum er abserviert worden war, zu verlängern.

Und jetzt, am Morgen danach, geht er joggen. Warum auch nicht?

Als er an der Kreuzung von Knickerbocker und Thames über eine zugefrorene Pfütze springt, gehen die Straßenlaternen aus. Nun, da sich ihm ein ganz anderes Licht gezeigt hat, meint er einen wie auch immer gearteten Zusammenhang zwischen dem Sprung und dem Erlöschen zu erkennen, als hätte er, Barrett, mit seinem Sprung die Straßenbeleuchtung abgeschaltet. Als könnte ein einsamer Mann auf seiner morgendlichen Dreimeilenrunde den neuen Tag anstoßen.

Da ist ein Unterschied, der Unterschied zwischen gestern und heute.

Tyler ringt mit dem Impuls, im Schlafzimmer auf das Fensterbrett zu steigen. Er denkt nicht an Selbstmord. Scheiße, nein. Und außerdem, falls er doch an Selbstmord denkt, er befindet sich im ersten Stock. Da bricht er sich höchstens ein Bein, vielleicht – nur vielleicht – schlägt sein Kopf so hart auf dem Asphalt auf, dass es für eine Gehirnerschütterung reicht.

Aber die Geste wäre jämmerlich – die Versagerversion des resigniert trotzigen, letztendlich eleganten Entschlusses, *es reicht* zu sagen und im Walzerschritt von der Bühne zu tanzen. Er spürt kein Verlangen, mit gespreizten Gliedern auf dem Gehweg zu liegen, ein bisschen verdreht und zerschrammt nach dem Sprung in eine Leere, die keine sechs Meter tief ist.

Er denkt nicht an Selbstmord, er denkt lediglich darüber nach, wie es wäre, sich dem Sturm vollends auszusetzen und die Nadelstiche von Wind und Schnee noch deutlicher zu spüren. Das Problem (eines der Probleme) an dieser Wohnung ist, dass man entweder drinnen sein und zum Fenster hinausschauen oder draußen auf der Straße stehen und zum Fenster hinaufschauen kann. Es wäre ja so schön, so wunderbar, nackt in der Witterung zu stehen; sich ihr ganz auszuliefern.

Weil er keine Wahl hat, begnügt er sich damit, sich so weit wie möglich hinauszulehnen, was kaum mehr bringt als einen frostigen Windschlag ins Gesicht und ein paar Schneeflocken, die sich in seinen Haaren verfangen.

Zurück vom Joggen, betritt Barrett die Wohnung, tritt in Wärme und Geruch ein: in den feucht-holzigen Saunadampf, den die alten Heizkörper ausatmen; den pudrigen Duft von Beths Medikamenten; die Lack- und Farbaromen, die sich hartnäckig zu verfliegen weigern, so als widersetzte sich dieses Drecksloch allen Verbesserungsversuchen; als könnte und wollte der Geist, der dem Gebäude innewohnt, nicht glauben, dass die Zeiten vorbei sind, da die Wände nur aus nacktem, brandfleckigem Putz bestanden und in den Zimmern Frauen in langen Röcken hausten, die am Herd schwitzten, während ihre Fabrikarbeiter-Männer fluchend am Küchentisch saßen. Der kürzlich erzwungene Renovierungsgeruch, eine Mischung aus Wandfarbe und Arztpraxis, schafft es nicht, den tieferen Ur-Dunst von Schinkenfett und Schweiß und Zunder zu überdecken, von Achselhöhle und Whiskey und feuchtem, schwarzem Schimmel.

Die Wärme in der Wohnung überzieht Barretts Haut mit einer kribbelnden Taubheit. Auf der morgendlichen Joggingrunde passt er sich der Kälte an, richtet sich in ihr ein, wie ein Langstreckenschwimmer sich im Wasser einrichten muss, und erst nach seiner Rückkehr merkt er, dass er in Wahrheit halb erfroren ist. Er ist wohl doch kein Komet, sondern menschlich, hoffnungslos menschlich, und als

Mensch zieht es ihn hinein – in die Wohnung, das Boot, das Raumschiff –, er könnte nicht bestehen zwischen den vernichtenden Schönheiten, in den eiskalten, luftleeren, stillen Räumen, in der gewundenen, spiralförmigen Schwärze, die er so gern seine wahre Heimat nennen würde.

Ein Licht ist ihm erschienen. Und wieder vergangen, wie eine unangenehme Erinnerung an die Kirchenbesuche seiner Kindheit. Seit seinem fünfzehnten Geburtstag lebt Barrett so unerbittlich weltlich, wie es nur ein Exkatholik kann. Er hat sich selbst entlassen, vor Jahrzehnten, aus Einfalt und Vorurteil, hat sich losgesagt vom Leib Christi, der von UPS in Pappkartons angeliefert wird; von der schwerfälligen, müden Fröhlichkeit der Priester.

Doch er hat ein Licht gesehen. Und das Licht ihn.

Was soll er damit anfangen?

Zunächst einmal steht das Morgenbad an.

Im Flur, auf dem Weg zum Badezimmer, kommt Barrett an der Tür zu Tylers und Beths Schlafzimmer vorbei, die sich in der Nacht gähnend aufgeschoben hat wie alle Türen und Schubladen und Schränke in dieser schrägen Wohnung. Barrett hält inne, sagt nichts. Tyler beugt sich zum Fenster hinaus, nackt, er steht mit dem Rücken zur Tür und lässt sich beschneien.

Barrett war immer schon vom Körper seines Bruders fasziniert. Dafür, dass sie Brüder sind, sehen er und Tyler sich nicht besonders ähnlich. Barrett ist ein großer Kerl, nicht dick (noch nicht), aber bärengleich, mit purpurroten Lippen und Augenrändern; sein Pelz ist rotblond, und er strahlt (hofft er) eine bezaubernde, sinnliche Durchtriebenheit aus; er ist der Prinz, der sich in einen Wolf oder Löwen verwandelt hat, ganz der träge Sanfte mit großen Tatzen und gierigen gelben Augen, der nur darauf wartet, von der Liebe wachgeküsst zu werden. Tyler ist geschmeidig und sehnig, von muskulöser Spannung. Selbst im Ruhezustand sieht er aus wie ein Trapezkünstler kurz vor dem Absprung. Tylers Körper ist mager, aber dekorativ, der Körper eines Akrobaten; aus irgendeinem Grund drängt sich die Vokabel »fesch« auf. Tyler begegnet seinem Körper ohne jeden Respekt. Er agiert mit der Waghalsigkeit eines Zirkusartisten.

Er und Barrett werden selten für Brüder gehalten. Und doch sind sie mittels eines undurchschaubaren genetischen Plans verbunden. Barrett weiß das mit Gewissheit, auch wenn er es nicht erklären könnte. Sie ähneln sich auf Arten, die nur sie verstehen. Sie erkennen einander, wie wilde Tiere sich an Ausscheidungen und Kot erkennen. Sie erscheinen einander nie rätselhaft, auch wenn sie in den Augen aller anderen ein Rätsel bleiben. Nicht, dass sie sich nie streiten oder messen; es ist nur so, dass nichts, was der eine sagt oder tut, den anderen je wirklich verblüffen könnte. Anscheinend sind sie sich, vor langer Zeit und ohne je darüber gesprochen zu haben, einig geworden, ihre Seelenverwandtschaft in Gegenwart anderer zu verheimlichen; sich bei Dinnerpartys zu zanken, um Aufmerksamkeit zu buhlen, einander gedankenlos zu beleidigen und abzulehnen, sich in der Öffentlichkeit wie gewöhnliche Brüder aufzuführen und ihre keusche, brennende Liebe für sich zu behalten wie eine Sekte mit zwei Mitgliedern, die als ganz normale Bürger durchgehen und warten, bis ihr Tag gekommen ist.

Tyler wendet sich vom Fenster ab. Er könnte schwören, einen Blick im Nacken gespürt zu haben, und obwohl da niemand ist, fühlt er eine Präsenz, eine aufgelöste Form, die die Luft im Türrahmen noch nicht ganz vergessen hat.

Und dann das Geräusch von Wasser, das in die Wanne läuft. Barrett ist vom Joggen zurück.

Wie kommt es, dass sich Barretts Rückkehr, von wo auch immer, für Tyler bis heute wie ein Ereignis anfühlt? Die Heimkehr des verlorenen Sohns, ein ums andere Mal. Dabei ist er doch nur Barrett, der kleine Bruder, der dicke kleine Junge, der mit der *Brady Bunch*-Brotdose unterm Arm an der Haltestelle steht und dem Schulbus nachweint; der heranwachsende Clown, der es irgendwie geschafft hat, jenem Schicksal zu entrinnen, das für die sommersprossigen Pummel ganz automatisch vorgesehen ist; Barrett, der in der Cafeteria der Highschool Hof hielt, der Barde von Harrisburg, Pennsylvania; Barrett, mit dem Tyler sich unzählige Kinderkämpfe um Gehege und Geschwätz lieferte, mit dem er um die wankelmütige und königliche Aufmerksamkeit der Mutter wetteiferte; Barrett, dessen schiere Kreatürlichkeit ihm vertrauter ist als die eines jeden anderen Menschen, auch die von Beth; Barrett, dessen aufnahmefähiger und quirliger Verstand ihn bis nach Yale brachte und der seither damit beschäftigt ist, Tyler, und nur Tyler, die zwingende Logik seiner unterschiedlichen Vorhaben zu erklären: nach dem Abschluss jahrelang im Land herumzufahren (siebenundzwanzig Staatsgrenzen hat er überquert), Jobs anzunehmen (an der Fritteuse, an der Motelrezeption, als Aushilfe auf dem Bau), weil sein Hirn überladen war, seine Hände aber ungeschickt; dann der Strich (weil er in romantischen Vorstellungen schwelgte, zu versessen darauf war, ein zeitgenössischer Byron zu werden, es war höchste Zeit, einen Crashkurs in Sachen Gemeinheit und Garstigkeit der Liebe zu belegen), der Antritt der Doktorandenstelle (*es war gut für mich, wirklich, selbst festzustellen, dass die vielbeschworene wilde amerikanische Nacht oft einfach nur bedeutet, in Seattle im Burger King zu sitzen, weil alle anderen Läden nach Mitternacht geschlossen haben*) und die Aufgabe derselben (*dass ich mich im Leben auf der Straße getäuscht habe, bedeutet noch lange nicht, dass ich es gut finden muss, für den Rest meines Lebens über den Gebrauch der Parenthese im Spätwerk von Henry James zu diskutieren*); das gescheiterte Internet-Start-up mit seinem Freund, dem Computernerd; das bis heute gut laufende Café in Fort Green, aus dem Barrett genauso ausgestiegen war wie aus der Beziehung mit dem nächsten Freund, weil der mit einem Fleischermesser auf ihn losgegangen war; etc. pp.

Seinerzeit war ihm jede dieser Ideen gut oder (Tylers bevorzugte Sicht) fabelhaft originell erschienen; sie folgten einer verdrehten Anti-Logik, mit der es ein kreativer Bruchteil der Bevölkerung zu Größe bringt.

Allerdings hat offensichtlich keine davon zu irgendeinem Ziel geführt.

Und nun hat Barrett, der leidgeprüfte Candide der Familie, Barrett, dem schwindelerregende Höhen oder echte Katastrophen vorbestimmt schienen, von allen Möglichkeiten die banalste gewählt – seine Wohnung wurde ihm gekündigt, und da er nicht ansatzweise Geld genug hatte, eine neue anzumieten, zog er bei seinem älteren Bruder ein. Barrett hat getan, was man zuletzt von ihm erwartet hätte – er ist zu einem weiteren Mitglied des New Yorker Prekariats geworden, zu einem Kerl, dessen Plan, sich mit einer bescheidenen Hobbitbehausung in der Horatio Street zu begnügen, nur aufging, solange das Gebäude nicht in Eigentumswohnungen aufgeteilt wurde.

Dennoch. Er ist Barrett, und Tyler hat nicht aufgehört, auf eine unterschwellige, doch ununterbrochene Weise über ihn zu staunen.

Der aktuelle Barrett, der, der sich gerade am Ende des Flurs ein Bad einlaufen lässt, ist derselbe Barrett, der die Rolle des goldenen Kindes so lange ausfüllte, bis es so aussah, als käme sie eigentlich dem dritten, ungeborenen Sohn der Familie zu. Offenbar hatten die Meeks aus Harrisburg die Familienplanung ein Kind zu früh abgeschlossen. Sie hatten zunächst Tyler mit seinem Kampfgeist, seiner athletischen Anmut und seiner einzigartigen musikalischen Begabung (wer hätte denn damals ahnen können, *wie* begabt man sein muss?) hervorgebracht und dann Barrett, der mit einer Auswahl an passiveren Talenten zur Welt kam (er kann mehr als hundert Gedichte aus dem Kopf rezitieren; er ist in abendländischer Philosophie so bewandert, dass er eine Vortragsreihe halten könnte, würde man ihn nur darum bitten; nach zwei Monaten in Paris war sein Französisch nahezu fließend), aber ohne die Fähigkeit, sich zu entscheiden und dranzubleiben.

Barrett ist nun bereit, in die Wanne zu steigen.

Tyler wird abwarten, bis das Wasser nicht mehr läuft.

Selbst Barrett gegenüber gilt es, eine gewisse Form zu wahren. Tyler darf sich im Badezimmer aufhalten, sobald Barrett in der Wanne sitzt, aber er darf ihm, aus einem tatsächlich existierenden, aber unerklärlichen Grund, nicht beim Einsteigen zusehen.

Tyler holt abermals das Fläschchen aus der Schublade, streut zwei Lines aus und kauert sich auf den Rand der Matratze, um das Pulver hochzuziehen. Nichts, einfach nichts ist mit den Lines vom frühen Morgen vergleichbar (obwohl heute Morgen der letzte ist, es ist sein Abschiedsmorgen); es sind die, die einen in die Schönheit stoßen, die Trägheit abschrubben, Launen und Traumrückstände vertreiben; die ihn aus dem Schlummerland schießen, aus dem Schattenreich, in dem stets der Schlaf lockt und er sich überlegt, wieder einzudösen, sich vorstellt, wie herrlich und wunderbar es wäre, einfach weiterzuschlafen.

Das Wassergeräusch ist verhallt. Barrett muss untergetaucht sein.

Tyler zieht die Boxershorts von gestern noch einmal an (schwarz und mit winzigen weißen Totenköpfen bedruckt), tappt durch den Flur, öffnet die Badezimmertür. Auf seine Art ist das Bad der am wenigsten vermurkste Raum der ganzen Wohnung, der einzige nämlich, der in den vergangenen hundert plus X Jahren nicht wieder und wieder und wieder verändert wurde. Alle anderen Zimmer wurden von zahllosen Versuchen heimgesucht, die eine oder andere Vergangenheit durch Farbe oder Holzimitatpaneele auszuradieren, durch abgehängte Decken (das Schlimmste an der ganzen Wohnung: pockennarbige, schmutzigweiße Quadrate aus Gott weiß was, in Tylers Augen Würfel aus schockgefrorenem Kummer), durch Teppichboden auf Linoleum auf splittrigen Kieferndielen. Nur das Badezimmer ist mehr oder weniger geblieben, wie es war; schäbige weiße, sechseckige Kacheln, ein Waschbecken mit Sockel und eine Toilette, von deren hohem Spülkasten tatsächlich noch eine Kette herunterbaumelt. Das Badezimmer ist ein Schrein ungestörten Alterns, die einzige Möglichkeit, den provisorischen Verbesserungsversuchen der Vormieter zu entkommen, die gehofft hatten, alles ein bisschen fröhlicher zu gestalten, die geglaubt hatten, eine Klebefolie mit Hibiskusblüten an den Küchenschränken oder das stümperhaft in den Fenstersturz geschnitzte »Suerte« könnten ihnen helfen, sich heimischer zu fühlen, in dieser Wohnung und in der Welt im Allgemeinen; und die, ausnahmslos alle, wieder ausgezogen oder inzwischen verstorben sind.

Barrett sitzt in der Wanne. Eine gewisse komische Würde lässt sich ihm nicht absprechen; ein Daseinsstolz, den er mit sich herumträgt; etwas Königliches, etwas, das höchstwahrscheinlich nur ererbt, nicht erlernt oder vorgetäuscht werden kann. Barrett liegt nicht in der Wanne. Er sitzt, kerzengerade und mit leerem Blick, wie ein Pendler nach der Arbeit in der U-Bahn.

Er fragt Tyler: »Warum bist du schon auf?«

Tyler holt eine Zigarettenschachtel aus dem Medizinschränkchen. Er raucht nur im Badezimmer, wegen Beth.

»Gestern Abend haben wir das Fenster offen stehen lassen. Unser Zimmer ist voller Schnee.«

Er schlägt kräftig auf die Schachtel, bevor er eine Zigarette herauszieht. Er weiß nicht genau, warum die Leute das tun (um den Tabak zu verdichten?), aber es gefällt ihm, ihm gefällt das entschlossene, strafende Ploppen, das für ihn zum Ritual gehört.

Barrett fragt: »Träume?«

Tyler zündet sich eine Zigarette an. Er tritt ans Fenster, schiebt es einen Spaltbreit auf und bläst den Qualm in den Lichtschacht hinaus. Sein Atemstoß wird von einem Hauch eisiger Luft erwidert, die hereinströmt.

»Ein leeres Glücksgefühl«, sagt er. »Keine Einzelheiten. Das Wetter als Glück, aber düster, das Glück kommt ungebeten hereingeweht, in irgendeiner Stadt in Lateinamerika vielleicht. Und du?«

»Eine Statue mit einem Ständer«, sagt Barrett. »Ein schmollender Hund. Das war's, leider.«

Sie halten inne, wie Wissenschaftler, die sich Notizen machen.

Barrett fragt: »Hast du schon die Nachrichten gehört?«

»Nein. Ich wage es kaum.«

»Um sechs lag er in den Umfragen noch vorn.«

»Er wird nicht gewinnen«, sagt Tyler. »Ich meine, *es gab keine verdammten Massenvernichtungswaffen*. Null. Nada.«

Barretts Aufmerksamkeit wird kurz abgelenkt, er sucht zwischen den Shampooflaschen nach einer, in der sich noch ein Rest Shampoo befindet. Macht aber nichts. Tyler weiß, er tendiert dazu, sich in dieses Thema hineinzusteigern wie ein Monomane; er fällt den anderen lästig mit seiner Überzeugung, dass, wenn sie es nur *einsehen* würden, wenn sie es nur *begreifen* könnten …

Es gab keine Massenvernichtungswaffen. Und wir haben sie trotzdem bombardiert.

Übrigens, die Wirtschaft hat er auch ruiniert. Er hat eine Summe von annähernd einer Billion Dollar verprasst.

Unvorstellbar für Tyler, dass das folgenlos bleiben soll. Der Gedanke macht ihn verrückt. Und nun, da sein Blick nicht mehr über sein persönliches Schneereich schweift, nun, da er sich aus dem matten Zustand des zu frühen Aufwachens herausgekokst hat, ist er nicht nur so alarmbereit wie ein Kaninchen, sondern auch, wieder einmal, seiner eigenen Verdrießlichkeit und Ängstlichkeit ausgeliefert.

Er bläst der einströmenden Kälte eine weitere Qualmwolke entgegen, schaut zu, wie die Rauchkringel sich zwischen den fallenden Flocken auflösen.

Barrett sagt: »Die größte Sorge macht mir Kerrys Frisur.«

Tyler schließt erschaudernd die Augen, als künde sich ein Kopfschmerz an. Er will nicht, wird nicht derjenige sein, der keinen Spaß versteht, der Onkel, den man über die Feiertage einladen muss, obwohl doch alle wissen, dass er endlos palavern wird ... über irgendeine Ungerechtigkeit oder einen Betrug oder eine historische Rechtswidrigkeit, die er mit sich herumträgt wie eine eiserne, auf den Körper geschweißte Rüstung.

»Die größte Sorge«, sagt er, »macht mir Ohio.«

»Das wird schon, glaube ich«, antwortet Barrett. »Das sagt mir mein Gefühl. Oder, anders gesagt, ich gebe die Hoffnung nicht auf.«

Er gibt die Hoffnung nicht auf. Die Hoffnung ist zu einer alten Narrenkappe verkommen. Verblasstes Kunterbunt, mit einer kleinen Blechschelle obendrauf. Wer hätte noch die Kraft, sie zu tragen? Aber wer ist mutig genug, sie abzuwerfen und zerknittert in der Gosse liegenzulassen? Nicht Tyler.

»Ich auch«, sagt er. »Ich habe Hoffnung und Glauben und sogar ein, zwei Fünkchen echtes Vertrauen.«

»Wie kommst du mit Beths Song voran?«

»Ich stecke fest«, sagt Tyler. »Aber ich glaube, gestern Abend habe ich einen kleinen Fortschritt erzielt.«

»Gut. Das ist gut.«

»Ihr ein Lied zu schenken ist irgendwie ein bisschen ... wenig, findest du nicht?«

»Natürlich nicht. Ich meine, über was für ein Hochzeitsgeschenk würde sie sich deiner Meinung nach mehr freuen? Ein BlackBerry?«

»Es kommt mir so unmöglich vor.«

»Einen Song zu schreiben ist anstrengend. Nun ja, fast alles ist anstrengend, nicht wahr?«

»Kann sein«, sagt Tyler.

Barrett nickt. Sie erleben einen Moment des Schweigens, das so weit zurückreicht wie ihre Erinnerungen; die Gelassenheit des gemeinsamen Aufwachsens, die im selben Zimmer verbrachten Nächte; die geteilte Stille, die seit jeher ihr wahres Element ist, unterbrochen natürlich durch Gespräche und Streitereien und Fürze und Gelächter über die Fürze, aber dennoch maßgeblich; es ist die Gemütsverfassung, zu der sie immer zurückgekehrt sind, ein lautloses Sauerstofffeld, das sich aus ihren kombinierten Molekülen zusammensetzt.

Tyler sagt: »Mom wurde auf einem Golfplatz vom Blitz erschlagen.«

»Äh, das wusste ich bereits.«

»Bei ihrer Beerdigung sagte Betty Ferguson, sie hat an dem Tag drei Schläge unter Par gelegen.«

»Auch das weiß ich.«

»Big Boy wurde zweimal vom selben Auto angefahren. In zwei aufeinanderfolgenden Jahren. Er hat beide Male überlebt. Und dann ist er an Halloween an einem Snickers erstickt.«

»Tyler, also bitte.«

»Später bekamen wir einen neuen Beagle, den wir Big Boy Zwei nannten, und der wurde von dem Sohn der Frau zermalmt, die Big Boy Eins zweimal angefahren hatte. Der Sohn war zum ersten Mal allein mit dem Auto unterwegs, es war sein sechzehnter Geburtstag.«

»Warum erzählst du mir das alles?«

»Ich liste nur auf, was unwahrscheinlich war und trotzdem passiert ist«, sagt Tyler.

»Nach dem Motto: Bush wird nicht wiedergewählt.«

Tyler sagt nicht: Und Beth wird weiterleben. Er sagt nicht: Die Chemo schlägt an.

Er sagt: »Ich möchte, dass dieser verdammte Song gut wird.«

»Das wird er.«

»Du klingst wie Mom.«

Barrett sagt: »Ich *bin* wie Mom. Und weißt du, ehrlich gesagt ist es nicht so wichtig, wenn der Song nicht großartig wird. Nicht für Beth.«

»Aber für mich.«

Barretts Mitgefühl blüht in seinen Augen auf, die sich Tyler zuliebe um eine Nuance verdunkeln, wie die ihres Vaters. Obwohl man ihren Vater nicht gerade einen begnadeten Vater nennen kann, ist dies eines seiner Talente. Er besitzt die Fähigkeit, in entscheidenden Momenten diese kleine Augenveränderung zu vollziehen, eine Vertiefung und Erweiterung, die seinen Söhnen sagt: *Du brauchst niemals wichtiger zu sein als jetzt in diesem Moment*.

Sie sollten ihn anrufen, es ist jetzt, wie lange, über eine Woche her. Vielleicht zwei.

Warum hat er Marva so kurz nach Moms Tod geheiratet? Warum sind sie nach Atlanta gezogen, was *tun* sie da unten eigentlich?

Wer *ist* dieser Kerl, woher kommt die Begeisterung für Karos, wie kann er Marva lieben – Marva ist in Ordnung, sie ist lustig auf eine grobschlächtige Art, ein Kinderschreck, man schafft es irgendwann, die Narbe zu ignorieren, aber wie konnte Dad aufhören, Moms beflissene Stütze zu sein? Die Abmachung war immer so klar. Sie war geliebt und gefährdet (der Blitz hat sie getroffen), schon ihr Gesicht sagte alles (ihr Porzellanschimmer, die milchigblaue, slawische Feinheit ihrer Züge, wie handgeschnitzt). Ihr Vater trug die Verantwortung, er war derjenige, der sie zum Mittagsschlaf drängte und in Panik ausbrach, wenn sie sich einmal um eine halbe Stunde verspätete; ein gealterter Junge, der unter ihrem Fenster im Regen sitzen würde, bis er sich den Tod holte.

Und jetzt dieser Mensch. Dieser Mann, der Tommy-Bahama-Shorts trägt und Trekkingsandalen. Dieser Typ, der mit Marva in einem Chrysler Imperial Cabriolet durch Atlanta düst und Zigarilloqualm in die wie auch immer gearteten Sternkonstellationen über Georgia hinaufbläst.

Wahrscheinlich ist es leichter für ihn, wenn er dieser Mann ist. Tyler kann, er wird es ihm nicht übelnehmen.

Und im Grunde wurde ihr Vater schon vor vielen Jahren von allen elterlichen Pflichten entbunden, nicht wahr? Möglicherweise zeichnete es sich bereits während der Trinkgelage mit Barrett ab, in den Tagen nach der Beerdigung ihrer Mutter.

Sie waren siebzehn und zweiundzwanzig. Sie streunten tagelang durchs Haus wie herrenlose Hunde, in Slip und Socken, und vernichteten die Alkoholvorräte (über Scotch und Wodka gelangten sie zum Gin, über den Gin zu einem No-Name-Tequila, der sie schließlich zu einer viertelvollen Flasche Tia Maria führte und zu zwei Fingerbreit Drambuie, die vermutlich schon seit zwanzig oder mehr Jahren dort gestanden hatten).

Sie fläzten im plötzlich sagenumwobenen Wohnzimmer herum, umgeben von all den banalen Alltagsgegenständen, die so abrupt zu *ihren* Sachen geworden waren. Tyler und Barrett, verlottert und verängstigt und geschockt, betranken sich in Unterhose und Socken; es war (vielleicht) der Abend, an dem sie eine bestimmte Schwelle überschritten …

Denkst du manchmal daran?

Woran?

Sie lagen zusammen auf dem Sofa, das immer schon dort gestanden hatte, auf dem verranzten, durchgesessenen, kuchenteigfarbenen Sofa, das sich bemühte, seine Aufwertung von einem Stück Sperrmüll zu einer heiligen Reliquie zu verkraften.

Du weißt schon.

Und wenn ich es nicht weiß?

Weißt du, verdammt.

Okay, ja. Ja. Ich frage mich auch, ob Dad mit seiner Sorge über jede einzelne gottverdammte Kleinigkeit …

Ob er es heraufbeschworen hat.

Danke. Ich wollte es nicht aussprechen.

Dass irgendein Gott oder eine Göttin ihn einmal zu viel dabei erwischt hat, wie er sich voller Panik ausmalt, dass sie im Parkhaus des Einkaufszentrums überfallen wird oder, was weiß ich, Haarkrebs bekommt …

So dass sie eintreten ließen, was nicht einmal er sich hätte ausdenken können.

Es ist nicht wahr.

Ich weiß.

Aber wir haben es beide gedacht.

Möglicherweise war das ihre Verlobung. Möglicherweise legten sie damals ein Gelübde ab: Wir sind nicht länger Geschwister, sondern Gefährten, wir sind die einzigen Überlebenden des Raumschiffs, eine Zweimanncrew, die über die Felsen und Furchen eines Planeten stolpert, auf dem es außer uns vielleicht kein Leben gibt. Wir brauchen, wir wollen keinen Vater mehr.

Dennoch, sie sollten ihn anrufen. Es ist schon viel zu lange her.

»Ich weiß«, sagt Barrett, »ich weiß, dass es wichtig für dich ist. Aber ich finde, du darfst nicht vergessen, dass es für sie anders ist. Es ist nicht dasselbe.«

Barrett, breitbrüstig, nackt im ergrauenden Wasser, wirkt erhaben in seiner rosaweiß leuchtenden Verletzlichkeit.

»Ich gehe Kaffee kochen«, sagt Tyler.

Barrett steht in der Wanne auf, das Badewasser fließt an ihm herunter, er ist ein Hybrid aus stämmiger, robuster Männlichkeit und dicklichem kleinem Jungen.

Das Seltsame: Es belastet Tyler keineswegs, Barrett aus der Badewanne steigen zu sehen. Aus rätselhaften Gründen ist es nur Barretts Untertauchen, das zu beobachten Tyler schwer ertragen kann.

Hat es vielleicht mit Gefahr und Rettung zu tun? Sag bloß.

Und noch etwas Seltsames: Die eigenen verdeckten Motive zu durchschauen, den Ursprung der eigenen Panik und Paranoia zu kennen, macht es nicht notwendigerweise leichter.

»Ich werde zum Laden fahren«, sagt Barrett.

»Jetzt?«

»Mir ist danach, dort allein zu sein.«

»Es ist ja nicht so, als hättest du hier kein eigenes Zimmer. Im Ernst, bedränge ich dich?«

»Halt den Mund. Okay?«

Tyler nimmt ein Handtuch von der Stange und wirft es Barrett zu.

»Ich finde es richtig, dass der Song von Schnee handelt«, sagt Barrett.

»Es erschien mir richtig, als ich anfing.«

»Ich weiß. Ich meine, alles kommt einem richtig vor,

wenn man anfängt, so unendlich vielversprechend und inspiriert und groß … Nicht, dass ich *tiefsinnig* klingen möchte oder so.«

Tyler verweilt einen letzten Augenblick, um das Gefühl ganz auszukosten. Sie machen das mit den Augen, noch einmal, füreinander. Es ist simpel, es ist undramatisch, nichts daran ist sentimental oder beschämend, nichts Leidenschaftliches geht hier vor sich, und doch findet ein Austausch statt. Man könnte es Bestätigung nennen, aber es geht weit darüber hinaus. Es ist Bestätigung, und es ist die gemeinschaftliche Heraufbeschwörung ihres Phantombruders, des Dritten im Bunde, der es nicht ganz auf die Welt geschafft hat und der nun, da er ein Geist ist – weniger noch, er war *nie* –, als ihr Medium fungiert, als ihre Zweiheit, ihr Dämon; der Junge (er wird nie über die rosagesichtige, heilige Gravitas der Cherubim hinauswachsen), der sie beide sind, zusammen.

Barrett trocknet sich ab. Das Badewasser hat sich nun, da er der Wanne entstiegen ist, von ursprünglich heißer Klarheit in eine lauwarme Brühe verwandelt, wie jedes Mal. Warum passiert das? Sind es Rückstände von Seife oder Rückstände von Barrett – die abgelöste, äußerste Schicht aus Stadtstaub und abgestorbenen Hautzellen und (er kann nicht anders, als so zu denken) ein gewisser Anteil seiner selbst, seiner Gier und Eitelkeit, seiner Selbstbewunderung, seines Hangs zur Traurigkeit, vorläufig abgewaschen mit Seife, abgestoßen, um sich im Ausguss zu drehen?

Er betrachtet das Badewasser noch einen Moment. Es ist das übliche Wasser. Es ist kein bisschen anders am Morgen nach dem Abend, an dem er etwas sah, was er eigentlich nicht gesehen haben konnte.

Wie kommt Tyler eigentlich darauf zu glauben, heute sei ein guter Morgen, um sich die Geschichte ihrer Mutter in Erinnerung zu rufen?

Ein Zeitsprung: Ihre Mutter lehnt sich auf dem Sofa (das jetzt bei ihnen steht, hier in ihrem Wohnzimmer in Bushwick) zurück, rauchend, fröhlich benebelt von mehr als einem Old Fashioned (Barrett mag sie am liebsten, wenn sie trinkt – dann gibt sie sich auf extravagante und bewusste Weise geschlagen, ist beherrscht von einer ironischen, amüsierten Sorglosigkeit, die ihr fehlt, wenn sie nüchtern ist, wenn zu viel Klarheit sie zu der Einsicht bringt, dass ein Leben königlicher Enttäuschung zwar schmerzlich, aber auch ein wenig wie Tschechow ist; schwermütig und ziemlich erhaben). Barrett ist neun. Seine Mutter betrachtet ihn mit vor Alkohol blitzenden Augen und wissendem Lächeln, als liege ihr ein zahmer Leopard zu Füßen, und sagt: »Du wirst dich um deinen großen Bruder kümmern müssen, weißt du das?«

Barrett sitzt stumm auf der Sofakante neben den rundlichen Knien seiner Mutter und wartet darauf, dass die Bedeutung sich einstellt. Seine Mutter nimmt einen Zug, einen Schluck, einen Zug.

»Denn, mein Schatz«, sagt sie, »seien wir mal ehrlich. Lass uns offen sprechen, können wir offen sprechen?«

Barrett nickt eifrig. Wäre alles andere als absolute Aufrichtigkeit zwischen einer Mutter und ihrem neunjährigen Sohn nicht eine Anomalie?

Sie sagt: »Dein Bruder ist ein lieber Junge. Ein lieber, lieber Junge.«

»Hm-hmm.«

»Aber du« – (Zug, Schluck) – »bist etwas ganz Besonderes.«

Barrett blinzelt, seine Augen werden feucht vor aufkeimender Furcht. Sie wird ihm sagen, dass er Tyler untergeben ist; dass er der korpulente kleine Spaßvogel ist, eine lustige Nebenrolle ausfüllt, während sein großer Bruder ein Wildschwein mit einem einzigen Pfeil erlegen, einen Baumstamm mit einem einzigen Streich seiner Axt spalten kann.

Sie sagt: »Dir wurde Magie geschenkt. Ich soll verdammt sein, wenn ich wüsste, woher und von wem. Aber ich wusste es. Ich wusste es sofort. Als du geboren wurdest.«

Barrett blinzelt immer noch die Tränen fort, die er in ihrem Beisein nicht zu vergießen beschlossen hat, obwohl er sich mit zunehmender Verzweiflung fragt, was genau sie ihm sagen möchte.

»Tyler ist beliebt«, sagt sie. »Tyler sieht gut aus. Tyler weiß, wie man einen Football wirft ... nun ja, ziemlich weit, und in die Richtung, in die ein Football fliegen sollte.«

»Ich weiß«, sagt Barrett.

Welch seltsame Ungeduld zeigt sich da im Gesicht seiner Mutter? Warum sieht sie ihn an, als wäre er ein Kriecher, der sich bemüht, seiner tatterigen Tante zu gefallen, indem er bei jeder neuen Wendung einer Geschichte, die er seit Jahren auswendig kennt, Überraschung vorschützt?

»Wen die Götter vernichten wollen ...«, sagt seine Mutter und bläst Qualm zwischen die Kristalle des kuppelförmigen Kronleuchters, der wie ein auf den Kopf gestelltes Diadem unter der Wohnzimmerdecke hängt. Barrett weiß nicht, ob sie den Satz nicht beenden kann oder will.

»Tyler ist ein guter Junge«, sagt Barrett aus keinem ersichtlichen Grund, abgesehen von der Tatsache, dass er glaubt, irgendetwas sagen zu müssen.

Seine Mutter spricht aufwärts, zum Kronleuchter. Sie sagt: »Genau mein Punkt.«

All das wird Sinn ergeben. Das wird es, schon bald. Die durch den Ventilator in Unruhe versetzten, rechteckigen Kristalle des Kronleuchters, jedes so groß wie ein Zuckerwürfel, blinken in allen Farben des Regenbogens.

Seine Mutter sagt: »Du wirst ihn möglicherweise ein wenig unterstützen müssen. Später. Nicht jetzt. Jetzt geht es ihm gut. Er ist stolz wie ein Gockel.«

Stolz wie ein Gockel. Eine Tugend?

Sie sagt: »Ich möchte nur, dass du, nun ja ... dich an diese

Unterhaltung erinnerst. In ein paar Jahren. Erinnere dich daran, dass dein Bruder vielleicht deine Hilfe braucht. Eine Art von Hilfe, die du dir im Alter von zehn Jahren unmöglich vorstellen kannst.«

»Ich bin neun«, korrigiert Barrett sie.

Fast dreißig Jahre später, als sie in der Zukunft angekommen sind, auf die seine Mutter sich bezog, zieht Barrett den Stöpsel aus der Badewanne. Das vertraute Geräusch des Wassers, wie es abgesogen wird. Es ist ein Morgen wie jeder andere, außer …

Die Erscheinung ist das erste wichtige Ereignis seit, seit wie vielen Jahren eigentlich, von dem Barrett Tyler nichts erzählt hat; welches er Tyler weiterhin verschweigt. Seit seiner Kindheit war Barrett nicht mehr mit einem Geheimnis allein.

Und ein Geheimnis wie dieses hat er natürlich noch nie für sich behalten.

Er wird es Tyler erzählen, ganz bestimmt, aber nicht jetzt, noch nicht. Barrett ist noch nicht bereit für Tylers Skepsis oder für seinen beherzten Versuch zu glauben. Er ist ganz und gar nicht bereit dafür, dass Tyler sich Sorgen um ihn machen muss. Er bringt es nicht fertig, zu einem weiteren Problem zu werden, nicht jetzt, da es Beth weder besser noch schlechter geht.

Eine furchtbare Sache: Manchmal wünscht Barrett sich, Beth möge entweder gesund werden oder sterben.

Das endlose Warten, die Ungewissheit (erhöhte Anzahl von Leukozyten letzte Woche, das ist gut, aber die Tumoren in der Leber sind weder gewachsen noch geschrumpft, das ist nicht so gut) können schlimmer sein als die Trauer.

Eine Überraschung: Die Kommandobrücke ist leer. Inzwischen gibt es fünf verschiedene Ärzte, keiner von ihnen wirklich zuständig, und teilweise widersprechen sich ihre Auskünfte. Sie geben sich Mühe, es sind keine schlechten Ärzte (abgesehen von Scary Steve, dem Chemotherapeuten), sie sind pflichtbewusst, sie probieren dies und das, aber Barrett (und Tyler und vermutlich auch Beth, obwohl sie das nie sagt) hätte sich einen Krieger gewünscht, eine gütige, aber majestätische Person, die sich *ganz sicher* ist. Barrett hätte nie mit einem so desorganisierten Geschwader gerechnet, dessen Mitglieder, Big Betty ausgenommen, verstörend jung sind und das zwar die Sprache des Heilens beherrscht, das siebensilbige Wörter abspult (und dabei gern vergisst oder ignoriert, dass derlei Begriffe für jeden, der nicht selbst Arzt ist, unverständlich sind) und die Maschinerie bedient, aber schlicht und ergreifend nicht weiß, welche Methode erfolgreich sein und was am Ende herauskommen wird.

Barrett wird die Sache mit dem himmlischen Licht für sich behalten, vorläufig. Auf Verkündungen dieser Art kann Tyler zurzeit verzichten.

Natürlich hat Barrett jede denkbare Erkrankung gegoogelt, die mit Lichterscheinungen einhergeht (Netzhautablösung, Gehirntumor, Epilepsie, Psychose). Keine der Beschreibungen passt so recht.

Obwohl er etwas Außergewöhnliches beobachtet hat und hofft, dass es sich dabei nicht um das Symptom einer tödlichen, im Internet übersehenen Krankheit handelt, wurde ihm kein Auftrag erteilt, wurde er nicht verwandelt, gab es keine Botschaft und keinen Befehl, ist er noch genau derselbe wie gestern Abend.

Dennoch. Die Frage drängt sich auf: Wer war er gestern Abend? Wurde er doch, auf eine subtile Weise, verwandelt, oder hat sich einfach nur sein Bewusstsein für die Details seines gegenwärtigen Zustandes geschärft? Die Frage ist schwierig zu beantworten.

Eine Antwort könnte erklären, wie und warum Barrett und Tyler so ziellos gelebt haben (sie, die National-Merit-Stipendiaten – nun ja, Barrett; Tyler wurde nur Zweitbester –, die Clubpräsidenten; Tyler, der gekrönte König des verdammten Schulballs); warum er und Tyler ausgerechnet Liz kennenlernten, als sie, der eine jeweils als Begleitung des anderen, eine Veranstaltung besuchten, die als Schlechteste Party aller Zeiten in die Geschichte eingehen sollte; warum sich die drei von der Party absetzten und Mitternacht in irgendeinem heruntergekommenen Irish Pub feierten; warum Liz ihnen später Beth vorstellte, die eben erst aus Chicago zugezogen war; Beth, die Tylers Exfreundinnen in keiner Hinsicht ähnelte und in die Tyler sich so schlagartig verliebte, dass er wirkte wie ein Tier in Gefangenschaft, das von seinem Halter jahrelang das vermeintlich richtige Futter bekommen hat und dann plötzlich, eines Tages, zufällig findet, was es eigentlich fressen würde, draußen in der Wildnis.

Nichts davon hat sich jemals vorherbestimmt angefühlt. Es war fortlaufend, aber nicht unbedingt geordnet. Alles hing davon ab, diese Party zu besuchen statt jene, zufällig jemanden zu treffen, der jemanden kannte, von dem man am Ende des Abends in einem Hauseingang an der Tenth Avenue gevögelt wurde oder zum ersten Mal K bekam oder der wie aus dem Nichts etwas erschreckend Nettes sagte und dann für immer verschwand, nicht ohne vorher zu versprechen, sich zu melden; oder, ähnlich planlos, einem Menschen zu begegnen, der das eigene Leben für immer verändert.

Und nun ist ein Dienstag im November. Barrett hat den

morgendlichen Lauf hinter sich gebracht, das morgendliche Bad. Er wird zur Arbeit gehen. Was gibt es dort zu tun außer das, was er immer tut? Er wird die Ware verkaufen (heute wird das Geschäft schleppend laufen, wegen des Wetters). Er wird sich an seinen Trainingsplan halten und an die kohlehydratfreie Diät, was Andrew egal sein, aber Barrett unter Umständen helfen wird, sich agiler und tragischer zu fühlen und weniger wie ein Dachs, der hoffnungslos in ein Löwenbaby vernarrt ist.

Wird er das Licht noch einmal sehen? Was, wenn nicht? Vielleicht wird er im hohen Alter einer jener Geschichtenerzähler sein, die das Unmögliche gesehen haben; ein UFO-Zeuge, ein Bigfoot-Zeuge, ein komischer Kauz, der einen flüchtigen, wundersamen Blick auf etwas Unerklärliches erhaschen konnte und sich dann wieder dem Älterwerden zuwandte; der die Subgeschichte der Spinner und Paranoiker fortschreibt, jener Heerschar von alten Säcken, die genau wissen, was sie gesehen haben, auch wenn es Jahrzehnte her ist, und wenn du es nicht glauben willst, du Jungspund, ist das in Ordnung, vielleicht wirst du selbst eines Tages etwas sehen, das du dir nicht erklären kannst, und dann, nun, dann wirst du es wohl endlich begreifen.

Beth sucht etwas.

Das Problem: Anscheinend kann sie sich nicht erinnern, was es ist.

Sie weiß so viel: Sie war unachtsam, sie hat es verlegt … was? Etwas Wichtiges, etwas, das gefunden werden muss, weil … es gebraucht wird. Weil man sie dafür verantwortlich macht, wenn sein Fehlen bemerkt wird.

Sie durchsucht ein Haus, obwohl sie nicht sicher ist, dass es (was?) hier ist. Es könnte sein. Denn in diesem Haus war sie schon einmal. Sie erkennt es wieder, sie erinnert sich daran, wie sie sich an die Häuser ihrer Kindheit erinnert. Das Haus vervielfacht sich zu allen Häusern, in denen sie je gelebt hat, es waren etliche, bis sie auszog, um zu studieren. Da ist die grau-weiß gestreifte Tapete aus der Wohnung in Evanston, die Balkontüren des Hauses in Winnetka (waren sie tatsächlich so schmal?), die Stuckleisten aus dem zweiten Haus in Winnetka (waren sie ebenfalls umkränzt von weißen Gipsblättern, war da auch diese Andeutung von weisen, aber erstaunten Augen, die durch die Blätter hindurchspähen?).

Bald kommen sie zurück. Jemand kommt bald zurück. Jemand Strenges. Doch je bemühter Beth sucht, desto undeutlicher wird ihre Vorstellung von dem gesuchten Gegenstand. Er ist klein, nicht wahr? Rund? Ist er zu klein, um sichtbar zu sein? Vielleicht. Aber das ändert nichts an der dringenden Notwendigkeit seiner Auffindung.

Sie ist das Mädchen aus dem Märchen, das den Schnee bis zum Morgen in Gold verwandeln soll. Das kann sie natürlich nicht, doch der Schnee scheint überall zu sein, er fällt von der Decke, in allen Ecken schimmern die Verwehungen. Sie erinnert sich daran, im Traum ein Haus durchsucht zu haben, wo sie doch eigentlich den Schnee in Gold verwandeln muss, wie konnte sie das nur vergessen …

Sie blickt auf ihre Füße nieder. Obwohl der Boden von einer hauchdünnen Schneeschicht bedeckt ist, sieht sie, dass sie auf einer Tür steht, einer Falltür, die scheinbar nahtlos in die Bodendielen übergeht und allein durch die beiden Messingscharniere und den winzigen Messinggriff, kaum größer als eine Kaugummikugel, zu erkennen ist.

Ihre Mutter gibt ihr einen Penny für den Kaugummiautomaten vor dem A & P. Sie weiß nicht, wie sie ihrer Mutter erklären soll, dass eine der Kugeln vergiftet ist, niemand darf einen Penny in diesen Automaten werfen, aber ihre Mutter ist so entzückt über Beths Entzücken, sie muss die Münze einfach einwerfen, oder?

Da ist eine Falltür, unter ihr, auf dem Gehweg vor dem A & P. Auch hier schneit es.

Ihre Mutter drängt sie, den Penny in den Schlitz zu stecken. Beth hört Gelächter, es ertönt unter der Falltür.

Eine vernichtende Macht, ein boshafter Strudel, das ist es, was dort unten lacht. Beth weiß, das ist die Wahrheit. Könnte es sein, dass die Falltür sich langsam, fast unmerklich zu öffnen beginnt?

Sie hält den Penny fest. Ihre Mutter sagt: »Steck ihn hinein.« Ihr fällt ein, dass es der Penny war, den sie die ganze Zeit gesucht hat. Sie hat ihn offenbar gefunden, durch Zufall.

Tyler sitzt in der Küche, nippt an seinem Kaffee und zieht eine letzte Line. Er trägt die Boxershorts und Barretts altes Yale-Sweatshirt, dessen grimassierende Bulldogge inzwischen von Rot zu einem blassen Bonbonrosa verblichen ist. Tyler sitzt an dem Tisch, den Beth auf der Straße gefunden hat, stumpfes graues Resopal mit einer angeschlagenen Ecke, einer gezackten Lücke in der Form des Staates Idaho. Als dieser Tisch neu war, träumten die Menschen von Glaskuppelstädten am Meeresboden, sie wähnten sich auf der Schwelle zu einer weihevollen und ekstatischen Zukunft aus Stahl und Glas und lautloser, gummierter Hochgeschwindigkeit.

Die Welt ist älter geworden. Manchmal wirkt sie, in der Tat, sehr alt.

George Bush wird nicht wiedergewählt werden. George Bush kann unmöglich wiedergewählt werden.

Tyler verdrängt den Gedanken. Es wäre dumm, diese frühe, verheißungsvolle Stunde mit seiner Manie zu vertrödeln. Er hat einen Song zu schreiben.

Um Beth nicht aufzuwecken, lässt er seine Gitarre in der Ecke stehen. Im Flüsterton, a cappella, singt er die Zeilen, die er gestern Abend verfasst hat.

Frostige Hallen durchwandern in der Nacht
Auf der Suche nach dir auf deinem Thron aus Eis
Diesen Splitter in meinem Herzen verlieren
Oh, nicht mit mir, dafür bin ich nicht hier,
Nein, nicht mit mir, dafür bin ich nicht hier.

Hmm. Das ist Mist, nicht wahr?

Das Problem ist ...

Das Problem ist, dass er sich vorgenommen hat, ein Hochzeitslied zu schreiben, das nicht vor Zuckrigkeit und Ergebenheit trieft, gleichzeitig aber nicht unterkühlt oder gefasst daherkommt. Wie schreibt man bitte einen Song für eine sterbende Braut? Wie soll man der Liebe und der Vergänglichkeit gerecht werden (der echten, nicht dem Klischee von bis-dass-der-Tod-uns-scheidet), ohne dabei morbide zu klingen?

Der Song muss ernst sein. Vielmehr darf er keinesfalls frivol sein.

Die Melodie wird es richten. Bitte, lass die Melodie es richten. Auch wenn der Text diesmal zuerst da sein muss. Sobald der Text sich stimmig anfühlt (oder weniger unstimmig), wird Tyler ihn unterlegen mit ... einer minimalen Weise, schlicht und direkt, nicht kindisch, aber beseelt vom kindlichen Ernst des Amateurs, der sich keiner Tricksereien schuldig macht. Die Akkorde sollten sämtlich in Dur stehen, dazu ein einziger in Moll, am Ende der Bridge, wenn ein Ruck der Schwere durch den Song geht, wenn die feierliche Romantik des Textes sich von den kontrastierend euphorischen Akkorden ablöst und sich – flüchtig – an die Düsterkeit der Musik angleicht. Der Song sollte, ganz generell, an Bob Dylan erinnern oder an Velvet Underground. Aber er darf kein Möchtegern-Dylan sein, kein Lou-Reed-Fake; er sollte ein Original sein (*originell* natürlich; nach Möglichkeit *beispiellos*; nach Möglichkeit *mit einem Hauch von Genialität*), doch es ist hilfreich, ein kleines bisschen zumindest, in eine ungefähre Richtung zu zielen. Dylans rechtschaffene Zurückweisung des Sentimentalen, Reeds Fähigkeit, Pathos mit Ironie zu vereinbaren.

Die Melodie sollte … von einer schimmernden Ehrlichkeit sein, ohne Ego, ohne *hey, ich kann wirklich gut Gitarre spielen, hört ihr es alle?* Denn der Song ist ein unverblümter Schrei der Liebe, ein Flehen, in das sich etwas mischt wie … Zorn? So etwas wie Zorn, aber der Zorn des Philosophen, der Zorn des Dichters, ein Zorn, der sich gegen die Vergänglichkeit der Welt richtet, gegen ihre herzzerreißende Schönheit, die in konstantem Widerstreit liegt mit unserem Bewusstsein dafür, dass alles hinweggefegt werden wird; dass wir Wunder zu sehen bekommen und doch ständig daran erinnert werden, dass sie uns nicht gehören, dass sie die Schätze des Sultans sind, dass wir glücklich sind (uns glücklich schätzen sollten), überhaupt einen Blick darauf werfen zu dürfen.

Und da ist noch mehr. Der Song muss durchdrungen sein von … wenn nicht etwas so Banalem wie Hoffnung, dann einer Innigkeit, die, falls das menschenmöglich ist (und der Song muss darauf beharren), die Braut auf ihrer Reise ins Jenseits begleiten und dort an ihrer Seite ausharren wird. Es muss ein Song sein, in dem ein Ehemann und Sänger sich nicht nur zum Lebensgefährten einer Frau erklärt, sondern auch zu ihrem Todesgefährten, selbst wenn er, hilflos und ungefragt, weiterleben wird.

Viel Glück damit.

Er schenkt sich noch einen Kaffee ein und schiebt die letzte, wirklich letzte Line auf dem Küchentisch zusammen.

Vielleicht ist er einfach nur nicht… *wach* genug, um begnadet zu sein. Vielleicht wird er eines Tages, warum nicht heute, aus seinem lebenslangen Dämmerschlaf erwachen.

Wäre »Schauder« besser als »Splitter«? *Diesen Schauder in meinem Herzen verlieren?*

Nein. Nicht besser.

Diese Wiederholung am Ende – ist sie kraftvoll oder billig?

Sollte er es mit einem Halbreim auf »Herzen« versuchen? Ist es zu sentimental, das Wort »Herz« überhaupt zu verwenden?

Er sollte freier assoziieren. Er möchte das Bild eines Mannes heraufbeschwören, der sich wünscht, der Eissplitter möge in seiner Brust steckenbleiben, der gelernt hat, das Gefühl des Durchbohrtseins zu lieben.

Frostige Hallen durchwandern in der Nacht
Auf der Suche nach dir auf deinem Thron aus Eis

Vielleicht ist es nicht so schlecht, wie es so früh am Morgen klingt. Es wäre eine Möglichkeit.

Dennoch. Würde Tyler sich, wenn er aus dem richtigen Holz geschnitzt wäre, wenn es ihm in die Wiege gelegt wäre, nicht mit mehr Selbstvertrauen ans Werk machen? Würde er sich nicht… *gelenkt* fühlen, irgendwie?

Ganz abgesehen davon, dass er dreiundvierzig ist und immer noch in einer Bar auftritt.

Er will einfach nicht zu Verstand kommen. So klingt er, der Sirenengesang des fortschreitenden Alters. Er kann, er wird diesen Stachel in seinem Herzen nicht verleugnen (schon wieder dieses Wort). Er spürt ihn als Unterströmung in seiner Blutbahn, diesen Drang, der ihm ureigen ist. Niemand hat je zu ihm gesagt: Warum wirst du nach deinem Abschluss in Politikwissenschaften nicht Songschreiber, warum verschleuderst du nicht das bescheidene Erbe deiner Mutter, während du in immer kleineren Zimmern hockst und Gitarre spielst? Es ist sein offenes Geheimnis, sein Ich innerhalb des Ich, er hält es geheim, weil er eigentlich davon überzeugt ist, dass die Brillanz in ihm steckt, oder zumindest eine durchdringende Klarheit, die sich einfach noch nicht gezeigt hat. Er ist immer noch dabei, sich ihr lediglich anzunähern, und es ärgert ihn, dass die meisten Leute (nicht Beth, nicht Barrett, aber alle anderen) ihn für einen traurigen Fall halten, für einen Barsänger mittleren Alters (nein, sprechen wir lieber von einem Bar*keeper* mittleren Alters, der vom Wirt die Erlaubnis bekommen hat, Freitag- und Samstagabend aufzutreten), wo er doch weiß (er weiß es einfach), dass er noch mitten in der Entwicklung steckt, natürlich ist er kein Wunderkind, aber die Musik und die Poesie wirken langsam in seinem Inneren, über seinem Kopf schweben große Songs, und es gibt Momente, echte Momente, wenn er meint, sie förmlich greifen zu können, sie buchstäblich aus der Luft herunterziehen zu können, und er bemüht sich, Gott weiß, wie sehr, doch was immer er zu fassen bekommt, ist nie ganz perfekt.

Scheitern. Wieder versuchen. Besser scheitern. Oder?

Er singt die ersten zwei Verse ein weiteres Mal, leise, für sich. Er hofft, dass sich daraus … etwas ergibt. Etwas Magisches, seltsam Treffsicheres und … *Gutes.*

Frostige Hallen durchwandern in der Nacht
Auf der Suche nach dir auf deinem Thron aus Eis

Er singt in der Küche mit dem schwachen Gasgeruch und den blassblauen Wänden (früher einmal müssen sie türkisblau gewesen sein) leise vor sich hin, zwischen an die Wand geklebten Fotos von Burroughs und Bowie und Dylan und (Beths) Faulkner und Flannery O'Connor. Wenn er ein wunderschönes Lied für Beth schreiben kann, wenn er es ihr am Hochzeitstag vorsingen und spüren kann, dass er wahrhaft Zeugnis ablegt damit – ein gelungenes Geschenk, keines, das nur wieder knapp danebenging, ein netter Versuch war, sondern ein Song, der ankommt, der anrührt, unaufdringlich, aber facettenreich, funkelnd und hart wie ein Diamant …

Also gut, ein Versuch noch.

Er beginnt wieder zu singen, während Beth nebenan weiterträumt. Leise singt er seine Geliebte an, seine Braut, sein sterbendes Mädchen, die Frau, der dieser Song und, wahrscheinlich, tatsächlich, jeder andere Song gewidmet ist. Er singt in die sich aufhellende Luft des Raumes hinein.

Barrett hat sich angezogen. Die enge (zu enge? Scheiß drauf – wer sich als Schönheit präsentiert, wird von den allermeisten Leuten für eine gehalten) Wollhose, das Clash-T-Shirt (nur noch perlgraue Durchsichtigkeit, so abgetragen ist es), der ostentativ ausgefranste Sweater, der ihm schlaff und zwanglos fast bis auf die Knie hängt.

Hier ist er, gebadet, das Haar gegelt, angezogen für den Tag. Hier ist seine Reflexion im Schlafzimmerspiegel, hier ist das Zimmer, in dem er gegenwärtig residiert: vom Shintō inspiriert, nur eine Matratze und ein niedriges Tischchen, Wände und Fußboden weiß gestrichen; Barretts privater Schutzraum in dem miefigen Sperrmüllmuseum, zu dem der Rest von Tylers und Beths Wohnung geworden ist.

Er zieht sein Handy aus der Tasche. Das von Liz ist noch ausgeschaltet, natürlich, aber er sollte ihr sagen, dass er den Laden heute Morgen aufschließen wird.

»Hey, hier ist Liz, hinterlass eine Nachricht.«

Manchmal ist er immer noch überrascht vom schroffen Nachdruck dieser Stimme, wenn sie ihm losgelöst von Liz' lebendigem, ziemlich schiefem Gesicht begegnet (Liz ist eine jener Frauen, die erfolgreich auf der eigenen Schönheit beharren – Barrett hat von ihr gelernt, dass eine Hakennase und ein breiter, schmallippiger Mund auf die Liste begehrenswerter Züge gesetzt werden sollten, nein, müssen), vom nachlässigen grauen Gewirr ihrer Haare.

Barrett spricht in (auf?) ihre Voicemail.

»Hi. Ich bin heute etwas früher da, will ein bisschen im Laden rumhängen, also nur zu, wenn du und Andrew noch liegen bleiben möchtet. Ich schließe auf. Und an einem Tag wie heute werden wohl kaum viele Kunden hereinschneien. Bye.«

Andrew. Der idealste Bewohner von Barretts Kopf; anmutig und rätselhaft wie eine Figur am Fries des Parthenon; Barretts einmalige Erfahrung mit dem Göttlichen. Näher als in Andrews Gegenwart ist Barrett der Ahnung einer überirdischen Präsenz in der Welt noch nie gekommen.

Eine kleinere Erleuchtung kreist durch Barretts Kopf wie eine aufdringliche Fliege. Hat sein letzter Freund ihn so locker verlassen können, weil er Barretts Fixierung auf Andrew spürte, die Barrett nie, niemals erwähnt hat? Wäre es denkbar, dass der Verflossene sich als eine Art Abklatsch empfand, als die erreichbare Version von Andrews lässiger, unaufgeregter Schönheit; Andrew, der, jetzt und möglicherweise immerdar, als überzeugender, lebendiger Beweis für Gottes Genius herhalten muss, inklusive Gottes rätselhafter Neigung, gewissen Lehmklumpen ein Maß an Aufmerksamkeit für Symmetrie und Präzision zukommen zu lassen, das er (sie?) weiten Teilen der Gesamtbevölkerung vorenthält?

Nein. Wahrscheinlich nicht. Der Typ war, ehrlich gesagt, kein besonders subtiler oder intuitiver Denker, und Barretts Gefühl für Andrew bewegt sich nicht im Bereich des Möglichen. Barrett bewundert Andrew, wie man einen Apollo von Phidias bewundern könnte. Von einer Marmorstatue erwartet keiner, dass sie von ihrem Museumssockel heruntersteigt und Umarmungen verteilt. Niemand macht mit seinem Geliebten Schluss, nur weil der ein Kunstnarr ist. Oder?

Wer wünscht sich nicht – wer braucht nicht – einen Mond, den er anschmachten kann, eine sagenhafte Stadt aus Glas und Gold jenseits des Ozeans? Wer würde von seinem körperlich greifbaren Liebhaber – dem Kerl, mit dem man das Bett teilt, dem Mann, der vergisst, benutzte Taschentücher zu entsorgen, und der, bevor er morgens zur Arbeit geht, den letzten Schluck Kaffee trinkt – verlangen, ein Mond zu sein oder eine Stadt?

Wenn sein neuester Ex ihn tatsächlich aus dem Grund verlassen hat, weil Barrett insgeheim von einem Jungen fasziniert ist, den er niemals haben kann … Das wäre, auf eine verquere Art, gut zu wissen. Barrett bevorzugt eine Version des Geschehens, in der der abtrünnige Geliebte sich am Ende als unvernünftig, paranoid oder sogar ein kleines bisschen verrückt erweist.

Auf dem Weg hinaus bleibt Barrett noch einmal vor Tylers und Beths geöffneter Schlafzimmertür stehen. Beth schläft. Tyler wird in der Küche sein, wo er sich mit Kaffee vollpumpt. Barrett ist selbstverständlich froh darüber – so wie alle –, dass Tyler keine Drogen mehr nimmt.

Barrett bleibt einen Augenblick auf der Schwelle zum Zimmer stehen und beobachtet die schlafende Beth. Sie ist so zerbrechlich und elfenbeinblass wie eine komatöse Prinzessin, die jahrzehntelang schläft und wartet, dass der Bann gebrochen wird. Wenn sie schläft, sieht sie, seltsamerweise, weniger krank aus; wenn ihre Sprechweise und ihre Sorgen und ihre Manierismen nicht so offenkundig darum ringen, das Versagen des Körpers zu überleben.

Bezieht sich das Zeichen, das Barrett gegeben wurde, auf Beth? Hat der Umstand, dass irgendeine immense, inhumane Intelligenz entschied, sich ihm exakt zu diesem Zeitpunkt zu zeigen, mit Beth zu tun, die in immer tieferem Schlaf versinkt?

Oder war die Erscheinung nur ein winziger Fremdkörper, der auf seine Großhirnrinde drückt? Wie wird er sich fühlen, wenn man ihm, in einem Jahr vielleicht, in der Notaufnahme erklärt, der Tumor sei operabel gewesen, wenn er nur früher entdeckt worden wäre?

Er wird nicht zum Arzt gehen. Wenn er eine Hausärztin hätte (er stellt sich eine Schwedin über sechzig vor, in Gesundheitsfragen streng, aber nicht fanatisch, und mit der Angewohnheit, über Barretts bescheidene Mixtur aus weniger bekömmlichen Vergnügungen in mildem, nicht ganz ernstem Ton zu schimpfen), er würde sie anrufen. Aber da er keine Krankenversicherung hat und folglich Kliniken und Medizinstudenten ausgeliefert ist, die am lebenden Objekt ausgebildet werden, kann er sich nicht überwinden, jene Fragen über sich ergehen zu lassen, die ihm ein fremder Arzt zu etwaigen Vorerkrankungen stellen würde. Das himmlische Licht könnte er nur mit jemandem besprechen, der ihn bereits als einen psychisch stabilen Menschen kennt.

Riskiert er eher den Tod als eine Peinlichkeit? Offenbar ja.

Leise (er ist immer noch auf Socken, die Schuhe lassen sie an der Wohnungstür stehen, ein hiesiger Brauch, merkwürdig angesichts des nicht gerade sauberen Zustandes der Wohnung) betritt Barrett das Zimmer und bleibt vor dem Bett stehen, um dem steten Murmeln von Beths Atemzügen zu lauschen.

Er kann sie riechen – die Lavendelseife, die alle drei benutzen, vermischt mit einem Duft, den er nur *fraulich* nennen kann, eine reife Reinlichkeit, die durch den Schlaf betont und vertieft wird, mittlerweile vermischt mit der pudrigen Schärfe ihrer Medikamente, dem eigenartigen Aufwallen pharmazeutischer Sauberkeit und einem säuerlichen Kraut aus der Gattung der Kamillen, das aller Wahrscheinlichkeit nach seit Jahrhunderten in Sümpfen und Marschen gesammelt wird, zusammen mit einem Krankenzimmergeruch, den er nur als elektrisch beschreiben kann; das undefinierbare, ätzende Unsichtbare, das in Räumen, in denen Todkranke liegen, durch in der Wand verborgene Kabel fließt.

Er beugt sich hinunter, betrachtet Beths Gesicht, das hübsch ist, hübsch genug, und gleichzeitig besser als hübsch, weil persönlicher. Während hübsch zu sein eine gewisse banale Ähnlichkeit impliziert, sieht Beth aus wie keine andere als sie selbst. Die leicht geöffneten Lippen, geschwollen und gekräuselt, stoßen das leise Pfeifen ihrer Lungen aus; die Nase in ihrer leicht abgeflachten Demut und mit schmalen Schlitzen ein entferntes Überbleibsel von Beths zum Teil asiatischer Abstammung; die Augenlider bläulich weiß, die Wimpern sandfarben; der blassrosa Melonenskalp, kahl durch die Chemo.

Sie ist lieblich anzusehen, aber keine große Schönheit, und ihre Leistungen sind ganz in Ordnung, aber gering. Sie ist eine gute Bäckerin. Sie hat ein Gespür für Mode. Sie ist intelligent, eine begeisterte Leserin. Sie ist zu fast allen Menschen nett.

Ist es möglich, dass das Licht, das über ihm strahlte, während Beth verblasst, von einem Leben kündete, das über die Grenzen des Körpers hinausreicht?

Oder ist das ein messianischer Tick von Barrett?

Hat sein Geliebter ihn deswegen verlassen? Weil er so empfänglich ist für bedeutsame Zeichen?

Barrett beugt sich tief hinunter, kommt Beths Gesicht so

nah, dass er ihren Atem an seinem Kinn spüren kann. Sie lebt. Jetzt in diesem Moment lebt sie. Ihre Lider zucken im Traum.

Er stellt sich ihre Träume als pastellig und heiter vor, hell noch in extremis; keine unsichtbar lauernden Schrecken, keine Schreie der Auslöschung, keine scheinbar harmlosen Köpfe, die sich wenden und statt Augen schwarze Löcher haben oder Rasiermesserzähne. Barrett hofft, dass es wahr ist.

Einen Augenblick später richtet er sich auf, abrupt, als hätte jemand seinen Namen gerufen. Der Gedanke, dass Beth so früh aus dem Leben gerissen wird und dass ihr Fehlen einer kleinen Gruppe von Menschen auffallen, darüber hinaus jedoch unbemerkt bleiben wird, lässt ihn beinahe rückwärts taumeln. Es ist keine Überraschung. Aber es trifft ihn jetzt mit besonderer Wucht. Ist es tragischer oder weniger tragisch, der Welt einen so stillen und kurzen Besuch abzustatten? So wenig beigetragen, verändert zu haben?

Ein unangenehmer Gedanke: Möglicherweise besteht Beths größte Leistung darin, Tyler geliebt zu haben und von ihm geliebt worden zu sein. Tyler, der etwas in ihr sieht, das selbst für jene, die sie lieben, unsichtbar bleibt. Sie wird von allen geliebt, doch Tyler betet sie an, Tyler ist fasziniert von ihr, Tyler findet sie außergewöhnlich.

So wie Barrett, jedoch nur, weil Tyler es tut. Dennoch. Beth wird leidenschaftlich geliebt worden sein, von einem Hauptmann und einem Nebenmann. Sie wird, in gewisser Hinsicht, doppelt verheiratet gewesen sein.

Wie wird Tyler eigentlich weiterleben, wenn sie gegangen ist? Barrett liebt Beth, und sie (soweit er weiß) liebt ihn ebenfalls, aber es ist Tyler und Tyler allein, der die tägliche Pflege leistet. Wie soll er weiterleben, nicht nur mit ihrem

Verlust, sondern auch mit dem Verlust des Sinns, den sie seinem Leben in den vergangenen zwei Jahren gegeben hat? Beth zu pflegen war Tylers Beruf. Seine Musik hat er gespielt und komponiert, wann immer er nicht dringend gebraucht wurde, nebenbei.

Aus irgendeinem Grund hat Barrett es jetzt erst vollkommen begriffen: Tyler macht sich Sorgen, Tyler ist bedrückt, und doch ist er seit Beths Diagnose so zufrieden, wie Barrett ihn seit vielen Jahren nicht gesehen hat. Tyler würde es niemals eingestehen, nicht einmal vor sich selbst, aber sich um Beth zu kümmern – sie zu trösten, zu füttern, den Überblick über ihre Medikamente zu behalten, mit den Ärzten zu diskutieren – hat einen erfolgreichen Menschen aus ihm gemacht. Hier ist etwas, das er tun kann, und er macht es gut, wohingegen die Musik ihn lockt und umschwirrt und doch nie zu greifen ist. Und in der Gewissheit des zwangsläufigen Scheiterns liegt, wahrscheinlich (oder etwa nicht?), etwas Furchtbares und doch Beruhigendes. Kaum jemand kommt als Musiker groß heraus. Niemand kann in den Körper der Geliebten hineingreifen und den Krebs herausschaben. Ersteres wirft man sich vor. Über Letzteres gibt es nichts zu sagen.

Barrett legt seine Hand, ganz sanft, auf Beths Stirn, obwohl er das gar nicht wollte. Es ist, als sehe er seiner Hand bei einer Geste zu, die er nicht in Auftrag gegeben hat. Beth murmelt, aber sie erwacht nicht.

Barrett tut sein Bestes, um eine Art Heilkraft zu übermitteln, durch seine Handfläche. Dann verlässt er das Krankenzimmer wieder, kehrt in die tröstliche Normalität des Flurs zurück und macht sich auf den Weg in die Küche, wo der wache Tyler sitzt, wo Kaffee gekocht wurde, wo das wilde Leben, und sei es in seiner rudimentärsten Form, aufspielt wie ein verzauberter Dudelsack; wo sich Tyler, Freier und Hüter, mit ernster Stirn und dünnen, doch athletisch sehnigen Beinen, die aus Boxershorts herausragen, auf die bevorstehende Hochzeit vorbereitet.

Das mit der Heirat ist schon seltsam«, sagt Liz zu Andrew. Sie stehen auf Liz' Dach, vom Schnee umwirbelt. Sie sind wegen des Kälteschocks auf das Dach heraufgekommen, nach einer Nacht, die sich zu schnell von der Zeitspule abgerollt hat (mein Gott, Andrew, es ist vier Uhr früh; verdammt, Andrew, wie kann es denn plötzlich *halb sechs* sein, wir müssen dringend *schlafen*). Sie waren zu high für Sex, aber da gab es Momente, da gab es Momente in dieser Nacht, in denen Liz das Gefühl hatte, sich vollkommen erklären zu können; ihr gesamtes Sein auf ausgestreckten Handflächen halten und sagen zu können, hier bin ich, hier ist die goldene Schatulle, sie ist geknackt, jede versteckte Lade und jeder doppelte Boden geöffnet; hier sind meine Ehre und meine Großzügigkeit, hier meine Wunden und meine Ängste, die echten und die eingebildeten; hier ist, was ich sehe und denke und fühle, hier sind mein Scharfsinn und meine Hoffnung und meine Art, einen Satz zu formulieren; hier ist meine … *Ich*-heit, jene fassbare, aber unvollkommene Einheit, die in den Grenzen des Fleisches west und summt, die Mitte, die einfach *ist*, der Teil, der es wundervoll und erschreckend und seltsam findet, eine Frau namens Liz zu sein, die in Brooklyn lebt und einen Laden besitzt; das Unbenannte und Unbenennbare; das, was Gott erkennt, wenn das Fleisch wegfällt.

Im Ernst, wer braucht schon Sex?

Nun beruhigt sie sich, kehrt zurück, verbindet sich wieder (traurig und dankbar zugleich) mit ihrem körperlicheren Selbst, dem Selbst, das zwar weiterhin Licht und Wärme ausstrahlt, jedoch an vielen sehnigen, kleinen Fäden hängt – das Selbst, das zu Gereiztheit und Kleinmut fähig ist, zu Skepsis und grundloser Ängstlichkeit. Sie schwebt nicht mehr über den Dingen, breitet keinen mit Sternen besetzten Mantel mehr über die nächtlichen Wälder; sie ist immer noch voll verworrener Magie, aber sie ist auch eine Frau, die mit ihrem wesentlich jüngeren Freund auf einem Hausdach steht, attackiert vom Schneetreiben, eine Bewohnerin der normalen Welt, eine, die sagen könnte: *Das mit der Heirat ist schon seltsam.*

»Keine Ahnung«, sagt Andrew. »Findest du wirklich?«

Im schneedurchwehten Morgengrauen sieht er auf eine unheimliche Weise schön aus, so leuchtend blass wie einer von Giottos Heiligen, mit Schneeflocken im kurzgeschnittenen roten Haar. Liz spürt einen kleinen, nicht ganz geheuren Schauder des Erstaunens – dieser Junge interessiert sich für sie. Sie beide werden getrennte Wege gehen, das weiß sie, sie haben keine andere Wahl angesichts der Tatsache, dass er achtundzwanzig ist (man stelle sich vor, achtundzwanzig zu sein!). Die zweiundfünfzigjährige Liz Compton wird in seinem noch in der Entwicklung befindlichen Leben eine vorübergehende Rolle spielen. Es stört sie nicht, es stört sie wirklich nicht, und abgesehen davon ist er jetzt hier, mit glasigen Augen nach der langen Nacht, eingewickelt in eine ihrer Decken, Porzellan im frühen Licht, der ihre, bis er es nicht mehr ist.

Sie sagt: »Ach, nun ja, ich kann es verstehen, aber ich glaube nicht, dass er sie heiraten würde, wenn sie nicht …

wenn sie gesund wäre. Ich frage mich im Ernst, ob es für sie nicht ein bisschen peinlich ist. Als wäre sie ein krankes Kind, das man zu einem Ausflug nach Disney World mitnimmt.«

Zu zynisch, Liz. Zu barsch. Bleib in der Nachtwelt, sprich zu diesem Jungen in seiner Sprache, in der Sprache aufrichtiger Güte.

Er sagt: »Hm, ich weiß, was du meinst. Aber weißt du, ich glaube, wenn ich wirklich krank wäre, hätte ich nichts dagegen. Wenn jemand, also, wenn jemand mir auf diesem Weg seine Liebe erklären will.«

»Wahrscheinlich frage ich mich nur, inwieweit Tyler es für Beth tut und inwieweit für sich.«

Andrew sieht sie verständnislos an. Seine zugedröhnten Augen leuchten, aber ohne Tiefe.

Redet sie zu viel? Wäre es denkbar, dass sie ihn während ihrer nächtlichen Gesprächsorgie gelangweilt hat? War der dargebotene Schatz in Wahrheit nur eine Frau in einem gewissen Alter, die ohne Punkt und Komma redete?

Die Fesseln des Fleisches greifen erneut. Da sind sie wieder, die Zweifel und die kleinen Selbstverstümmelungen, garstig und doch seltsam tröstlich in ihrer Vertrautheit.

»Vielleicht«, sagt er. »Ich meine, so gut kenne ich die beiden nicht.«

Er macht dicht. Sie hat ihn überfordert. Aber sie ist noch nicht bereit, loszulassen – die letzten Zipfel der ausgefransten, glorreichen Nacht, die Überzeugung, dass alles verstanden werden kann.

»Komm, gehen wir wieder rein«, sagt sie. Sie ist dabei, etwas Kostbares zu verlieren, hier oben im verschneiten Morgengrauen. Es ist beinahe, als fegte der Wind ihren Überschwang hinweg, und zurück blieben nur die Perlen ihrer Skepsis, der kleine Rosenkranz ihrer Beschwerden.

»Nein, warte kurz«, sagt Andrew, »ich glaube …«

Sie wartet. Er verfolgt einen Gedanken. Er steht im Schneegefunkel, im Bademantel, und versucht zu ermitteln, was er glaubt.

Er sagt: »Ich glaube, die Leute machen sich zu viele Gedanken. Ich finde, wir sollten einfach drauflosleben und Fehler machen. Nach dem Motto, lass uns heiraten. Lass uns Kinder bekommen. Auch wenn unsere Motive, weißt du, vielleicht nicht immer edel und rein sind. Ich glaube, man könnte sein ganzes Leben lang immer nur edel und rein sein und am Ende, na ja, allein dastehen.«

»Vielleicht«, antwortet sie. »Da könntest du tatsächlich recht haben.«

»Manchmal ist das Leben chaotisch. So muss es sein.«

»Bis zu einem gewissen Punkt«, sagt sie. »Hey, zitterst du?«

»Äh, ein bisschen.«

»Dann lass uns wieder hinuntergehen«, sagt sie.

Sie küsst seine kalten Lippen.

In der Küche schenkt sich Barrett einen halben Becher Kaffee ein, seine Morgenration. Tyler, abgetaucht in die Tyler-Welt, summt eine Melodie und schlägt den Takt, ganz sanft, mit der Fingerspitze auf die Tischplatte.

Barrett muss nur selten überlegen, was er zu Tyler sagen soll. Er hält seinen Kaffeebecher fest, als handele es sich um eine wichtige Aufgabe. Wie immer braucht Tyler einen Augenblick, um aus seiner Paralleldimension zurückzukehren. Morgens in der Küche ergreift Barrett stets als Erster das Wort.

Tyler fragt: »Willst du wirklich drei Stunden vor Öffnungszeit in den Laden fahren?«

Tyler kann normal sprechen, normal genug, doch er ist noch nicht ganz aus der Sphäre zurück. Obwohl er zu summen aufgehört hat, lärmt die Musik immer noch in seinem Kopf. Barrett vermutet, dass eine normale Unterhaltung in Tylers Empfinden, besonders morgens, wenn er, was seine Musik angeht, am inbrünstigsten und hoffnungsvollsten ist, dem Versuch ähnelt, sich auf einer lauten Baustelle durch Geschrei verständlich zu machen.

Barrett antwortet nicht. Er würde gern antworten. Er hat vor zu antworten. Aber nun versucht er krampfhaft, sich zu erinnern, was er in diesen Küchengesprächen immer sagt –

beim täglichen, brüderlichen Start in den bevorstehenden Tag (gute Reise, Pilger) – und wie er sich dabei ausdrückt.

Er hat ein Geheimnis, neuerdings. Er verschweigt Tyler etwas.

Die Überraschung: Es verwirrt ihn.

Daraus folgende Überraschung: Barrett zu sein setzt offenbar die Fähigkeit zur Nachahmung voraus, ein gewisses Maß an Verstellung.

Tyler sagt: »Hallo?«

Was komisch ist. Zum ersten Mal, seit Barrett denken kann, haben sie die Rollen getauscht. Barrett ist, schon seit ihrer Kindheit, immer derjenige gewesen, der Tyler aus seinen fingerklopfenden Träumereien herausreißt.

Barrett kommt zu sich.

»Ja«, sagt er. »Es wird nett sein, den Laden für sich allein zu haben. Dann kann ich ungestört lesen.«

Er klingt wie Barrett, oder? Er hofft es. Immerhin scheint Tyler ihn nicht misstrauisch anzusehen.

»Du kannst hier lesen. Du kannst hier allein sein.«

»Jetzt klingst *du* wie Mom.«

»Wir sind beide wie Mom«, sagt Tyler.

»Ob das wohl heißt, dass wir nicht vom Blitz erschlagen werden?«

»Versteh ich nicht.«

»Na ja, eine Frau wird auf dem Golfplatz vom Blitz erschlagen, und dann, Jahre später, wird einer ihrer Söhne ebenfalls vom Blitz erschlagen. Wie wahrscheinlich ist das?«

»Die Wahrscheinlichkeiten sind exakt dieselben.«

»Manchmal frage ich mich bei dir, wie es sich mit einem so bescheidenen Sinn für Romantik eigentlich lebt«, sagt Barrett.

»Aberglaube und Romantik sind nicht dasselbe.«

»Fragst du dich denn nie, wo Mom jetzt ist?«

Tyler sieht ihn an, als hätte er eine unhöfliche und geschmacklose Bemerkung gemacht. »Natürlich.«

»Glaubst du, sie ist einfach … weg?«

»Das stelle ich mir ungern vor.«

Ein Tropfen, über längere Zeit angewachsen, fällt mit leisem *ping* vom Rand des Wasserhahns in den Kochtopf, der zum Einweichen in der Spüle steht. Der Neonröhrenring unter der Decke, den Beth mit einem roten Seidentuch, das das Licht filtert und rosa färbt, abgehängt hat, sondert ein leises Brummen ab.

»Fragst du dich je, ob die Katholiken recht haben?«, will Barrett wissen.

»Sie haben nicht recht. Nächste Frage.«

»Aber irgendjemand muss doch recht haben. Warum nicht die Katholiken?«

»Jetzt klingst du leicht verrückt.«

Die Einfassung des Küchentischs, gerilltes Aluminium, hat eine Kerbe an einer Ecke, ein v, in dessen Tiefe ein phlegmatischer Brotkrümel liegt.

»Wir sollten für alle Möglichkeiten offen bleiben, oder?«

»*Diese* Möglichkeit schließe ich aus.«

»Ich … ich habe einfach nur darüber nachgedacht.«

»Du warst ein besserer Katholik als ich«, sagt Tyler.

»Ich war fügsamer als du, mehr nicht. Und weißt du, keiner der Priester hat mich je belästigt.«

»Warum sagst du das jetzt?«

Das Aroma von Kaffee hängt in der Luft, es ist eine Mischung aus frischem Kaffee und den wiederbelebten, eingebrannten Kaffeeresten auf der Metallplatte, die die Kanne wärmt. Da ist ein Hauch von Lachs, den es gestern Abend gab. Da ist der Eigengeruch der Küche, der sich mit der Verschlechterung von Beths Gesundheitszustand verändert hat, leicht, nicht grundlegend. Als Beth noch wohlauf war, roch es nach Kuchen (aus unerfindlichem Grund überlagerte der Teiggeruch alle anderen Kochdünste) und karamellisiertem Zucker. Die Geister sind geblieben. Darunter jedoch liegen jetzt, wie verräterische Pentimenti, Andeutungen von gebratenem Schweinefleisch (ein wahres Phantom, nie haben sie hier Schwein gebraten) und Männerschweiß.

»Nun, da es in allen Nachrichten ist«, sagt Barrett, »muss ich mich fragen, warum sich nie jemand an mich herangemacht hat, ich meine, auf einmal fühle ich mich wieder wie der fette kleine Junge von damals. Ich weiß, das ist krank.«

»Solange du dir dessen bewusst bist …«

»Manchmal kann ein Gedanke blanker Unsinn und zugleich wahr sein.«

»Das ist, wie wir beide wissen, lächerlich.«

»Wahrscheinlich. Aber mal im Ernst. Was hat man eigentlich davon, wenn man von niemandem verführt wird? Welchen Vorteil bringt einem die strikte Ablehnung, die konsequente Neinsagerei?«

»Ich bin mir nicht sicher, ob ich der Unterhaltung noch folgen kann. Nicht so früh am Morgen.«

»Okay. Ich geh zur Arbeit.«

»Ciao.«

»Bis heute Abend.«

»Bis heute Abend.«

Du findest wirklich, das Leben sollte chaotisch sein?«, sagt Liz zu Andrew.

Sie bereitet ihm das Frühstück zu, wie eine Farmersfrau. Es ist ein bisschen sexy. Es ist nicht *un*sexy. Sie könnte eine kräftige Bäuerin mit energischen Zügen sein, die Eier in einer gusseisernen Pfanne rührt und ein Haus auf einer zwitschernden, grünen, endlosen Ebene bewohnt; eine stattliche Frau, die mit beiden Beinen fest auf dem Boden steht, die nichts aus der Ruhe bringt; klüger als ihr Mann, gerissener auch, vielleicht ohne seinen geschwätzigen, derben Charme, aber beseelt von einer tiefen Sicherheit, deren Ausmaße er sich kaum vorstellen kann.

Andrew lehnt sich zurück, rauchend, in Unterhose und Wollsocken. Wenn er wüsste, wie sexy er ist, wäre alles verdorben. Oder weiß er Bescheid? Ist er cleverer, als es den Anschein hat?

»Hä?«, sagt er.

»Was du eben auf dem Dach gesagt hast. Dass das Chaos manchmal dazugehört.«

»Ach so. Ja, weißt du, ich streite mich nicht gern, aber ich kneife auch nicht.«

»Hm. Ich meinte damit, magst du es, wenn es hin und wieder zu Reibereien kommt, findest du das belebend?«

Andrew, pass gut auf. Ich frage dich, ob ich dir zu mütterlich bin, zu gutmütig und freundlich, um dein Interesse wachzuhalten. Wünschst du dir eine kaltschnäuzigere Frau, eine, die dich abstraft und deine Gefühle missachtet, weil sie ihren Wert kennt, eine, die sich für nichts entschuldigt, niemals?

»Früher, als Kind, habe ich jede Menge Ärger bekommen«, sagt er. »Weißt du, wenn man so viel umzieht wie wir damals …«

Das Thema hatten sie bereits.

Sie stellt Andrews Frühstücksteller mit einem lauten *plonk* vor ihm auf den Tisch. Er bläst eine Qualmwolke durch die Nasenlöcher aus, legt seinen muskulösen Arm um ihre Hüfte.

»Ständig musst du dich beweisen«, sagt er.

Das Thema hatten sie ebenfalls. Bei Andrew führt jedes Gespräch irgendwann in die Vergangenheit zurück, auch wenn es normalerweise länger dauert als jetzt. Er ist der nostalgischste Achtundzwanzigjährige aller Zeiten. Seine Vergangenheit ist seine Heilige Schrift, ein Quell der Weisheit, und wann immer sich ihm eine Frage stellt, wann immer eine Frage ansatzweise komplex ist, konsultiert er das Buch *Als wir nach Phoenix zogen* oder das Buch *Als ich ein ganzes Jahr im Krankenhaus lag* oder das Buch *Als ich anfing, Drogen zu nehmen*.

Liz zupft ihm die Zigarette aus den Fingern und zieht daran, weil das nach sexy Momma aussieht. Geschickt schnippt sie die Kippe in die Spüle.

»Iss, Kind«, sagt sie.

»Willst du nichts?«

»Ich bin noch zu high.«

Das stimmt nicht ganz. Aber jetzt, in diesem Moment, beim Runterkommen, zieht sie es vor, das Traumbild zu bleiben, das sie und Andrew gemeinsam entworfen haben. Jede Demonstration von Appetit würde es zerstören.

Er schlingt, hundeähnlich glücklich über das Essen. Schneeflocken klopfen an die Fensterscheiben.

Bevor er mit der *Saga meiner rauen Kindheit* fortfahren kann, sagt Liz: »Als ich ein kleines Mädchen war, habe ich alle zusammengeschlagen.«

»Du machst Witze.«

»Nö. Ich war der Schrecken der dritten Klasse.«

»Das kann ich nicht glauben.«

Glaub es einfach, Schätzchen.

Sie streicht ihm über das kurzgeschorene rote Haar, befingert die Reihe aus Silberringen in seinem Ohrläppchen, die sie in einer Mischung aus Zuneigung und Mitleid innerlich zusammenzucken lassen. Sie weiß, was auf ihn zukommt. Sie fühlt sich schuldig, ein bisschen wenigstens, weil sie es weiß, aber was soll sie machen? Ihn warnen? Ihm sagen, dass seine ungehobelte Schönheit erodieren wird; dass die Masche des bösen Buben mit Heiligengesicht mit achtundzwanzig noch zieht, aber …

Sie sagt: »Man sollte nie der ärmste Mensch in der Nachbarschaft sein. Es ist komisch. Meine Eltern waren so stolz auf unser Häuschen in der Vorstadt.«

»Aha …«

»Denn wie sich herausstellte, bedeutete es, dass sie ihre Kinder auf die gute Schule schicken konnten. Weil sie es geschafft hatten, ein Haus zu kaufen, das drei Meter innerhalb der Bezirksgrenze stand.«

»Und das war etwas Schlechtes?«

»Nein. Ich meine, plötzlich hatte ich Lehrer, die weder verrückt noch betrunken waren. Aber dafür waren da auf einmal all diese Kids, die mich hassten, weil ich ein schäbiges kleines Ding war. Auf einmal tauchte ich dort auf, in Schuhen, die Dora Mason allen Ernstes wiedererkannte …«

»Hä?«

»Ich bin mit Schuhen zur Schule gegangen, die ein Mädchen aus meiner Klasse kurz zuvor dem Kirchenbasar gespendet hatte. Wovon ich nichts ahnte. Ich mochte die Schuhe sehr, sie waren lila und hatten diese kleinen Schnallen, ich sehe sie immer noch vor mir … Jedenfalls hatte ich wohl geglaubt, meine Mutter würde durch Zauberei davon abgehalten, mir ein Paar Schuhe zu kaufen, das davor dem gemeinsten Mädchen der dritten Klasse gehört hatte …«

»Ätzend«, sagt Andrew.

»Und wie. Selbstverständlich hat Dora die Wahrheit über meine Schuhe in der Klasse herumposaunt. Also habe ich sie verprügelt.«

»Gut gemacht!«

»Ich dachte mir, wenn ich schon nicht beliebt sein kann, dann ist gefürchtet zu sein die zweitbeste Wahl. Was ehrlich gesagt ziemlich gut funktionierte.«

Andrew schaut grinsend zu ihr auf, Frühstücksreste zwischen den Zähnen. Wie kommt es, dass er nie grotesk wirkt? Es muss an seiner Unschuld liegen, seiner Ahnungslosigkeit, während ringsum sein Schicksal Gestalt annimmt und die Zukunft in winzigen Schritten eintrifft, so unauffällig wie die Tagespost.

»Mich schlägst du aber bitte nicht, okay?«

»Nein.«

Und gutgläubig wie ein Kind wendet er sich wieder dem Frühstück zu.

Sie beugt sich vor und drückt ihm einen keuschen, huldvollen Kuss mitten auf den Kopf. Hier ist der Duft seiner Kopfhaut, seine … Wildheit, seine frische, unparfümierte

Lebendigkeit. Da ist ein Hauch von Haarkosmetik, das Gel, das er benutzt (Duane Reade, eine obskure Pomade, zu der er wahrscheinlich greift, weil sie die günstigste ist), aber da ist auch dieser Unterton, ein Duft, den Liz nur als den von Wachstum bezeichnen kann, nicht gepflegter oder bewusster als Gras und ebenso gewöhnlich, ebenso robust und bedingungslos. Der Duft von Andrews Haar ähnelt, so wie der von Gras, nur sich selbst.

Irgendwann wird er eine Jüngere kennenlernen. So ist das mit den Männern. Er wird sich Vorwürfe machen, denn er ist alles andere als grausam, was bedeutet, dass sie ihn über den Betrug wird hinwegtrösten müssen, ihn wird aufmuntern, ihm wird einreden müssen, sein Glück bedeute ihr mehr als alles andere auf der Welt, was, natürlich, gelogen sein wird.

Und früher oder später wird er seine ohnehin schon planlos verlaufende Schauspielerkarriere an den Nagel hängen. Er wird zur Vernunft kommen – ihm fehlt die skrupellose Courage, der wahnhafte Optimismus. Er wird anfangen müssen, einen neuen Lebensplan zu entwerfen.

Was er ohne Liz tun wird.

In der Zwischenzeit wird er einen richtigen Job an Land ziehen (*Andrew, es ist später, als du denkst*). Er wird ein Mädchen kennenlernen, nicht jenes, das die Gewissensbisse auslöst, über die Liz ihm tatsächlich hinweghelfen wird, sondern das danach (oder noch später). Er wird ein Baby zeugen, das ihn Ehrfurcht lehren wird, ein blinzelndes, gurrendes Wesen, das aus dem Nichts produziert wurde, ihm aber auch die Chance nimmt, sich ein zweites Mal neu zu erfinden. Die Geldfrage wird es nicht erlauben. Dies, du Mann-Junge, ist das Ergebnis deiner Neuerfindung, diese Frau und dieses Kind, liebe sie, so treu du kannst, denn danach kommt eigentlich nichts mehr, jedenfalls für lange Zeit.

Wohingegen Liz, wenn es nach ihr geht (und es geht fast immer nach ihr), im Alter zu einer unerschrockenen, ziemlich respekteinflößenden Frau mit Sonnenbrille und streng zurückfrisiertem grauem Haar werden wird, die immer noch Geld verdient, so viel Geld, wie sie braucht; die immer noch Jungen wie Andrew kennenlernt, verletzt wird (es lässt sich nicht abstreiten) durch ihre Liebe zu ihnen und sich deswegen umso mehr amüsiert über die kurzlebige Überzeugung der jungen Männer, sie stünden in dieser Welt auf der Gewinnerseite; so wie der Farmer, der eines Tages zu seiner großen Überraschung feststellen muss, dass sein Herz vor seinem siebzigsten Geburtstag versagt, während seine Frau noch dreißig oder mehr Jahre weitermacht, gelassen und majestätisch wie die fernen Güterzüge, deren oboenhaftes Klagen seit Menschengedenken über die dunklen Felder tönt.

Nachdem Barrett gegangen ist, singt Tyler in der Küche weiter leise vor sich hin. Beth wird aufwachen, wann immer sie aufwacht (ist so viel Schlaf ein Zeichen der Genesung, stellt ihr System die angegriffenen Reserven wieder her, oder übt ihr Körper nur für … den Tod?).

Diese Scherbe der Hoffnung …
Dieses Messer aus Eis …

Verdammter Song.

Warum, fragt Tyler sich, findet er ihn auf eine so verstockte, verquere, unnötige Weise schwierig? Er ist talentiert. Er strebt nicht (nicht wirklich, nicht tiefempfunden – nun ja, ein bisschen vielleicht, dann und wann) nach Genialität. Er will kein Mozart sein, kein Jimi Hendrix. Es ist ja nicht so, als versuche er, den Strebepfeiler neu zu erfinden oder das Raum-Zeit-Kontinuum zu durchbrechen.

Es ist ein Song. Tyler verlangt im Grunde genommen nur, dass er bitte schön mehr sein soll als dreieinhalb Minuten angenehm gefüllte Sendezeit.

Oder. Nun, okay. Tyler verlangt nur, dass er besser sein soll – *ein bisschen* besser, bitte, nur ein kleines bisschen – als das, wozu er handwerklich in der Lage ist. Der Song ist der

Apfel, den er fast, aber nicht ganz erreichen kann. Wenn er sich nur einen weiteren halben Zentimeter am Stamm hochschieben könnte, wenn er seinen Arm nur ein kleines bisschen weiter reckt …

Da fehlt, glaubt Tyler, ein Mythos im Pantheon.

Der Mythos handelt von einem Mann, der etwas herstellt. Ein Tischler beispielsweise, ein guter Tischler; gut genug. Seine Arbeiten sind solide und haltbar, das Holz durchgehärtet, die Kanten glatt, alle Verbindungen lotrecht. Seine Stühle erkennen den Körper; seine Tische wackeln nie.

Jedoch stellt der Tischler fest, nach einiger Zeit (der Teufel steckt immer in der Zeit, nicht wahr?), dass er etwas Erleseneres herstellen möchte als einen mustergültig geraden Tisch oder einen bequemen, einladenden Stuhl. Er möchte etwas … Fabelhaftes herstellen, etwas Wunderbares; einen Tisch oder Stuhl von Bedeutung (er weiß selbst nicht genau, was er damit meint); einen Tisch, der nicht so extravagant ist, als müsse er sich für sein bescheidenes Objekt-Leben als Lastenträger entschuldigen, einen Stuhl, der jene nicht kritisiert, die auf ihm Platz nehmen, aber zugleich einen Tisch und einen Stuhl, die herausragen, die revolutionär sind, weil sie … was? (*Was?*)

Weil sie …

… Gestaltwandler sind und jedem Benutzer in unterschiedlicher Form erscheinen (Sieh mal, der Tisch von der Farm meiner Großmutter! Mein Gott, an diesem Stuhl hat mein Sohn gearbeitet, als er den Unfall hatte, er wollte ihn meiner Frau zum Geburtstag schenken, nun ist er fertig, da steht er, *wie ist das nur möglich?*).

Weil …

… der Tisch die Reinkarnation des Vaters ist, den man verloren hat – geduldig und groß, verlässlich –, und der

Stuhl – anmutig, tröstlich, ohne Illusionen – die langersehnte Mutter, die man nie hatte.

Selbstverständlich kann der Tischler derlei Möbel nicht bauen, aber er kann von ihnen träumen; im Laufe der Zeit richtet er sich ein zwischen dem, was er erschaffen, und dem, was er nur erträumen kann, doch sein Unwohlsein wächst.

Diese Geschichte würde enden ... wer weiß?

Sie würde damit enden, dass ein zerlumpter alter Hausierer, ein Händler abgenutzter Restposten, die keiner mehr will, zum Tischler kommt, eine freundliche Behandlung erfährt und ihm daraufhin genau diese Gabe verleiht. Aber so nimmt es ein schlechtes Ende, nicht wahr? Der Wunsch geht nach hinten los. Die Menschen, die auf dem Stuhl Platz nehmen, die ihre Unterarme auf die Tischplatte legen, sind entsetzt über die heraufbeschworenen Erinnerungen oder wütend auf das Trugbild idealer Eltern, das sie umso zwingender an jene Eltern erinnert, die ihnen tatsächlich beschieden wurden.

Oder der Tischler kann, nachdem sein Wunsch erfüllt wurde, nicht anders, als sich vorzustellen, wie es wäre, Möbel von noch größerer Magie zu fertigen. Könnten sie nicht Krankheiten heilen, möglicherweise gar zu tiefer, dauerhafter Liebe anregen? Er verbringt die ihm verbliebene Lebenszeit damit, den alten Hausierer zu suchen in der Hoffnung auf einen zweiten Zauber, der seine Tische und Stühle nicht nur trösten lässt, sondern verändern, verwandeln ...

Es gibt anscheinend ein mytheneigenes Gesetz, das allen erfüllten Wünschen ein tragisches Ende verordnet.

Oder es könnte damit enden, dass der Tischler unverzaubert bleibt. In dieser Version gibt es keinen alten Hausierer, keine Wunscherfüllung. Sich der Grenzen des Machbaren zunehmend bewusst, doch nicht mehr in der Lage, die alte

Befriedigung zu empfinden, hat der Tischler keine rechte Freude mehr daran, abzuschmirgeln und einzupassen, weil ein Tisch oder Stuhl bar jeder übernatürlichen Eigenschaften ihn nicht mehr zufriedenstellen kann und wird; weil er sich zu lebhaft das vorgestellt hat, was er sich vorstellen, aber nicht hervorbringen kann. Diese Geschichte würde mit einem verbitterten und verarmten Tischler enden, der seine leere Weinflasche verflucht.

Oder (hey!) es könnte damit enden, dass der Tischler in einen Baum verzaubert wird (vom Hausierer oder von einer Hexe oder einem Gott), der sich, als er von einem anderen, jüngeren Tischler gefällt wird, fragt, ob er, ob seine Essenz in den Tischen und Stühlen, die aus ihm getischlert werden, überleben wird.

Offenbar fällt Tyler kein zufriedenstellendes Ende ein.

Also zurück zum Song. Versuch es noch einmal, von Anfang an.

Frostige Hallen durchwandern in der Nacht
Auf der Suche nach dir auf deinem Thron aus Eis

Eigentlich ist es gar nicht so übel. Nicht wahr? Oder ist es rührselig, Melancholie unter dem Deckmantel echter Empfindung? Wie soll man das wissen?

Mit einem Gefühl schuldbewussten Aufgebens schaltet er das Radio ein. Höchste Zeit, eine zweite Stimme in den Raum zu lassen.

Da ist die geübte Sonorität einer Nachrichtensprecherstimme, der Bariton, der an die Stelle der reinen Wahrheit getreten ist.

»... eine Eigendynamik entwickeln, es wird eng, am Ende hängt alles von Ohio und Pennsylvania ab ...«

Tyler schaltet das Radio wieder aus. Es darf nicht sein. Bush hat nicht nur massenhaft getötet und der Wirtschaft den Garaus gemacht. Er ist eine Kunstperson, ein beschränkter Spross des privilegierten Protestantismus, neu inszeniert als frommer Rancher aus Texas. Es ist ein Schmierentheater, Gier und Narzissmus, wohin man blickt, es ist der Wunderdoktor in seinem Karren, der mit anmaßenden Heilsversprechen in die Kleinstadt rollt. Wie kann irgendjemand, wie kann sich auch nur ein einziger Mensch zum Wahllokal durchkämpfen (schneit es gerade in Ohio, in Pennsylvania?) und ernsthaft wollen, dass das Ganze um vier Jahre verlängert wird?

Klingt »Thron aus Eis« nach Teenagerromantik? Wo, ab wann schlägt Inbrunst in Naivität um?

Tyler denkt über das Wort »Scherbe« nach, als Beth in die Küche kommt. Sie ist eine viktorianische Schlafwandlerin, alabastern in ihrem weißen Nachthemd. Tyler steht auf und geht ihr entgegen, als käme sie gerade von einer langen Reise zurück.

»Hey, du«, sagt er und schlingt seine Arme um ihre zerbrechlichen, knochigen Schultern, legt seine Stirn sanft an ihre.

Sie seufzt glücklich. Eine Weile stehen sie so da, umarmen einander. Es ist zu ihrem Morgenritual geworden. Beth mag denken, was Tyler denkt, oder auch nicht, aber sie scheint zu wissen, dass die Phase des schläfrigen, morgendlichen Nicht-Sprechens wichtig ist. Noch nie hat sie etwas gesagt, wenn sie nach dem Aufwachen in Tylers Umarmung steht; sie weiß oder spürt intuitiv, dass eine Unterhaltung sie und Tyler in einen anderen Tag schleudern würde, dann wären sie zwei Liebende im Gespräch, was sie früh genug sein werden, was aber nicht dasselbe ist wie diese erste Umarmung am Morgen: ein Zwischenspiel gemeinsamer Ruhe, das vollkommene Schweigen, da sie noch halten und gehalten werden können, da sie ohne ein Wort beieinanderstehen, nur sie beide, lebendig, vorläufig, in der fortdauernden Stille.

Barrett stapft durch die schneeverwehte Straße, hinter ihm flattert ein guter halber Meter seines grünkarierten Schals (sein einziges Zugeständnis an Farbe), der sich, herausgerutscht aus der Umklammerung des schweren grauen Mantels, in seinem Rücken dreht und zwirbelt.

Es ist eigenartig. Als er vor einer Stunde durch den Sturm lief, nichts am Leib als Shorts und Schuhe, empfand er die Kälte als belebend, als eine Essenz, die ihn verwandelt, er war wie ein Mann, der über Bord geht und zu seiner Überraschung merkt, dass er unter Wasser atmen kann. In Stiefeln und Mantel und Schal hingegen trottet Barrett dahin wie alle anderen, ein kleiner Admiral Peary, der sich vermummt durch die vereiste Knickerbocker kämpft, ohne jedes Anzeichen von Leichtfüßigkeit, ohne Flügel, die sich von seinen Knöcheln zu lösen drohen, nur ein Mann, der sich gegen den Wind lehnt und einen schweren Stiefel vor den anderen setzt.

Der Laden wird behaglich dunkel sein, kundenfrei, alle Waren geordnet und erwartungsvoll. Er wird eine Zuflucht sein, unbefleckt, bis die Türen sich öffnen für die Jäger japanischer Jeans und absichtlich schlampig handgestrickter Schals und eines Original-Madonna-T-Shirts von der *Like a Virgin*-Tournee.

Zwanzig Minuten später steigt Barrett aus dem L Train und tritt auf die Bedford Avenue hinaus. Die Welt ist jetzt wach. Der Deli an der Ecke fluoresziert im Schnee. Die Leute sind dick eingepackt, gehen mit gesenktem Kopf. So früh am Tag sind in Williamsburg nur Pendler unterwegs, Männer und Frauen mit festen Jobs, in teuren langen Daunenmänteln oder Burton-Parkas, Mitglieder des Nomadenstamms, der die grimmigen New Yorker Außenbezirke kolonisiert, nachdem jüngere, waghalsigere Mitbürger hier Cafés und Läden eröffnet haben, so wie Liz und Beth vor sieben Jahren, als sie sich noch fragten, wie verrückt ihr Plan war, in einem ehemaligen polnischen Reisebüro ihre besondere Ware anzubieten, zur einen Seite einen Metzgerladen (in dem mittlerweile eine Boutique für Kinderbekleidung zu astronomisch hohen Preisen residiert) und zur anderen einen Goodwill Store (der im Laufe der vergangenen Dekade eine Reihe erfolgloser Restaurants beherbergte und demnächst von irgendeinem Optimisten neu eröffnet wird, als perfekte Kopie eines Pariser Bistros, bis hin zum nachgemachten Nikotingilb an den Wänden).

Selbst im Aufwachzustand wirkt Williamsburg durch den Schnee befriedet, verschleiert und gedämpft, gedemütigt durch den Beweis, dass sich auch eine Megalopolis der Natur unterwerfen muss; dass diese riesige, lärmende Stadt auf derselben Erde steht, die die Menschheit seit Jahrtausenden zu Opfern und Kriegen und zum Bau von Tempeln inspiriert hat, um eine Gottheit zu besänftigen, die das Ganze mit einem einzigen Streich ihrer titanischen Hand auslöschen könnte, jederzeit.

Eine junge Mutter mit Kapuze und bis an die Nase hochgezogenem Schal schiebt einen Kinderwagen, dessen kleiner Insasse hinter einer lichtdurchlässigen Plastikplane mit

Reißverschluss verborgen liegt. Ein Mann in einem orangefarbenen Anorak führt zwei Foxterrier spazieren, beide tragen rote Stiefelchen.

Barrett biegt in die North Sixth Street ein. Dort, in der Mitte der Häuserzeile, erhebt sich die armenische St.-Ann's-Kirche in braungeziegelter Strenge. Er geht jeden Tag daran vorbei. Für gewöhnlich ist sie geschlossen, die Fenster sind dunkel und die mittelalterlich anmutenden Holztüren verriegelt. Barretts Arbeitsweg fällt nicht mit den Gottesdienstzeiten zusammen, und er hat sich, bis heute Morgen, nie wirklich klargemacht, dass die Kirche auch über einen Innenraum verfügt. Sie hätte genauso gut aus massivem Stein bestehen können, kein Gebäude, sondern ein kirchenförmiges Denkmal, dem jahrhundertealten nahöstlichen Glauben gewidmet, dem Aufsagen von Gebeten und dem Küssen von Ikonen, den Verwünschungen und Hoffnungen, der Taufe von Babys und der Verabschiedung der Toten. Es war Barrett nie in den Sinn gekommen, dieses schwerfällige, verlassene Gebäude könnte in gewissen Stunden zum Leben erwachen.

An diesem Morgen wird jedoch eine Achtuhrmesse gefeiert. Die schweren braunen Türen stehen offen.

Barrett steigt die wenigen Betonstufen zum Eingang hinauf und bleibt auf der Schwelle stehen. Da sind – fremd in ihrer Eigenheit und doch zutiefst vertraut – das brackige, von kleinen Goldfunken durchsetzte Halblicht, der Priester und die Messdiener (stämmige Jungs, gutmütig und routiniert, weder lächerlich noch heroisch, einfach nur adoleszente Trottel, Barretts dickliche Nachfahren), ins Ritual vertieft vor einem Altar, auf dem weiße Chrysanthemen in zwei Vasen unter einem enormen Kruzifix, das von der Decke hängt, vor sich hin welken; dieses spezielle Kreuz trägt einen ungewöhnlich hageren und leidenden Christus, dem grelles Blut aus einer Wunde im grünlich weißen Brustkorb quillt.

Die verstreuten Gemeindemitglieder, ein Dutzend höchstens und alles, wie es scheint, ältere Frauen, knien pflichtergeben in den kaffeebraunen Kirchbänken. Der Priester hebt Kelch und Oblate. Die Gläubigen kommen eher mühsam auf die Beine (vermutlich sind sie alle von irgendwelchen Knie- und Hüftleiden geplagt) und schleppen sich zum Altar, um die Hostie zu empfangen.

Barrett steht auf der Schwelle, geschmückt mit Schneeflocken, die für einen Augenblick auf seinem Mantel verweilen und dann verschwinden.

Beth sagt: »Ich glaube, heute möchte ich zur Arbeit gehen.«

Das Gebot des morgendlichen Schweigens wurde befolgt. Beth sitzt am Tisch und knabbert an der Toastscheibe, die Tyler für sie geröstet hat.

»Meinst du?«, fragt Tyler. Er ist in letzter Zeit unsicher, ob er sie zu mehr oder zu weniger Aktivität anhalten soll.

»Hm-hmm«, sagt sie. »Ich fühle mich ziemlich gut.«

Ihre winzigen weißen Zähne bearbeiten ohne ersichtlichen Appetit ein Stückchen Kruste. Sie wirkt, manchmal, wie ein kleines Wildtier, das misstrauisch, aber hoffnungsvoll ein unbekanntes Futter kostet, das es am Boden gefunden hat.

»Da draußen schneit es ganz schön heftig«, sagt Tyler.

»Auch deswegen möchte ich gehen. Ich möchte mich beschneien lassen.«

Tyler versteht. Sie ist, seit einigen Wochen schon, besonders erpicht auf starke Sinneseindrücke jeder Art.

»Barrett ist schon dort«, sagt er.

»So früh?«

»Er hat gesagt, er will eine Weile dort allein sein. Er braucht eine Dosis absoluter Ruhe.«

»Und ich möchte hinaus ins Wetter und in den Lärm«, sagt sie. »Wir wollen immer etwas anderes, nicht wahr?«

»Nun, ja. Wir wollen immer *irgendwas*.«

Stirnrunzelnd betrachtet Beth ihren Toast. Tyler beugt sich über den Tisch, legt seine Hand auf ihren blassen Unterarm. Er hat nicht erwartet, dass er sich bei Beths Pflege so hilflos fühlt, so unsicher bei allem, was er sagt oder tut. Im Idealfall schafft er es, ihr einfach nur beizustehen, während sich die Veränderungen vollziehen.

Er sagt: »Dann wollen wir dich mal waschen.«

Er wird ihr ein Bad einlaufen lassen. Er wird ihre Schultern einseifen, warmes Wasser über ihren knochigen Rücken träufeln.

»Und wenn du fertig bist, begleite ich dich vielleicht bis zur U-Bahn. Wäre dir das recht?«

»Ja«, sagt sie mit einem rätselhaften Lächeln. »Das wäre mir recht.«

Sie ist empfindlich, was ihre Betreuung betrifft. Behandelt man sie zu zart, wehrt sie sich (*Ich kann die Treppe sehr gut allein hochsteigen, danke. – Ich unterhalte mich gerade, mir geht es prima, die Party gefällt mir, bitte frag mich nicht ständig, ob ich mich hinlegen möchte*); widmet man ihr zu wenig Aufmerksamkeit, reagiert sie empört (*Bei den letzten Stufen könnte ich möglicherweise deine Hilfe gebrauchen. – Diese Party ist so anstrengend, du musst mich jetzt wirklich nach Hause bringen*).

»Iss deinen Toast«, sagt er.

Sie nimmt einen letzten, verzagten Bissen und legt den Toast wieder hin. »Es geht nicht, wirklich«, sagt sie. »Aber er ist echt gut.«

»Für meinen Toast bin ich weithin bekannt.«

»Ich gehe mich anziehen.«

»Okay.«

Sie steht auf, geht zu ihm, küsst ihn leicht auf die Stirn, und einen Moment sieht es so aus, als tröste sie ihn. Es ist nicht der erste Moment dieser Art.

Tyler weiß, was Beth tun wird. Sie wird die ausgewählten Kleidungsstücke auf dem Bett auslegen, vorsichtig, als hätte der Stoff Nerven. Dieser Tage will sie nichts tragen als Weiß. In manchen Kulturen steht Weiß für Jungfräulichkeit, in anderen für Trauer. Für Beth bedeutet Weiß eine Form der Halb-Sichtbarkeit, ein Weder-hier-noch-da, eine Art Pause; eine Unfarbe, die sie offenbar passend findet, als wären die durch Farben – oder Schwarz – getroffenen Aussagen vermessen, gar unhöflich.

Barrett sitzt im leeren Laden wie ein junger Raja, allein mit seinen Schätzen. *Schätze* ist natürlich ein wenig übertrieben – es handelt sich lediglich um das, was Liz »die Ware« nennt.

Einzelhandel. Nicht gerade eine hohe Kunst, nicht gerade die Suche nach dem Heiligen Gral. Und dennoch …

Es ist nicht trivial. Sie mag nicht tiefsinnig sein, aber genauso wenig ist sie trivial, die Jagd nach den kleinen Schätzen, die sinnliche Freude. Die fortwährende Suche, auf der Liz und Barrett und Beth (wann immer sie kräftig genug ist, auch wenn sie seit längerem schon nicht mehr kräftig genug war) zwischen lauter Schrott nach dem Authentischen Ausschau halten, nach kleinen Wundern – hauchdünnes Leder und robuster, tintenblauer Denim, Talismane an Ketten –, nach (halbwegs) erschwinglichen Wiedergängern der juwelenbesetzten Stoffe und sprechenden Bücher und beweglichen Goldelefanten, die früher Sultanen zum Geschenk gemacht wurden. Nach Objekten und Kleidungsstücken, hergestellt von Menschen, die genauso gut vor zweihundert Jahren als Schneider oder Weber in England hätten arbeiten können; bezaubernd eigensinnige Menschen mit geschickten Händen, die jeden Morgen mit dem brennenden Wunsch aufwachten, eine weitere Mütze zu stricken, ein weiteres Silberamulett zu prägen, Menschen, die etwas Hexenhaftes hatten, Menschen, die dem vagen Glauben anhingen, nicht nur ein Kleidungsstück herzustellen, sondern eine schützende Rüstung, die dem gerechten Krieger, der den Turm des Großwesirs erstürmt, möglicherweise das Leben retten wird.

Und, ja, wir alle sind aus Fleisch und Blut. Wer wüsste das besser als Barrett? Wer wüsste mehr über die unsichtbaren Fasern, die unsere Sehnsucht an Kleidungsstücke binden; über die feierliche Zurschaustellung golddurchwirkter Messgewänder und das weiße Wispern der gestärkten Alben unter den leidenden Holzaugen des gekreuzigten Christus? Möchte, muss die säkulare Welt, ebenso stolz wie bußfertig, sich nicht bekleiden, um irgendeinem Heiligen oder Heiland zu gefallen? Wir beten die verschiedensten Götter und Idole an, aber wir alle brauchen Kleidung, wir alle wollen als die phantastischste Version unserer selbst auftreten, wir wollen so anmutig und schön auf Erden wandeln wie nur möglich, bevor wir in unser Leichentuch gewickelt und zurückgeschickt werden.

Barrett sitzt hinter dem Kassentresen und hat seine Lektüre vor sich ausgebreitet: die *Times*, die *Post* und eine abgegriffene Ausgabe von *Madame Bovary*, die er zum sechsten Mal liest. Er springt zwischen den dreien hin und her.

Da ist dies, von Flaubert:

> Im tiefsten Grunde ihrer Seele harrte sie freilich immer des großen Erlebnisses. Wie der Schiffer in Not, so suchte sie mit verzweifelten Augen den einsamen Horizont ihres Daseins ab und spähte in die dunstigen Fernen nach einem weißen Segel. Dabei hatte sie gar keine bestimmte Vorstellung, ob ihr der richtige Kurs oder der Zufall das ersehnte Schiff zuführen solle, nach welchem Gestade sie

dann auf diesem Fahrzeuge steuern würde, welcher Art dieses Schiff überhaupt sein solle, ob ein schwaches Boot oder ein großer Ozeandampfer, und mit welcher Fracht er fahre, mit tausend Ängsten oder mit Glückseligkeiten beladen bis hinauf in die Wimpel. Aber jeden Morgen, wenn sie erwachte, rechnete sie bestimmt darauf, heute müsse es sich ereignen. Bei jedem Geräusch zuckte sie zusammen, fuhr sie empor und war dann betroffen, dass es immer noch nicht kam, das große Erlebnis. Wenn die Sonne sank, war sie jedes Mal tieftraurig, aber sie hoffte von neuem auf den nächsten Tag.

Und das, aus der *Times*:

Jeremy Jaynes, der auf der Weltrangliste der umtriebigsten Spammer Platz acht belegt, wurde heute in drei Anklagepunkten schuldig gesprochen, nachdem er über mehrere in Virginia ansässige Server Tausende von Junkmails verschickt hatte.

Genau. Den Nebel nach einem Segel absuchen, auf das Schiff warten, das vielleicht – vielleicht – kommt; den Computermonitor im Auge behalten in der Hoffnung auf ... auf die einmalige Gelegenheit, den Insidertipp, den Goldschatz, der die ganze Zeit genau hier vergraben lag, gleich hinter dem Haus ...

Und das, aus der *Post:*

STEINHART!
In Nigeria wurden zwei Frauen wegen Ehebruchs, nach islamischer Rechtsprechung ein Kapitalverbrechen, zu Tode gesteinigt.

Hat nicht auch Flaubert seine Emma für ihr Verbrechen bestraft? Ja, und dann wiederum nein. Flaubert war kein Moralist … besser gesagt, hätte er niemals mit seinem dicken Finger auf Emma gezeigt, nur weil sie eine Ehebrecherin ist. Er war Moralist in einem umfassenderen Sinn. Wenn überhaupt, dann schrieb er über die erstickend enge Welt des französischen Bürgertums, so selbstverliebt in den eigenen Anstand, die eigene Mittelmäßigkeit …

Emma wurde zugespammt, nicht wahr? Nicht der Ehebruch besiegelte ihr Schicksal, sondern ihre naive Gutgläubigkeit.

Das ist Barretts Vergnügen; sein liebster Zeitvertreib. Sein verrücktes Projekt Weltformel. Er hat in Gedanken ein Sammelalbum angelegt, einen imaginierten Stammbaum, der nicht seine Familie abbildet, sondern Ereignisse und Umstände und Zustände der Sehnsucht.

Bei *Madame Bovary* fängt er nur deshalb an, weil das sein Lieblingsroman ist. Weil man irgendwo anfangen muss.

Das Ganze führt natürlich nirgendwohin. Er erreicht nichts damit. Dennoch glaubt er (hofft er), in seinem anspruchslosen Job und mit seinem von niemand in Auftrag gegebenen, unpublizierbaren Projekt Fortschritte zu machen. Er ist ein Ladenjunge, er verschiebt die Ware, und das reicht, es reicht genau aus, um Grundlage und Ausgleich für seine Studien zu sein, die kein erklärtes Ziel haben und keine zukünftigen Leser; die keine akademische Debatte und keinen Widerspruch provozieren wollen. Außerdem bestehen zwischen Job und Projekt gewisse Schnittmengen. Wenn es an der Zeit ist, den Laden zu öffnen (nur noch zwanzig Minuten), wird er sich fragen, welche Madame Bovary sich und ihre Familie heute ruinieren wird, indem sie eine Jeans für dreihundert Dollar kauft oder eine Vintage-Bikerjacke für neunhundertfünfzig (davon war selbst Liz angewidert, obwohl sie gerissen ist und weiß, was der Markt hergibt; sie hat verstanden, welche Glaubwürdigkeit die astronomisch hohen Preise den Waren einhauchen). Die Geschichte eines durch Kleinmut und Gier zu Fall gebrachten Hauses ist, das weiß Barrett, eine romantische Vorstellung, pervers noch dazu. Sie gehört ins neunzehnte Jahrhundert. Die Bürger des einundzwanzigsten können ihre Kreditkarten zum Glühen bringen und über die Stränge schlagen, aber die tatsächliche Auslöschung, der Tod durch Extravaganz ist unmöglich. Man einigt sich irgendwie mit dem Kreditkartenunternehmen. Im Notfall kann man immer noch Privatinsolvenz anmelden und von vorn anfangen. Niemand schluckt eine Handvoll Arsen, weil er sich unvernünftigerweise zu teure Motorradstiefel gekauft hat.

Der Gedanke ist tröstlich, natürlich, aber irgendwie ist es auch deprimierend, in einem System zu leben, das einem die Selbstzerstörung verwehrt.

Dennoch. Das Liebäugeln mit der Katastrophe während des Einkaufens fasziniert Barrett, es fesselt seine Aufmerksamkeit und hilft ihm, mit seinem derzeitigen Status Frieden zu schließen. Es ist das in der Praxis abgeschaffte, aber immer noch denkbare Unheil, das alle Impulskäufer begleitet – die verarmte Matrone, den enterbten jungen Grafen –, wenn sie sagen: »Ich werde in diesem kunstvoll verwaschenen Freddy-Mercury-T-Shirt (zweihundertfünfzig Dollar) auf Erden wandeln, auf der Party heute Abend trage ich dieses Vintage-Minikleid von Alexander McQueen (achthundert), weil mir der Augenblick mehr bedeutet als die Zukunft. Die Gegenwart, heute Nachmittag, heute Abend, das Gefühl, einen Raum zu betreten und tatsächlich, wenn auch nur kurz, zum Schweigen zu bringen, das ist mir wichtig, es ist schon in Ordnung für mich, nichts zu hinterlassen.«

Es handelt sich, in Barretts Augen, höchstens um eine harmlose Form des Sadismus, immerhin wirft sich niemand, der den Laden mit Einkäufen verlässt, die er sich eigentlich nicht leisten kann, vor den nächsten Zug. Und so kann er ohne Gewissensbisse (ohne allzu große Gewissensbisse) die Vorstellung genießen, dass *Madame Bovary* und die *Buddenbrooks* und das *Haus der Freude* weiterleben.

Barrett hat nur die bescheidene Leuchte eingeschaltet, die neben der Registrierkasse wacht und eine bernsteingelbe Lichtpfütze auf den Tresen wirft. Draußen bahnen sich dunkle Gestalten auf der langsamen Pilgerreise durch die Sixth Street ihren Weg.

Noch achtzehn Minuten bis Ladenöffnung.

Er ist überrascht, er ist leicht gekränkt, als Beth den Schlüssel im Schloss umdreht und hereinkommt.

Einen Moment lang bleibt sie im rechteckigen Türausschnitt aus Schneelicht stehen. Die Tatsache, dass sie hier ist, scheint Beth ganz kurz stutzig zu machen. Und auch Barrett stutzt. Hängt sie nicht immer noch in ihrem Dauertraum fest? Sollte sie nicht eigentlich sanft und lautlos dahinschwinden, ohne ein Übermaß an Aufhebens, zu Hause?

»Hi«, sagt sie.

Barrett braucht einen Moment, bevor er mit »Hi« antworten kann. Er braucht einen Moment, um Beth wieder als Mitglied der Gemeinschaft der Lebenden zu sehen.

Sie trägt, was sie dieser Tage immer trägt. Der weiße Schal (nichts macht so alt wie ein Turban) ist mit sorgfältiger Nachlässigkeit um ihren kahlen Kopf gebunden; sie trägt einen weißen Sweater zur weißen Skihose und weiße Stilettos (im Schneesturm, danke auch).

Barrett ist wieder bei sich, legt den Habitus des bei seinen Studien gestörten Gelehrten ab und geht ihr entgegen. Sie klopft den Schnee von ihren erschütternd schmalen Schultern.

Er fragt: »Hey, was machst du denn hier?«

Sie lächelt tapfer.

Ein entsetzliches Eingeständnis: Barrett ist ihrer Tapferkeit, ihrer Bemühungen überdrüssig. Sie verlangen ihm zu viel ab.

»Heute hatte ich Lust dazu«, sagt sie.

Barrett benötigt weniger als einen Wimpernschlag, um zu seiner üblichen, vorzeigbaren Form zurückzufinden. Er umarmt sie flüchtig, hilft ihr, einzelne Schneeflocken von Schultern und Armen zu wischen.

»Bei diesem Wetter?«, sagt er. »Heute werden, na ja, höchstens drei Kunden vorbeischauen.«

»Ich hatte Lust dazu«, entgegnet sie noch einmal und richtet ihren entschlossenen, für alles gerüsteten Blick auf ihn, sie ähnelt dem halbverhungerten Kind, das auf den Barrikaden eine Fahne schwenkt, der tollkühnen Nachwuchsdetektivin, die darauf beharrt, dass der Fall noch nicht gelöst ist; es ist ein Ausdruck, den er nur als die Tyrannei der Todkranken bezeichnen kann: *Ich lebe jetzt in einer Welt jenseits von Logik und Konsequenz, ich tue nicht mehr, was getan werden muss, sondern was ich noch tun kann, und Glückwünsche sind bei der Gelegenheit immer willkommen.*

»Das ist toll«, sagt Barrett.

Beth lässt ihren Blick mit skeptischer Besitzermiene (sie und Liz haben das Geschäft zusammen gegründet, Liz hat das Geld mitgebracht und Beth ihren Sinn für Ästhetik, ihr untrügliches Gespür für das, wonach die Kunden verlangen werden oder eben nicht) durch den tadellos aufgeräumten, zum Öffnen bereiten Laden schweifen.

»Sieht gut aus«, sagt sie.

Und hält inne. Wie lange ist es her, dass sie zuletzt hier war… Drei Wochen? Länger?

»Das Geschäft kann losgehen«, sagt Barrett probehalber.

Beth, vom Schnee befreit, setzt einen Schritt in den Raum hinein. Sie fragt: »Du hast die Jeans umgeräumt?«

»Was? Oh, ja, die sind jetzt dort hinten.«

»Sie sollten weiter vorn liegen«, sagt sie.

»Nun ja, ich habe sie sozusagen verlegt. Also, weiter nach hinten.«

»Die Jeans bilden die Basiskomponente«, erklärt Beth ihm. »Welcher menschliche Trieb ist der stärkste?«

Barrett sagt es für sie auf. »Die perfekte Jeans zu finden. Eine Jeans zu finden, die ideal ist und so schmeichelhaft sitzt, dass einfach jeder, jedes denkende Wesen auf diesem Planeten, mit dir ins Bett will.«

Sie runzelt die Stirn über so viel Ausschmückung. Im Wortlaut klingt das Edikt eher so: *Alle suchen die perfekte Jeans. Alle glauben, die perfekte Jeans könnte ihr Leben verändern. Und wenn sie die Jeans erst gefunden haben, machen sie sich Gedanken über Accessoires.*

»Wir können sie wieder nach vorn holen, wenn du möchtest«, bietet Barrett an.

»Ich glaube, das wäre eine gute Idee«, sagt sie.

Wie sich herausstellt, werden die Todkranken durch die Autorität, die das bevorstehende Dahinscheiden ihnen verleiht, nicht erträglicher. Im Gegenteil. Wer hätte das gedacht?

Nachdem Tyler Beth zur U-Bahnstation begleitet hat, als er wieder in der trauten Küche sitzt, in trauter Einsamkeit, zieht er sich zwei – nein, sagen wir vier – Lines rein. Da ist wieder das ansteigende Kribbeln, die Neuronen zünden, eisheiße Klarheit stellt sich ein.

Ein weiterer Tropfen landet mit einem *ping* im vollen Kochtopf. Er möchte, ganz offensichtlich, etwas sagen.

Tyler weiß, schlagartig und ohne jeden Zweifel, dass Beth gesund werden wird. Die Ärzte sagen, die Möglichkeit bestehe noch, und solche Leute machen aus Prinzip niemandem falsche Hoffnungen, nicht wahr?

Beth wird gesund werden. Tyler wird seinen Song zu Ende schreiben, und es wird endlich der Song sein, um den er sich so lange bemüht hat, seit vielen Jahren schon.

Er kann fühlen, wie der Song über seinem Kopf schwebt. Er kann ihn fast schon hören, nicht die Melodie selbst, aber das Schlagen ihrer Schwingen. Am liebsten würde er aufspringen und sie packen, zu sich herunterziehen, an seine Brust drücken. Egal, dass ihm Federn ins Gesicht fliegen; wen stören schon Schnabelhiebe und kratzende Krallen? Er ist flink, er ist bereit. Er hat keine Angst.

Er wird Erfolg haben, endlich, am kommenden Sonntag, wenn im Wohnzimmer die bescheidene Zeremonie abgehalten wird. Alles ist so klar. Tyler wird einen wunderschönen, bedeutsamen Song schreiben. Barrett wird eine Liebe finden, die von Dauer, und Arbeit, die ihm wichtig ist. Und Liz. Liz wird die jungen Männer aufgeben, die jungen Männer und ihre Entscheidung, als zähe, schillernde Frau zu altern, die trotzig allein lebt. Sie wird bereit sein für die Begegnung mit dem Mann, der ihr Interesse für länger als ein paar Monate zu halten weiß, und dieser Mann wird sie alles über das häusliche Hochgefühl lehren, über die gemäßigte, verlässliche Ekstase des Vertrauten, in dem das menschliche Glück, fast alle wissen es, nur Liz nicht, seit Anbeginn der Menschheit begründet liegt.

Sobald Tyler und Beth geheiratet haben, sobald er ein Album bei einem kleinen, wählerischen Indie-Label veröffentlicht hat, ein Album, das ihm eine bescheidene (wir wollen nicht größenwahnsinnig werden), aber treue Anhängerschaft bescheren wird, macht er sich auf die Suche nach einer besseren Wohnung in einem weniger tristen Viertel. Das Licht wird durch hohe Fensterflügel einfallen, der Parkettboden wird glatt und eben sein. Und das amerikanische Volk (wie konnte er jemals daran zweifeln?) wird den schlechtesten Präsidenten der amerikanischen Geschichte kein zweites Mal wählen.

Silvester 2005

Er ist verschwunden. Er kann unmöglich verschwunden sein.

Doch er ist verschwunden. Seit Monaten schon.

Er wird sich, aller Voraussicht nach, zurückmelden. Das tut er fast immer. Sobald der Körper einmal dem unerklärlichen Drang nach wahnwitziger Reproduktion nachgegeben hat, dem Hunger nach alles auslöschendem Wachstum, verfestigt sich die Tendenz meistens. Die Sehnsucht nach Überproduktion scheint sich trotz des Aufschubs in die Körpererinnerung eingeschrieben zu haben, und woran sich der Körper am deutlichsten erinnert, nach einiger Zeit, ist nicht Stillstand, sondern Exzess, ekstatisches Loslassen (nur die Amygdala, unser Echsenhirn, weiß, was der Tod ist), und so gibt er sich jenem Exzess, dem Verzicht auf jeden Widerstand, früher oder später wieder hin.

Aber vorläufig ist Beths Krebs verschwunden.

Es handelt sich nicht bloß um eine Phase der Remission. Er ist weg. Im Laufe von fünf Monaten, angefangen im November vor einem Jahr, begannen die Tumoren zu schrumpfen. Zunächst sah es nach einer der natürlichen Schwankungen aus, an die sie sich längst gewöhnt hatten. Aber dann schrumpften die Tumoren noch ein kleines bisschen weiter. Und offenbar verheilten auch die Läsionen auf

Beths Leber. Langsam. Eine Weile sah es aus, als würde sich ihr Zustand lediglich nicht verschlechtern. Doch schließlich saßen sie im Sprechzimmer von Big Betty (in jenem Zimmer, dessen arktisches Weiß durch gerahmte Landschaftsansichten der Toskana umso eisiger wirkte und wo vor drei Jahren der Ausdruck »Stadium vier« in Tylers und Beths gemeinsames Vokabular eingegangen war), es war ein Tag mit bleiernem Himmel, Anfang April, und sie sagte zögerlich und mit leiser, bedächtiger Stimme, die Läsionen hätten offenbar nicht nur zu wachsen aufgehört, sondern (Big Betty senkte den Blick kurz auf die Tischplatte, als stünden die Worte dort geschrieben) sie heilten ab. Sie erinnerte Beth und Tyler hastig daran, dass Veränderungen vorkamen, dass es zu früh war, Champagner zu kaufen. Im monotonen Tonfall eines alten Geistlichen ging sie die Litanei der Vorsichtsmaßnahmen, der bescheidenen Hoffnungen und drohenden Rückschläge durch.

Und doch schrumpften die Tumoren immer weiter. Die Läsionen heilten ab. Sogar Scary Steve, der Chemotherapeut, benutzte das Wort »Wunder«, und er war ganz offensichtlich niemand, in dessen Wortschatz Platz war für Magie und Mystik.

Hier sind sie nun, Beth und Tyler, am Silvesterabend, immer noch in der Wohnung in Bushwick (sie werden bald umziehen, davon ist Tyler überzeugt, aber noch hat er den Durchbruch nicht geschafft, noch ist das Geld nicht da). Durchs Wohnzimmer ziehen sich bunte Weihnachtslichterketten. Im Fernseher läuft eine DVD mit knisterndem Kaminfeuer. Hier und da baumelt ein kleines grünes Gewirr aus Mistelzweigen von der Decke, inzwischen kross getrocknet, aber die Zweige müssen bis zum Neujahrstag hängen bleiben, so verlangt es die Tradition, und in der Familie

Meeks (war es fröhliches Rebellentum oder einfach nur ein generelles Absterben jeglichen Ehrgeizes?) hat es lange an Traditionen gemangelt. Es gab da, immer schon, eine Tendenz zur Improvisation, zum unbekümmerten Schwänzen aller Vorbereitungen, die Tyler mit Freuden aufrechterhalten hätte, der Barrett jedoch ein Ende machte. Der Weihnachtsbaum in der Wohnung in Bushwick wurde nicht in letzter Minute besorgt, die Geschenke nicht hastig am Vortag zusammengekauft (was unweigerlich zu Überraschungen führte, die der davonlaufenden Zeit geschuldet waren; so gab es für Barrett an dessen zwölftem Weihnachtsfest Golfschläger, nur für den Fall, dass er sich jemals für Golf interessieren sollte; einen blau-weißen Skipullover für den fünfzehnjährigen Tyler, der schon zwei Jahre lang nur noch Schwarz und Grau trug). Am Silvesterabend, hier in Bushwick, gibt es Dekorationen, Käse und Schinken und Brot, es gibt Kerzen und eine Sammlung von Blechtrompeten, die Barrett auf dem Flohmarkt erstanden hat, um damit die Mitternacht zu begrüßen.

Als noch siebenundvierzig Minuten verbleiben, sitzen Tyler und Barrett, Liz und Andrew mit Foster, Nina und Ping beisammen, alle in Schale geworfen: Barrett trägt die goldbestickte Weste, die er nach den Weihnachtsfeiertagen bei Barneys gekauft hat (sechzig Prozent Rabatt, aber immer noch sündhaft teuer); Liz in einem kurzen Kleid, das flimmert wie Zink und dessen Ausschnitt knapp unterhalb ihres Schlüsselbeintattoos verläuft, einer Girlande aus Rosen und Ranken; Andrew in Kampfstiefeln, einer abgeschnittenen langen Unterhose und dem 1972er *Dark Side of the Moon*-Shirt, ärmellos, das Liz ihm zu Weihnachten geschenkt hat; Ping liegt auf dem Sofa, ausgestreckt wie die Raupe in *Alice im Wunderland*, und unterhält sich angeregt mit Barrett und

Foster und Liz, halb versteckt unter der Krempe seines mit Rabenfedern geschmückten Zylinders, der nur wenig kleiner ist als der des verrückten Hutmachers. Barrett und Liz hören höflich zu. Foster (in einer Smokingjacke aus Samt, mit Strassbrosche) beugt sich vor, reißt neugierig die Augen auf. Ping ist, in seinen Augen, der Stammesälteste, der die Hallen der Weisheit bewohnt.

Beth steht abseits, ins Gespräch mit Nina vertieft.

Beths Gesicht hat seinen strahlenden, rosigen Teint wieder; sie hat zehn Kilo zugenommen (»Sieh mal«, sagte sie letzten Monat zufrieden, »ich bin *zaftig*!«). Ihr Haar ist wieder gewachsen, hat schon fast die volle Länge. Es scheint jedoch, als weise allein ihr Haar Spuren des Ausflugs in jenes Reich auf, aus dem die wenigsten Reisenden zurückkehren. Ihr Haar, vormals dunkel, vormals leicht gewellt, ist glatt und glanzlos nachgewachsen, nicht grau, aber auch nicht in seinem früheren leuchtenden Mokkaton. Beths Haar ist akzeptabel, aber es glänzt und springt nicht mehr. Es hängt. Es sieht weder tot noch lebendig aus. Wäre Beth ein Mädchen in einem Märchen (ein Märchen von einer gewissen Sorte), wäre ihr Haar das Ergebnis ihres Kampfes mit einer Hexe, eines Kampfes, den sie gewonnen hat, aus dem sie aber nicht unverändert hervorgegangen ist. Liz bedrängt sie ständig, es färben zu lassen, was Beth zu tun verspricht, bald, aber dann verstreichen Wochen, verstreichen Monate, und Beth begnügt sich immer noch damit, ihr stumpfes Haar am Hinterkopf zu einem strammen kleinen Kegel zusammenzudrehen. Sie braucht, wie es scheint, ein Erinnerungsstück, auch wenn sie das nie gesagt hat. Sie scheint dem Mal, das die Hexe ihr aufgedrückt hat, einen Wert beizumessen.

Sie steht mitten im Zimmer, hat einen Arm um Ninas

vielgepriesenen Turnerinnenrücken gelegt. Nina ist heute Abend atemberaubend, ihr starker, gespannter Körper verhüllt von einem elfenbeinweißen Trägerkleid, der kräftige Hals mit Perlensträngen behängt. Beth lacht über etwas, das Nina ihr ins Ohr geflüstert hat.

Tyler kommt aus der Küche (nur ein paar schnelle, heimliche Lines) und geht zu Beth, die sich so elegant von Nina losmacht, als wechsle sie den Tanzpartner. Beth stammt nun einmal aus verarmtem Grosse-Point-Geldadel, sie ist geschult, kennt sich aus mit Hunden und Booten, verschickt Dankeskarten.

Sie küsst Tyler. Ihr Atem ist wieder süß, da ist kein Hauch mehr von Chemikalien oder unterschwelliger Fäulnis.

Tyler sagt: »Also dann. Macht euch auf zweitausendsechs gefasst.«

»Du achtest doch darauf, dass du mich zuerst küsst, um Mitternacht, oder?«, wispert sie.

»Was sonst!«

»Ich weiß. Ich möchte einfach nur sicherstellen, dass Foster sich nicht wieder dazwischenschiebt.«

»Das würde er nie wagen. Du bist jetzt eine verheiratete Frau.«

»Und du ein verheirateter Mann. Das Einzige, was du überhaupt noch tun konntest, um in Fosters Augen noch begehrenswerter zu sein.«

»Fosters Interesse«, sagt Tyler, »an einem bereits vergebenen, mittellosen Hetero-Mann mittleren Alters wird mir immer ein Rätsel bleiben.«

»Hat nicht Flannery O'Connor geschrieben, einer ihrer Schwäne sei in einen Vogelbrunnen verliebt gewesen?«

»Es steht in ihren Briefen. Sie fand diese Auffassung von Realität typisch für die Südstaaten.«

Beth sagt: »So ist Foster, nicht wahr? Er ist in der Realität nur zu Besuch.«

Tyler sieht in Beths strahlendes, treuherziges Gesicht. In ihren Worten liegt keine Bitterkeit, es stört sie nicht, dass Foster auf Tyler steht; sie beharrt darauf, hat immer schon darauf beharrt, in der großzügigsten, üppigsten aller denkbaren Welten zu leben.

Tyler umarmt sie. Da ist zu viel, um es auszusprechen. Sie legt ihren Kopf an seine Brust.

Und einfach so, blitzschnell, taucht die Angst auf.

Dürfen sie einfach hier stehen und feiern? Aber natürlich. Was sollten sie sonst tun?

Aber wie können sie heute Abend feiern, ohne an ihre künftigen Erinnerungen zu denken; ohne sich zu fragen, ob sie sich an Neujahr 2008 oder 2012 oder wann auch immer um die Erinnerung an 2006 versammeln werden, als sie, dumme Kinder, feierten, als wäre Beth wirklich geheilt. Wie werden sie sich an diesen Abend erinnern – an die überbordende Dankbarkeit, die hochfliegende Hoffnung?

Dennoch. Scary Steve, der Chemotherapeut, hat das Wort »Wunder« benutzt. Das heißt doch was.

❄

Barrett überlässt Ping und die anderen sich selbst, schnappt sich die Champagnerflasche vom Sofatisch und trägt sie zu Tyler und Beth hinüber. Barrett füllt ihre Gläser, hebt das seine.

Er sagt: »Auf zweitausendsechs.«

Beth sagt: »Auf zweitausendsechs.« Sie stoßen an.

Tyler schluckt den Impuls hinunter zu sagen: *Auf zweitausendsechs? Sagen euch die Namen John Roberts und Samuel Alito etwas? Hat die Oh-das-tut-uns-aber-leid-Reaktion auf Hurricane Katrina keinen Eindruck auf euch gemacht? Und stört es euch, stört es euch auch nur ein kleines bisschen, dass wir in der ZWEITEN AMTSZEIT des schlechtesten Präsidenten der Geschichte stehen?*

Tyler lächelt nur, nippt an seinem Champagner.

Was ist los mit ihm? Beth ist geheilt. Er wiederholt den Satz, im Stillen. *Beth ist geheilt.* Wie kann er mit auch nur einer Gehirnzelle über den neuen rechtslastigen Supreme Court nachdenken?

Hat Tyler wirklich vor, sich in einen alten, selbstgerechten Griesgram zu verwandeln?

Barrett schickt ihm den Blick. Barrett weiß immer Bescheid. Tyler ist dankbar.

Barrett sagt zu Beth: »Könnte ich dich für ein paar Minuten sprechen?«

»Du kannst mich sprechen, so lange du möchtest«, antwortet sie.

Tyler lässt Beth los. Barrett bietet ihr seinen Arm an, die Geste ist eine Parodie der Förmlichkeit, und zugleich ist sie es nicht.

Er sagt: »Ich habe Ping versprochen, den Gästen nur kurz Champagner nachzuschenken und danach unverzüglich zurückzukommen, um mir seine Diatribe über Jane Bowles anzuhören.«

Beth spricht leise, dicht an seinem Ohr. »Ping meint es nur gut«, sagt sie. »Meinst du, seine Diatriben sind heilbar?«

»Schwierig. Es handelt sich nicht um gewöhnliche Diatriben …«

»Was, bitte schön, ist eine *gewöhnliche* Diatribe?«

»Er käut nicht zum hundertsten Mal ein Thema wieder, mit dem er sich auskennt, er ist nicht belehrend, er ist einfach nur *begeistert.*«

»Das stimmt.«

»Er macht eine bemerkenswerte Entdeckung und *muss* dir einfach davon erzählen. In allen Einzelheiten.«

»Er ist neugierig. Er ist der neugierigste Mensch, den ich kenne.«

»Eine charmante Eigenschaft«, sagt Barrett.

»Ja.«

»Und nervig.«

»Ja, das auch.«

Ping ruft vom Sofa: »Hey, ihr zwei, wird das eine private Verschwörung, oder darf man mitmachen?«

Barrett und Beth eilen zum Sofa, wo der majestätisch thronende Ping Foster und Liz, die wie Jünger rechts und links von ihm sitzen, seinen Vortrag hält. Barrett nimmt auf dem grünen Sessel gegenüber Platz; Beth hockt sich auf eine der Armlehnen.

Ping erklärt Jane Bowles zur Schutzheiligen aller verrückten Ladys. Barrett würde der Unterhaltung nur zu gern entkommen. Was Ping erscheint wie eine Offenbarung, ist ihm längst bekannt, aber Ping wäre verletzt, wenn Barrett sich einmischen würde – Jane Bowles ist, was Pings unmittelbare Zuhörerschaft betrifft, seine Entdeckung allein, eine Wilde von einem dunklen Kontinent, ein Wunder, von Ping aufgestöbert und zum Erstaunen der anderen heraufbeschworen.

Dem Silvesterabend zuliebe, dem ganz grundsätzlichen Vorsatz zuliebe, das Gute in sich hervorzukehren, gibt Barrett sein Bestes, um einen Gedanken zu unterdrücken: *Gott schütze uns vor Leuten, die sich für klüger halten, als sie tatsächlich sind.*

Foster, zur Linken Pings, lauscht entzückt. Foster ist auf der Suche nach jemandem, der er sein kann. Seine Zwanziger und frühen Dreißiger hat er damit verbracht, sich (auf legale und andere Weise) für die wuchtige texanische Symmetrie seines Gesichts und das genetische Geschenk seines Körpers bezahlen zu lassen; er versucht herauszufinden, was er jetzt anstellen soll, da seine Züge (es ist immer dasselbe, die Winkelzüge der Sterblichkeit) etwas zu verbraucht wirken, um noch marktfähig zu sein …

Was Barrett Sorgen macht: Im Alter von siebenunddreißig Jahren nimmt Foster alles mit, was nur ansatzweise vielversprechend erscheint, ohne erkennbare Leidenschaften oder übergeordnete Prinzipien. Er wünscht sich eine neue Zukunft, geht das Vorhaben aber so kopflos an, dass Barrett inzwischen fürchtet, er könnte mit fünfzig immer noch auf der Suche sein, ein Kellner, der sich im Internet als Daddy anbietet (*Du suchst einen echten Mann? Ich weiß, was du willst. Ich weiß, was du brauchst*), während er sein Schicksal schmiedet.

Manche Leute nehmen wahrscheinlich an, das mit der ziellosen Suche treffe auf Barrett ebenso zu.

Diese Leute irren. Barrett stellt zu seiner Überraschung fest, dass er kein gesteigertes oder nachhaltiges Interesse hat, die falschen Eindrücke jener richtigzustellen, die es einfach nicht besser wissen.

Barrett ist ein bescheidener Ladenjunge. Er verschiebt die Ware. Und in seiner Freizeit, zu seinem eigenen Vergnügen, arbeitet er an seiner Universalen Feldtheorie von Allem, die, wie viele andere lobenswerte Projekte auch, zum Scheitern verdammt ist und mindestens zur Hälfte wahnhaft.

Der Anfangspunkt: Die physikalischen Gesetze, die Solarsysteme beherrschen, weichen fundamental von jenen ab, die die Bewegung subatomarer Partikel regeln. Es sollten natürlich dieselben Gesetze sein – ein Planet sollte eine Sonne mehr oder weniger so umkreisen, wie ein Elektron einen Nukleus umkreist. Aber nein. Weit gefehlt!

Barrett ist jedoch, zu seinem Bedauern, kein Physiker. Diese spezielle Begabung fehlt ihm.

Also wählt er notgedrungen einen anderen Anfangspunkt:

Am Ende von *Madame Bovary* wird Homais – der Apotheker der Stadt, Inbegriff pompöser Mittelmäßigkeit, ein Mann, dessen »Heilmittel« den Zustand seiner Patienten nur verschlechtern – mit dem Orden der Ehrenlegion ausgezeichnet.

Homais ist natürlich eine erfundene Figur. Dennoch. Unter den echten Ordensträgern finden sich: Borges, Cocteau, Jane Goodall, Jerry Lewis (wirklich wahr), David Lynch, Charlotte Rampling, Rodin, Desmond Tutu, Jules Verne, Edith Wharton und Shirley Bassey, die das Titellied von *Goldfinger* gesungen hat.

Unsere amerikanischen Helden – die Männer und Frauen, die für eine amerikanische Version des Ordens der Ehrenlegion in Frage kämen – wären sicherlich Walt Whitman, Thomas Jefferson, Sojourner Truth, John Adams, Gertrude Stein, Benjamin Franklin, Thomas Edison, Susan B. Anthony, John Coltrane, Moms Mabley und Jasper Johns.

Aber auch das ist wahr: Ronald Reagan gilt jetzt schon als einer der großen US-Präsidenten. Paris Hilton ist eine der weltweit bekanntesten lebenden Personen.

Barrett versucht, so gut er kann, alles unter einen Hut zu bringen. Mit *Madame Bovary* zu beginnen und von dort aus weiterzudenken.

Und er hat ein himmlisches Licht gesehen. Das seinen Blick erwiderte.

Es ist gut genug, für Barrett, den kleinen Weg zu gehen; sich Wissen um des Wissens willen anzueignen. Das ist, wie es scheint, die Lösung; es ist seine Lösung. Er ist ein Bürger des Mittelreiches. Er arbeitet nicht mehr an der Bar eines erfolglosen italienischen Restaurants in Portland, genauso wenig bemüht er sich, eine Festanstellung an irgendeiner entlegenen Universität zu ergattern. Er verkauft Objekte an Leute, die entzückt sind über die Objekte, die er ihnen verkauft. Er betreibt seine Studien, einsam und heimlich.

Es reicht. Es ist bloß nicht das, was von ihm erwartet wurde, im Sinne einer Lebensleistung. Aber ehrlich, was könnte deprimierender sein, als dem Publikum das erwartete Ergebnis zu präsentieren?

Und vielleicht – vielleicht – wird die Liebe ihn finden und bei ihm bleiben. Das könnte passieren. Die Liebe hat keinen ersichtlichen Grund, sich so zu zieren (obwohl es auch keinen ersichtlichen Grund für das Verhalten von Neutronen gibt). Es kommt allein auf seine Geduld an. Oder nicht? Geduld und die Weigerung, die Hoffnung aufzugeben. Die Weigerung, sich von einer, sagen wir, fünfzeiligen Abschieds-SMS entmutigen zu lassen.

Ich wünsche dir für die Zukunft Glück und Zufriedenheit. xxx.

Das von einem Mann, bei dem Barrett die Schwingungen echten Seelenkontakts gespürt hatte, gespürt zu haben meinte, wenigstens ein- oder zweimal. (Jener verregnete Nachmittag in der Badewanne, als er das O'Hara-Gedicht in das von feinem blondem Flaum gesäumte Ohr des Mannes geflüstert hatte; jener Abend in den Adirondacks, als drei Zweige das Fenster befingerten und der Mann sagte, als verrate er ein Geheimnis: »Das ist eine Akazie.«)

Man macht weiter, nicht wahr? Man sieht ein unmögliches Licht, das wieder verlöscht. Man glaubt, eine Badewanne im West Village, an einem Dienstagnachmittag, habe sich als eigentliches Ziel erwiesen, nicht bloß als ein Halt auf der Strecke.

Dies, Barrett Meeks, ist deine Arbeit. Du erlebst und sammelst. Du bestehst. Du hast, immerhin, eine bedeutende Entdeckung gemacht: Hohe Wellen zu schlagen, eine vielbeachtete Karriere zu machen ist nicht nötig, nicht einmal für jene, die über einen hochbegabten, überdurchschnittlich wendigen Verstand verfügen. Es steht nirgendwo im Vertrag. Gott (wer auch immer sie ist) ist nicht darauf angewiesen, dass du, dass irgendwer am Ende das Wolkenfeld mit den hohen goldenen Türmchen erreicht, die Arme vollbeladen mit weltlichen Leistungen.

Barrett hat im Sitzen seinen Arm locker um Beths schmale Taille gelegt. Ping sagt: »… wartet, nun kommt das Beste überhaupt, Frieda, sie ist die Anständige in dem Buch, sagt: ›Ich bin zerbrochen, wie ich es seit Jahren schon *tun* wollte.‹ Wie großartig ist das?«

Foster sagt: »Ich werde es mir auf die Brust tätowieren lassen.«

Barrett sagt: »›Denn das Trachten des Fleisches bringt den Tod, das Trachten des Geistes aber Leben und Frieden.‹«

Eine Schweigepause. Ping sieht Barrett an, als hätte Barrett ohne jeden Anlass einen dämlichen Schülerwitz erzählt.

»Da hast du sicher recht«, sagt Ping bemüht höflich; er will ihm offenbar helfen, seinen Fauxpas zu vertuschen.

Beth streicht Barrett sanft über den Nacken. Sie ist mit ihm genauso verheiratet wie mit Tyler – der Beweis liegt in einer Geste wie dieser.

»Sorry«, sagt Barrett. »Sprich weiter.«

Aber Ping wurde der Wind aus den Segeln genommen, sein Solo unterbrochen. Er lächelt mit einer Zuvorkommenheit, wie sie unter den Höflingen französischer Könige verbreitet gewesen sein muss.

»Wo kam *das* denn her, mein Engel?«, fragt er.

Barrett sieht sich um, er wünscht, er könnte sich verflüssigen und in den Ritzen des Dielenbodens versickern wie vergossenes Spülwasser oder sich, weil ihm das verwehrt bleibt, erklären; er entdeckt Andrew, der mit einem Bier und einer Handvoll Erdnüsse untätig herumsteht, hinter dem Sofa, außerhalb von Pings Sichtfeld.

Andrew, gelassen und selbstsicher; Andrew, dem wie so manchen Göttern die Zankereien der Menschen herzlich egal sind; der sie buchstäblich nicht versteht. Da sind all die Früchte, da ist das Wasser und der Himmel, es ist genug für alle da, was gibt es hier zu streiten?

Liz hält schon länger an ihm fest als üblich, oder?

»Das ist aus den Römern«, sagt Barrett.

»Du meinst die aus der Bibel?«

»Ja. Die aus der Bibel.«

»Du bist ein Genie«, sagt Ping. Er ist eine Diva, aber keine von der boshaften Sorte; er ist eine Diva im Sinne einer Grande Dame, er teilt seinen Unmut zwar großzügig aus (kein Anwesender sollte sich einbilden, er sei leicht unterzukriegen, niemand sollte seinen Charme mit Anbiederung verwechseln), bleibt aber freundlich, wenn auch auf eine kühle Art. Genauso wenig ist er ein Pedant. Er ist nur ein Eiferer, besessen von einer grimmigen und einzigartigen Loyalität allem gegenüber, was er für eine Offenbarung hält. Vor Jane Bowles war es Henry Darger; vor Darger der gesellschaftliche Abstieg von Barbara Hutton. Wenn Ping einmal Fahrt aufgenommen hat, ist er überrascht, ehrlich überrascht darüber, dass irgendwer sich für irgendetwas anderes interessieren kann.

Barrett sagt: »Jane Bowles wurde vermutlich von der Marokkanerin vergiftet, in die sie verliebt war.«

»Ich *weiß*«, antwortet Ping aufgekratzt, sofort wieder in

seinem Element. »Ist das nicht *erstaunlich*? Diese Frau war, nebenbei bemerkt, ein hässliches altes Ding, das mit einer schwarzen Burka und Sonnenbrille herumlief. Ihr solltet mal die Fotos sehen. Da ist Jane, wunderschön, alabasterblass und mondän, und dann spaziert sie mit einer Frau durch Marokkos Straßen, die als eine der Hexen in *Macbeth* auftreten könnte.«

Fosters Gesicht – immer noch spektakulär in seiner Zusammenführung von irischem, wie aus Sandstein gemeißeltem Kinn und großzügig geschwungener Unterlippe, dazu noch die unpassend zierliche, patrizische Nase eines englischen Internatsschülers – wird schlaff, ein Ausdruck, der vielleicht Erstaunen vermitteln soll, den Barrett aber für schlichtes Nichtbegreifen hält.

»Das ist verrückt«, sagt Foster.

»Jane war verrückt«, antwortet Ping mit einer Miene gesättigter, katzenhafter Zufriedenheit. Er glaubt, alle großen Künstler seien gestört, müssten es zwangsläufig sein, und wenn nicht, dann mindestens exzentrisch. Hängt das, fragt sich Barrett, mit den sentimentalen kleinen Landschaftsansichten und Stillleben zusammen, die Ping am Wochenende malt? Erklärt das seine Hüte, seine Sammelwut: viktorianische Vogeldioramen, arabische Lampen in satten Farben, Erstausgaben?

Foster sagt: »Dann muss ich wohl ihr Buch lesen«, in einem Tonfall, der den ernsthaften Vorsatz ebenso zum Ausdruck bringt wie die Tatsache, dass seine Umsetzung für ihn eine bewundernswerte, aber vergebliche Anstrengung wäre – genauso gut hätte er sagen können: *Dann muss ich wohl alles über Elementarteilchenphysik lernen*.

»Es schwelgt nicht nur in Schwermut und Schicksal«, erklärt Ping. »Es ist überraschend komisch. Das Leben, das große Künstler führen, und die Bücher, die sie schreiben, sind zwei vollkommen verschiedene Dinge.«

Ping hat wieder Fahrt aufgenommen. Er sagt: »Man darf nicht vergessen, wie merkwürdig ihr Leben war. Sie wohnte im Ausland. Sie war mit dieser fetten Tunte Paul Bowles verheiratet, der sie ignoriert und ihr keinen Penny geschickt hat, sie war ständig pleite. Sie dachte wohl, sie lebt in einer Welt, in der alles möglich ist.«

Beth drückt aufmunternd Barretts Nacken, steht von der Sessellehne auf und macht sich auf die Suche nach Tyler. Im Gehen ruft sie: »Alle mal herhören, noch neunundzwanzig Minuten bis Mitternacht!«

Beths Aufbruch befreit auch Barrett. Er wirft Liz einen verstohlenen Blick zu, aber ihre Augen sind freundlich und leer. Sie besitzt die Fähigkeit, ihre Mimik auszuschalten, in einer Tischrunde zu sitzen und so auszusehen, als warte sie geduldig, ohne Gereiztheit oder Zweifel, auf das bestellte Taxi, das sie an einen wunderschönen, heiteren Ort bringen wird.

Barrett sagt: »Nur noch neunundzwanzig Minuten, um über meine Sünden nachzudenken.«

Für Barrett, Pings einzig ernstzunehmenden Rivalen, ist eine geistreiche Bemerkung ein Muss, wenn er Ping mitten im Vortrag verlassen will.

Ping legt sich in kunstvoll gespieltem Entsetzen eine Hand an die Brust. »Darling«, sagt er, »dafür würdest du neunundzwanzig *Tage* brauchen!«

Barrett steht auf. Ping wendet sich wieder Foster zu.

»Und ehrlich«, sagt er, »wenn man schon ein gestörtes Genie ist, kann man genauso gut in einer Stadt zerbrechen, wo Affen über die Straßen flitzen und die Händler Früchte feilbieten, die man noch nie gesehen hat.«

Foster sieht verstohlen (Ping mag es nicht, wenn Blicke wandern) zu Tyler hinüber, der einen Arm nach Beth ausstreckt, ihn über ihre Schultern legt und sie an sich heranzieht, sie beschützerisch an sein Brustbein drückt. Tyler. Seine verführerische, löwenäugige Leidenschaft. Seine Fähigkeit zur Hingabe. Die ja so sexy ist. Warum fehlt das den meisten schwulen Männern? Warum sind sie immer so sprunghaft, so verliebt in die Idee von mehr und mehr und dann noch mehr?

Ein kurzer Augenblick: Tyler zieht Foster aus, zärtlich, inbrünstig, er bewundert Fosters nackte Brust, den muskulös gefurchten Bauch; Tyler betrachtet ausgiebig die Spur aus dunklen Haaren, die sich von Fosters Nabel nach unten zieht, als hätte Foster sich diese Haare nur für Tyler wachsen lassen; Tyler, der Foster, und Foster allein, begehrt, Foster ist die Ausnahme, normalerweise steht Tyler nicht auf Männer, er steht einfach nur auf *Foster*, und deswegen zieht er Fosters Jeans herunter, in einer väterlichen, aber eindeutig sexuellen Geste, er ist bereit, Foster mit der rigorosen Güte eines Vaters zu vögeln, eines wunderbar perversen Vaters, hier ist kein Platz für Tabus, er behandelt seinen Jungen gut, kümmert sich um ihn, verhätschelt ihn, weiß aufgrund der Blutsbande genau, was sein Junge braucht.

Aber Ping hat weitergesprochen. »Es ist besser, ja, wirklich, mit einem Fanal unterzugehen. Deswegen lieben wir Marilyn und James Dean. Wir lieben all jene, die geradewegs ins Feuer laufen. Ich meine, Jane Bowles war, in den Augen der meisten, keine Marilyn und kein James Dean, aber für mich …«

Foster ist wieder aufmerksam. Ping ist ein guter Lehrer, und es gibt viel zu lernen.

❄

Der befreite Barrett hat zunächst kein bestimmtes Ziel. Beth unterhält sich mit Tyler und Nina, aber Barrett fehlt, jetzt in diesem Moment, die Energie, in eine laufende Unterhaltung einzusteigen. Andrew hängt auf einer Pobacke auf dem Fensterbrett und betrachtet die Nacht draußen (oder sein Spiegelbild in der Scheibe), während er ein weiteres Bier ext (er bedient sich zwanglos, wie ein Tier nimmt er alles zu sich, was ihm an Nahrung geboten wird, so eins mit sich wie jedes andere Lebewesen, dessen Überleben auf Erden von einer maximalen Energiezufuhr bei minimaler Anstrengung abhängt). Abgesehen von Barretts Verehrung für Andrew – wegen seiner Verehrung für Andrew – pflegen sie einen freundlichen, aber keineswegs vertraulichen Umgang miteinander. Es wäre unmöglich für Barrett, einfach zu Andrew zu gehen und … etwas über gute Vorsätze für das neue Jahr zu sagen. Oder irgendetwas über irgendetwas anderes.

Barrett beschließt, in sein Zimmer zu verschwinden und sich für ein paar Minuten hinzulegen. Auf einmal erscheint ihm das wie die wundervollste aller Möglichkeiten: die Gelegenheit, allein und ungestört auf seiner Matratze zu liegen, während die Party, leise wie ein Radio, im Nebenzimmer weiterläuft.

Er betritt sein Zimmer und belässt es bei der Dunkelheit, wobei »Dunkelheit« bei aufgezogener Jalousie relativ ist – die Knickerbocker Avenue sondert die ganze Nacht über ihr weiches, orangefarbenes Glühen ab. Barrett lässt sich mit einer gewissen Vorsicht auf die Matratze nieder, fast so als quälte ihn ein Gelenkleiden.

Sein Zimmer, das weiß gestrichen ist, absorbiert das Straßenlicht, es ist durchflutet von einem sanften, orangen Pulsieren, einem Hauch von Noir. Das Zimmer ist nicht ungemütlich. Aber hier zu wohnen gibt Barrett in zunehmendem Maße das Gefühl, ein Einwanderer in einem fremden Land zu sein, das weder kahl ist noch grünt. Das Land hat ihn aufgenommen, da ihm für die Einreise in andere, vielversprechendere Länder die nötigen Papiere fehlten, er jedoch nicht dort bleiben konnte, wo er ursprünglich hingehörte; wo sein Können (das geschickte Häuten einer Antilope, die Fähigkeit, Mehl aus Eicheln zu gewinnen) keinen Wert und keine Währung hat.

Das Problem, das seine jungen Jahre dominierte: Fast alles ist interessant. Bücher ganz besonders, in Barretts Augen; und Fremdsprachen erlernen, den Code knacken, ihre Muster und Abweichungen erkennen; und Geschichte – die vielen aufgelagerten Zeitschichten abkratzen, um einen Blick auf einen Marktplatz in Mesopotamien zu werfen, quicklebendig in seinem eigenen Zeitkontinuum, wo eine Frau Mangos begutachtet; eine Nacht in einem Außenbezirk von Moskau, wo die schwarze Luft so kalt ist, dass sie das Atmen erschwert, wo Napoleon irgendwo unter demselben gefrorenen Himmel steht, in der grauen Moskauer Dunkelheit mit ihren eisigen Sternen, die nie so strahlend, so fern wirkten …

Aber es gibt auch noch die Welt der niedrigeren Ansprüche, die Erschöpfung am Ende eines Werktages, egal, ob man Hamburger gebraten oder ein Dach gedeckt hat; die Liebe, die man den Kellnerinnen und den Köchen entgegenbringt, den Zimmerleuten und Elektrikern, ist mit keiner anderen Form der Hingabe vergleichbar (möglicherweise eine schwächere Variante des Gefühls, das Männer teilen, die zusammen in den Krieg gezogen sind); das reine, ausgelassene, fröhliche Chaos, wenn man nach Schichtende mit den Kollegen ein Bier trinken geht, *Willys Freundin ist verrückt und Esther sollte jetzt wirklich nach Hause gehen und sich um ihre Kinder kümmern und Little Ed hat schon fast genug Geld zusammen um die gebrauchte Ducati zu kaufen …*

Barrett war, in seinem Arbeitsleben, für unendlich lange

Zeit die Debütantin, die sich nicht entscheiden kann, die jeden potentiellen Ehemann für mehr oder weniger geeignet hält, aber nie ganz … nie ganz für den Mann, den jeden Morgen zu sehen sie sich für den Rest ihres Lebens vorstellen kann, und so wartet sie. Sie ist nicht stolz darauf, es ist nicht so, als hielte sie sich für zu gut für einen einfachen Sterblichen; sie muss einfach feststellen, dass ihr Naturell samt seiner Vorlieben und Eigenheiten mit dem hiesigen Angebot einfach nicht weit genug übereinstimmt. Es wäre doch unfair, oder etwa nicht, jemanden zu heiraten, von dem sie nicht vollkommen überzeugt ist; und so wartet sie darauf, dass die Überzeugung sich einstellt. Sie ist ja noch jung, jung genug, und dann – es kam so plötzlich, wie konnte das passieren? – ist sie nicht mehr jung, wohnt immer noch bei ihren Eltern und verbringt ihre Zeit mit Lesen und Nähen …

Es verschafft Barrett Genugtuung, auf eine seltsame, bittersüße Weise, seine Bestimmung doch noch gefunden zu haben, umso mehr (es ist seltsam, aber wahr), da diese Bestimmung, wie sich herausgestellt hat, eine geheime ist, keinen weltlichen Zweck erfüllt, keine Wohlstandsperspektive bietet.

An der Decke, direkt über Barretts Kopf, hat sich ein y-förmiger Riss aufgetan, der gelegentlich eine Prise Gipsstaub fallen lässt, eine sporadische Bö aus Kunstschnee, was einerseits natürlich Streit mit dem Vermieter bedeutet, andererseits aber beweist, dass das Gebäude in Auflösung begriffen ist (es gibt noch andere Zeichen – morsche Balken, ein zunehmend wahrnehmbarer, unauslöschlicher Schimmelgeruch), wobei Barrett mit dieser Meinung allein dasteht. Er ist davon überzeugt, dass das Haus sein Selbstvertrauen verliert; dass Wände und Decken kaum noch die

Kraft aufbringen, ihre Lasten zu tragen; dass das ganze Haus eines Tages ein leises Knarren von einem Seufzer ausstoßen und in sich zusammenfallen wird.

Dennoch, Beth wurde geheilt, ihr Verfallsprozess wurde umgekehrt, und Barrett hat sich immer noch nicht gestattet zu glauben, dass die himmlische Erscheinung, die ihn vor gut einem Jahr ereilte, möglicherweise damit in Verbindung steht.

Er kann die Abwegigkeit des Ganzen nicht ertragen. Er kann die Großartigkeit nicht ertragen. Es tut gut, allein auf der Matratze in seinem stillen Zimmer zu liegen, während Partygeräusche und Straßengeräusche hereinwehen, die anderen Welten auch ohne ihn fortbestehen. Er treibt auf seinem Bett dahin wie Ophelia, selig ertrunken (zumindest stellt er sie sich so vor): für das Leben verloren, ja, aber ebenso für Vorwürfe und Verrat; schöner noch im Tod treibt sie dahin, mit ruhigem, blassem Gesicht und himmelwärts gekehrten, weißen, leeren Händen, umspielt von den stromgetragenen Blumen, die zu pflücken sie sich zu tief gebückt hat; eine vormals bekümmerte Frau, die sich friedvoll der Natur überantwortet hat, dem lebhaften Treiben der Wellen, eins mit der Erde, wie es nur die Toten sein können.

»Hey.«

Barrett hebt den Kopf, dreht ihn zur geöffneten Tür.

Es ist Andrew. Es kann unmöglich Andrew sein. Warum sollte Andrew daherkommen und sich in Barretts Tür stellen?

Aber da ist er. Da ist seine Silhouette, das V seines Oberkörpers, der kompakte, rasierte Helm seines Kopfes, die lässige Anmut, mit der er sich aufrecht hält, als wäre aufrecht zu stehen Teil eines Tanzes, den ein Großteil der Bevölkerung bedauerlicherweise nie erlernt hat.

»Hey, du«, antwortet Barrett.

»Hast du was da?«, fragt Andrew.

Was soll er dahaben? Oh, ja, natürlich.

»Nein. Tut mir leid.«

Andrew lehnt sich an den Türrahmen, gelenkig und gebieterisch wie Gene Kelly. Von dem Andrew natürlich nie gehört hat.

Ein Teil des Reizes: seine piratenhafte Gleichgültigkeit, die wunderbare, jugendliche Überzeugung, dass Andrew, wäre es wichtig, davon gehört hätte.

»Oh«, sagt Andrew, »ich dachte, du verziehst dich deswegen.«

Barrett durchlebt einen euphorischen Augenblick – Andrew hat sein Davonschleichen bemerkt. Aber nein. Halte dich jetzt nicht damit auf. Sag etwas.

Barrett sagt: »Weißt du, vielleicht haben wir doch etwas da. Komm mit.«

Er steht von der Matratze auf, geht die wenigen Schritte auf Andrew zu. Barrett beherrscht den tänzerischen Gang nicht. Er stellt einen Fuß vor den anderen. Er hofft, dass das Wort »trampeln« nicht zutrifft.

Barrett tritt in das Zwischenreich von Andrews Duft – in Flaschen abgefüllt könnte er nur »Junge« heißen. Da ist die seltsam unsaure Note von Schweiß (Andrew gibt keinen Gestank ab, sein Schweiß ist mit nichts zu vergleichen oder in Verbindung zu bringen, er ist einfach nur rein, fleischlich, mit einem Hauch von Meersalz vielleicht). Selbstverständlich kein Rasierwasser, kein Deodorant, dafür eine Ahnung von Zitrus, eine Andeutung von herber Würze; Seife oder Körperlotion, vielleicht auch nur Lippenbalsam, ein dezenter Wohlgeruch, der erworben und aufgetragen wurde.

Barrett ermahnt sich in aller Stille, sich zu beruhigen, und dann hat er die flüchtige, irrationale Befürchtung, es laut ausgesprochen zu haben – sich Andrew genähert und unsinnigerweise gesagt zu haben: *Beruhige dich*.

Gilt für alle Verliebten, dass sie glauben, die anderen könnten ihre Gedanken lesen? Wahrscheinlich. Denn wie sollte ein derartiger Aufruhr aus Hoffnung und Angst und Lust überhörbar sein? Wie schafft der Schädel es, nichts nach außen dringen zu lassen?

Andrew sagt: »Ich wollte dich nicht stören.«

»Nein«, antwortet Barrett, »ich habe nur … ich wollte mich nur kurz ausruhen. Vor Mitternacht.«

Andrew nickt. Er versteht nicht, wie man das Bedürfnis haben kann, sich vor Mitternacht kurz auszuruhen, aber er nimmt es zur Kenntnis, er respektiert sie, die kleinen Eigenheiten der anderen. Auch das trägt zu seiner Anziehungskraft bei – eine maskuline Spielart der schulmädchenhaften Seelenruhe, mit der Alice das Wunderland durchstreift, wo nichts vertraut und alles seltsam ist, aber nur seltsam, nie beängstigend oder erschreckend.

»Komm mit«, sagt Barrett.

Er führt Andrew durch den Flur, ins Schlafzimmer von Beth und Tyler.

Das Zimmer ist dunkel und leer. Seit Beth nicht mehr hier aufgebahrt liegt, hat sich der Raum von einer Schatzkammer – vollgestopft mit Opfergaben für die schlafende Prinzessin – in ein Sperrmüllparadies verwandelt. Die Objekte haben sich vermehrt, ohne sich großartig zu ändern. Noch mehr Bücher, zu wackeligen Türmen aufgestapelt. Die Hulamädchenlampe, die immer noch auf ihre Reparatur wartet, hat eine Schwester bekommen, deren Fuß einem Leuchtturm nachempfunden und deren Schirm mit Segelbooten verziert ist. Zu den skelettartigen Zwillingsstühlen hat sich ein bescheidener Beistelltisch aus Bambus gesellt – ein kleines, verschüchtert wirkendes Möbel von billiger Machart, ein Diener für die Herzoginnenstühle.

Als Beth sich erholte, als sie das Leben im Schlafzimmer aufgab und wieder in die große Welt eintrat, nahm sie die träge, edwardianische Verzauberung des Zimmers mit. Jetzt ist es nichts weiter als ein mit Büchern und Fundstücken zugestelltes Schlafzimmer, eine Messie-Bude, irgendwie charmant, aber auch ein bisschen durchgeknallt. Beths Sterben, die Vorstellung, dass es hier geschehen könnte, hatte einen Bann auf das Zimmer gelegt, aber nun sind die stummen Bewohner, die Stühle und Lampen und schuppigen Lederkoffer, nur noch Objekte, die nach einer kurzen Phase der Verzauberung, zurück im Reich des Banalen, geduldig das Ende der Welt erwarten.

Das Bett hingegen, hinter seiner Barrikade aus Krimskrams, ist weiß und leer, fast leuchtend. Das Bett ist Dornröschen, der Sperrmüll die Hecke aus Dornen und Ranken, die zum Schutz in die Höhe gewachsen ist.

Barrett bahnt sich einen Weg durch die Sammlung. Das Zimmer mag ein Fegefeuer der Gegenstände sein, aber ihm fehlt der Ramschladengeruch nach Staub und alter Möbelpolitur und dem traurigen Dunst der Unsauberkeit, der anscheinend allem anhaftet, das zu lange nicht in Gebrauch ist. Beth hat sich inzwischen angewöhnt, Lavendelkerzen abzubrennen, und zwar in allen Zimmern, so wie eine alte Frau Parfum benutzt, um alle olfaktorischen Zeichen des Verfalls fernzuhalten.

Barrett zieht die Schublade des Nachtschränkchens neben Tylers Bettseite auf. Sie ist gefüllt mit tylertypischem Zeug: Gleitcreme und Kondome natürlich (Magnums, im Ernst?); eine Tube irgendeiner japanischen Salbe; ein kleiner Rhodia-Block und ein Permanentmarker; ein altes Foto ihrer Mutter (manchmal ist Barrett immer noch überrascht, wenn er daran erinnert wird, wie drall sie war, wie buschig ihre Brauen; darunter die skeptischen, eng zusammenstehenden Augen einer Frau, die vom örtlichen Fleischer noch nie über den Tisch gezogen wurde; eine attraktive Frau, wie man sagt, stattlich, aber nicht die große Schönheit, als die Barrett sie hartnäckig in Erinnerung hat); ein paar lose Contac-Kapseln; eine Ansammlung von Gitarrenpicks und …

Das Fläschchen, das zur Hälfte von einem der Picks verdeckt wird. Es hat keinen Ehrenplatz. Es ist einfach nur eines von vielen Objekten in Tylers Schublade.

Barrett hatte gehofft, Tylers Kokainvorrat zu finden. Und er hatte gehofft, ihn nicht zu finden.

Natürlich hat Tyler nicht aufgehört. Barrett hätte es wissen müssen. Oder? Oder auch nicht. So lange schon ist er mit der Gewohnheit verheiratet, Tyler zu glauben.

Ein seltsames Phänomen: Es scheint (obwohl das unmöglich ist – oder?) zu einem Zusammenfließen der Geheimnisse zu kommen: eine Zwillingsbildung. Wenn Barrett Tyler die Geschichte vom Licht verschweigt, muss Tyler Barrett auch etwas verschweigen, gezwungenermaßen. Das Gleichgewicht muss erhalten bleiben.

Was verrückt ist. Und Barrett doch möglich erscheint.

Ein weiteres seltsames Phänomen: Barrett ist gefangen zwischen dem Gefühl, einem Verrat zum Opfer gefallen zu sein (schnell scannt er seine Erinnerungen – wie oft hat Tyler wirklich *gesagt*, er habe mit den Drogen aufgehört? Was wichtig ist, denn für Barrett existiert ein Unterscheid zwischen einer ausgewachsenen Lüge und einer Handlung, die lediglich unbemerkt bleibt), seiner Sorge (das Kokain ist nicht gut für Tyler, es ist natürlich für niemanden gut, aber besonders

Tyler wird davon zu aufgekratzt und ekstatisch, schenkt der halluzinierten Version seiner selbst zu bereitwillig Glauben) und seiner Erleichterung (für die er sich angemessenerweise schämt), etwas gefunden zu haben, das Andrew erfreut; dem Vergnügen, das Barrett aus dieser schon leicht kriminellen Fähigkeit zieht, etwas anbieten zu können und dadurch in Andrews Augen mehr zu sein als ein Mann ohne Ressourcen, der einfach nur allein auf seiner Matratze liegt.

Barrett nimmt das Fläschchen heraus. Es handelt sich um ein kleines, transparentes Plastikgefäß mit schwarzem Plastikdeckel. Er hebt es in die Höhe, um es Andrew zu zeigen. Andrew nickt wissend, als pflichte er einer weithin bekannten Weisheit bei, die, ohne etwas von ihrem wahren Kern einzubüßen, seit Jahrhunderten weitergereicht wird. Barrett gibt ihm das Fläschchen.

Barrett hat zweimal in seinem Leben gekokst, auf Partys, vor Jahren, und er hegt keine Zuneigung für den Stoff. Bei beiden Gelegenheiten ähnelte die Erfahrung einem selbstauferlegten Kopfschmerz, begleitet von einem weit über das normale Maß gesteigerten Gefühl von Angst und Unwohlsein, das Barrett ohnehin schon zu oft hat.

Andrew schraubt den Deckel ab. Er zieht einen Schlüsselbund aus der Tasche (wozu hat er so viele Schlüssel, es sind mindestens ein Dutzend), tunkt einen Schlüssel in das Fläschchen und hält ihn Barrett entgegen. Auf der Spitze liegt ein hübsches kleines Häuflein.

Oh. Das Ganze war eher als Neujahrsgeschenk für Andrew gedacht. Barrett hat nicht vorgehabt, selbst etwas zu nehmen.

Aber wie hat er sich das vorgestellt? Ist er erst vor kurzem aus dem Zug gestiegen, ein in Polyester gekleideter Tölpel, geblendet von den Lichtern dieser Stadt? Natürlich geht

Andrew davon aus, dass sie zusammen koksen. So machen es die Leute.

Barrett zögert. *Nein, danke* wäre die einfache und naheliegende Antwort. Und doch – eifriger kleiner Schoßhund – bringt er es nicht über sich, abzulehnen. Er kann es sich nicht leisten, so … *nicht* wie Andrew zu sein.

Barrett beugt sich vor, damit Andrew den Schlüssel direkt an sein rechtes Nasenloch halten kann. Er atmet ein.

»Fester«, sagt Andrew. Barrett zieht fester. Das Kokain fühlt sich ätzend und leicht betäubend an; medizinisch.

»Jetzt das andere«, sagt Andrew. Er tunkt den Schlüssel abermals ins Fläschchen, führt ihn vorsichtig in Barretts linkes Nasenloch ein. Barrett zieht die Luft ein, fester.

Andrew schaufelt zwei kleine Kokainhaufen für sich heraus, erst einen, dann den anderen. Er atmet tief ein. »Nett«, sagt er.

Er setzt sich auf das Bett von Tyler und Beth, wie ein Schwimmer, der ein Floß erreicht hat. Barrett lässt sich neben ihm nieder, bedacht darauf, Andrews Knie nicht versehentlich mit seinem zu berühren.

Andrew sagt: »Das habe ich gebraucht.«

»Ich auch«, sagt Barrett. Würde er seinem hirnlosen Verlangen zuliebe jede Lüge über die Lippen bringen, jeden beliebigen Menschen nachahmen?

»Achtung, jetzt kommt zweitausendsechs«, sagt Andrew.

»Achtung.«

Barrett braucht einen Augenblick, um zu begreifen, dass das Kokain wirkt. Er spürt ein Summen in seinem Schädel, ein Zusammenschwirren von … nein, nicht von Bienen, es ist weniger lebendig; es ist, als würde das Summen von einer Armada mikroskopisch kleiner, mit Borsten besetzter Stahlkugeln verursacht, die in seinem Gehirn umherwirbeln, sämtliche Gedanken wegschrubben und nichts als eine nackte, pulsierende Sauberkeit hinterlassen. Es hat etwas eindeutig Medizinisches. *Das ist jetzt unangenehm, aber danach werden Sie sich besser fühlen.*

Vielleicht wird Barrett sich dieses Mal tatsächlich besser fühlen.

Andrew sagt: »Komm, noch eine Runde. Ich meine, hey, es ist Silvester.«

Er schaufelt ein weiteres Häuflein heraus. Barrett hebt den Kopf, um es zu empfangen. Er hat Sorge, etwas falsch zu machen, sich den Puder übers Kinn zu streuen, aber Andrew arbeitet so präzise wie ein Chirurg, steckt die Schlüsselspitze direkt in Barretts rechtes Nasenloch und dann ins linke. Er wiederholt die Prozedur bei sich.

»Nett«, sagt Andrew.

»Sehr nett«, sagt Barrett, obwohl ihm dämmert, dass es alles andere als nett ist. Die Stahlborsten schrubben vor sich hin. Er spürt, er meint zu spüren, wie seine Schädeldecke von innen verwüstet wird, wie sich an der Stelle, an der eben noch sein Gehirn war, eine weiße Leere ausbreitet.

Barrett hört sich sagen: »Zweitausendsechs fängt doch schon mal gut an, was?«

Nur seine Stimme spricht. Er selbst hat sich in ein Schädelgrab zurückgezogen, in eine uralte Leere, die im Brummen einer seltsamen Maschinerie vibriert, Metallzahn auf Metallzahn.

»Beth«, sagt Andrew, »du sprichst von Beth?«

»Nein. Ich spreche davon, dass Michael Jackson von den aufgebauschten Vorwürfen des Kindesmissbrauchs freigesprochen wurde.«

Andrew dreht den Kopf und sieht Barrett verständnislos

an. Was natürlich zu erwarten war. Andrew begreift es nicht. Andrew hat keinen Sinn für Sarkasmus. Zu seiner eigenen Überraschung scheint es Barrett jedoch nichts auszumachen. Er ist zu unruhig, zu nervös und mutlos, um sich etwas daraus zu machen. Andrew, so bin ich. Ich bin ironisch und geistreich. Ich bin, anders als du, nicht von großer, unverhoffter Schönheit, aber ich habe meinen Platz in dieser Welt.

Wie es scheint, haben die Stahlborsten sein Eigeninteresse abrasiert, sein Begehr, begehrenswert zu sein; er hat nur noch diese Stimme, die aus der Gruft seines ehemaligen Verstandes herauftönt wie ein mürrisches Orakel.

»Das war ein Witz«, sagt Barrett. »Ja, natürlich meinte ich Beth.«

»Ich weiß, Mann. Der Körper macht die irrsten Sachen.«

»Das stimmt.«

»Und, weißt du, die Ärzte haben *keinen Plan.*«

»Na ja, die Ärzte haben schon so etwas wie einen Plan. Aber sie können nicht alles wissen. Niemand kann das.«

Barrett hört sich zu, wundert sich über seine Fähigkeit, in ganzen Sätzen zu sprechen. Der Mechanismus erledigt das, die kleine, in Vergessenheit geratene Putzmaschine, die in seinem Kopf sitzt und die Arbeit macht, auf die ihre Schöpfer sie programmiert haben.

»Wenn ich krank wäre«, sagt Andrew, »würde ich zu einem Schamanen gehen.«

Eine Veränderung tritt ein.

Barrett ist überrascht; und hilflos. Ein physikalischer Prozess, ein Aufmucken des Blutes, scheint sich anzubahnen. Andrews Anziehungskraft beginnt zu schwinden.

Die Veränderung hat allem Anschein nach etwas mit dem Wort »Schamane« zu tun. Mit Andrews Beharren auf dem Thema, ungeachtet der Tatsache, dass Beth geheilt wurde, ohne auch nur daran gedacht zu haben, einen Schamanen oder Hellseher oder Handaufleger zu konsultieren; es hat mit Barretts einmaliger Vision zu tun, einer Erfahrung, die er trotz all seiner Skepsis gemacht hat; und mit dem Klang des Wortes »Schamane«, ausgesprochen mit Andrews New-Jersey-Akzent; es hat mit der nicht von der Hand zu weisenden Möglichkeit zu tun, dass Andrew nicht genau weiß, was ein Schamane eigentlich ist.

Barrett hat sich nie große Gedanken um Andrews Zukunft gemacht. Da Barrett darin garantiert keine Rolle spielen würde, war es besser, war es sexier, von Andrew nur in der Gegenwart zu träumen.

Doch nun tritt abrupt eine Veränderung ein. Einen Moment lang kann Barrett nichts mehr sehen *außer* Andrews Zukunft: Andrew als alternder Anhänger des Unwahrscheinlichen, eine Randexistenz, irgendein anspruchsloser Job; Andrew, der sich langsam von einem stets hochaufmerksamen Zauberlehrling in einen dieser Männer verwandelt, die sich selbst für ausgewachsene Zauberer halten; die ihre »Fakten« sonstwoher beziehen; die bestens informiert sind über die fortwährenden Bemühungen der Regierung, die Landung von Aliens in Roswell zu vertuschen, dafür aber die Senatoren ihres Bundesstaates nicht namentlich kennen …

Andrew ist eine Illusion.

Barrett hat es immer gewusst, er hat es gewusst, seit Liz Andrew zum ersten Mal anschleppte (sie brachte ihn ins Kino mit, war es bei *Star Wars III?*) und Barrett der Magen in die Knie rutschte angesichts Andrews offenbarer, gleichgültiger Schönheit, angesichts der Nonchalance, mit der er sie zur Schau stellte, als wäre er die Verkörperung eines verloren geglaubten amerikanischen Ideals – wie gemacht für harte Arbeit, wie frisch geprägt, das Gesicht rein und klar;

Andrew, der Nachfahre von Generationen von Männern, die beherzt in unbekanntes Territorium hinausritten, in die Berge und Wälder, während alle anderen – die Zaghaften, die Unsicheren, all jene, die dankbar waren für das Wenige, was sie besaßen – weiterhin auf den rußverschmierten Kopfsteinpflasterstraßen der Ostküste ihren verschiedenen Geschäften nachgingen, immer bedacht darauf, nicht in eine Pfütze oder einen Misthaufen zu treten.

Andrew ist ein Ideal, eine Erfindung, ein heiliger Gral. Milliarden von Dollar werden jedes Jahr von Menschen aus allen Bevölkerungsschichten ausgegeben, je nachdem, wie sehr oder wie wenig sie Andrew, dem Sohn eines Schusters aus New Jersey, ähnlich sehen; Andrew, der das alles gratis bekam.

Barrett spürt, wie sein Interesse nachlässt. Das Gleichgewicht hat sich verschoben. Vor wenigen Augenblicken noch war Andrews Naivität die perfekte, satyrische Ergänzung zu seinem rücksichtslos perfekten Körper. Und nun ist er ein einfältiger Junge, der noch einfältig sein wird, wenn die Zeit mit den anderen Körperteilen fertig ist.

Barrett sagt: »Wenn du Leber- und Darmkrebs im vierten Stadium hättest, könnte ein Schamane einen Scheißdreck für dich tun.«

Andrew lehnt sich vor, sieht Barrett neugierig an.

»Du glaubst nicht an Schamanen?«, fragt er, mit (koketter?) Streitlust in der Stimme.

Kann es sein, ist es möglich, dass Andrew auf einmal ein Interesse an diesem neuen Barrett entwickelt, demjenigen, der sein Interesse gerade verliert?

Ja. Jede andere Erklärung wäre die Überraschung.

»Nein, ich glaube an, ich weiß auch nicht, fast alles. Daran, zur richtigen Zeit am richtigen Ort zu sein. Magie ist etwas Tolles, das Magische wird unterschätzt. Aber keine Magie kann den Krebs aus deinem Körper saugen.«

»Meinst du nicht, dass Beth genau das passiert ist?«

Wie soll Barrett darauf antworten?

Er schließt die Augen und überlässt sein Gehirn den emsigen Putzmaschinen, spürt, wie es Funken schlägt.

Dann sagt er: »Einmal habe ich ein Licht am Himmel gesehen.«

Er hat niemandem davon erzählt. Wie kann er nur Andrew davon erzählen?

Aber wem sonst sollte er davon erzählen? Wer sonst würde es nicht in Frage stellen, sich nicht über ihn lustig machen?

Und dieser neue, entehrte Andrew, der ihm hier gegenübersitzt, so einfältig und sterblich wie unzählige junge Männer im Laufe von unzähligen Jahrhunderten …

»Ich sehe ständig Lichter am Himmel«, sagt Andrew. »Meteoriten, Planeten, Sternschnuppen. Vielleicht auch die eine oder andere fliegende Untertasse.«

Barrett sagt: »Es war ein großes, grünliches Licht. So ähnlich geformt wie eine Spirale. Ich habe es über dem Central Park gesehen, vor über einem Jahr.«

»Cool.«

»Ähm, ja, es war tatsächlich cool, aber es war auch sehr merkwürdig.«

»Da oben fliegen jede Menge merkwürdiger Sachen rum. Du glaubst, wir wüssten, was da oben alles unterwegs ist? Du meinst, wir hätten es im Griff?«

»Es fühlte sich so … lebendig an. Irgendwie.«

»Sterne sind lebendig.«

»Es war kein Stern.«

»War es schön?«

»Ja. Es war schön. Und irgendwie schrecklich.«

»Hä?«

»Mächtig. Enorm. Und dann ist es erloschen.«

»Klingt echt cool.«

Barrett sollte jetzt lieber den Mund halten. Er sollte nicht weiterreden.

Er sagt: »Ich gehe in die Kirche.«

»Echt?« Aus dem Klang seiner Stimme zu schließen, findet Andrew das weder befremdlich noch normal. Die Bräuche im Wunderland sind unbekannt, aber nicht abstoßend. Alice marschiert einfach weiter, höflich und brav.

Barrett sagt: »Ich gehe nicht zum Beten hin. Ich erhebe mich nicht und knie nicht. Und ich singe auch nicht. Ich setze mich einfach in die hinterste Bank, mehrmals pro Woche.«

»Kirchen sind wunderschön. Ich meine, der ganze organisierte Glaube ist Unsinn, aber Kirchen an sich haben was Heiliges.«

»Diese nicht. Sie ist eher schlicht. Und außer mir ist da nur ein Dutzend alter Damen, die ganz vorn sitzen.«

»Hm-hmm.«

»Niemand spricht mich an. Eine Weile dachte ich, nach dem Gottesdienst würde ein Priester kommen und so etwas sagen wie: ›Was führt dich her, mein Sohn?‹ Aber die Typen sind alt, wirklich alt, sie spulen nur ihr Programm ab und, ich weiß auch nicht, machen sich Gedanken darüber, wie sie den Messdienern an die Wäsche gehen können, wenn alle gegangen sind.«

Andrew lacht lüstern. Er fragt: »Warum gehst du hin?«

»Es ist so still. Die Atmosphäre ist besonders, selbst in dieser schäbigen alten Kirche. Ich sitze einfach nur da und frage mich, ob irgendetwas … kommt.«

»Und?«

»Nichts. Noch nicht.«

»Da seid ihr ja!«

Barrett öffnet die Augen. Es ist Liz, sie steht in der Tür, es ist eine Nachstellung der Szene vor einer Viertelstunde, als Andrew vor Barretts Zimmer stand. Wird Barrett sich am Ende seines Lebens an Leute erinnern, die in Türen auftauchen, nachdem sie ihn in seinen diversen Verstecken aufgestöbert haben?

Andrew sagt: »Hey, du.«

»Es sind noch ungefähr elf Minuten bis Mitternacht«, sagt sie. Sie betritt das Zimmer.

»Wie viel *Krempel* hier rumsteht«, sagt sie.

»Tyler und Beth sind Sammler«, erklärt Barrett.

»Tyler und Beth sind verrückt.«

Sie kämpft sich zum Bett durch und lässt sich neben Andrew sinken, der etwas rückt, um ihr Platz zu machen. Hier, jetzt, drückt Andrew sich an Barretts Seite, mit der rechten Schulter und der rechten Hüfte.

Es ist sexy. Natürlich. Aber nun, da Barretts Verehrung schwindet, steigt Andrew von Gottheit zu Porno ab. Barrett ist erleichtert; und zerknirscht. Ein Schiff segelt davon. Barrett wirft einen Blick zum Lampenschirm mit den aufgemalten Segelbooten hinüber. Die Lackierung ist an manchen Stellen abgeblättert.

Andrew fragt Liz: »Möchtest du auch?«

»Um wessen Koks handelt es sich hier?«, fragt sie.

»Weiß ich nicht.«

»Um Tylers«, sagt Barrett.

»Ich hatte den Eindruck, dass Tyler mit dem Koksen aufgehört hat?«

»Der Eindruck war falsch, wie es scheint.«

»Wie dem auch sei. Hat Tyler zu euch gesagt: Bitte geht in mein Schlafzimmer und bedient euch aus meinem Privatvorrat?«

»Hey, Lizzie«, sagt Andrew, »wir feiern, heute ist Silvester …«

»Leg es zurück.«

Barrett sagt: »Alles hier gehört Tyler, Beth und mir.«

»Nicht die Drogen. Man nimmt nie, niemals die Drogen eines anderen, es sei denn, man wurde dazu eingeladen. Leg es dorthin zurück, wo du es gefunden hast, sofort.«

Andrew gibt das Fläschchen Barrett, der die Schublade öffnet und es hineinwirft.

Zu Barrett sagt Liz: »Du nimmst so was doch gar nicht.«

»Äh, wir feiern eine Party. Wir feiern Silvester.«

Andrew sagt: »Barrett hat mir von diesem Licht erzählt, das er mal am Himmel gesehen hat. Über dem Central Park.«

Natürlich hat Andrew keine Ahnung von Diskretion. Was sollte es in Andrews Welt auch geben, das geheim zu halten wäre?

»Ein Licht?«, fragt Liz.

Obacht. Liz stellt Fragen, Liz hat kein Verständnis für das Wunderbare und das Unerklärliche.

»Hör nicht auf mich, nicht jetzt«, sagt Barrett. »Ich weiß selbst nicht, wovon ich rede.«

Andrew sagt: »Es wölbte sich am Himmel. Es war mächtig und wunderschön.«

»Barrett hat dir erzählt, er hätte ein Licht am Himmel gesehen«, sagt Liz zu Andrew.

»Und Bigfoot«, sagt Barrett. »Bigfoot habe ich auch gesehen, drüben auf der Third Avenue. Er wollte zu Taco Bell.«

Liz kneift die Lippen zusammen und wirft einen Blick zur Zimmerdecke hinauf, bevor sie Barrett ansieht.

»Wie sah es aus?«, fragt sie.

Barrett holt tief Luft, als wollte er den Kopf unter Wasser tauchen.

»Es war von einem blassen Aquamarin, mehr oder weniger.«

Liz sieht Barrett weiterhin an. Ihr Gesicht bekommt einen prüfenden Ausdruck, als wäre sie eine Polizistin, die Barrett verdächtigt, sich für die Nacht des Verbrechens ein Alibi ausgedacht zu haben.

»Ich habe einmal ein Licht gesehen«, sagt sie. »Oben am Himmel.«

»Du machst Witze.«

»Es ist Jahre her.«

»Wo? Also, ja, am Himmel, schon klar …«

»Ich war oben auf dem Dach. Es war im Frühsommer, damals habe ich noch an der Lower East Side gewohnt und in Joshuas Laden gearbeitet. Ich wollte schlafen gehen, aber vorher bin ich noch einmal rauf aufs Dach, um einen Joint zu rauchen. Jetzt, wo ich drüber nachdenke … ich glaube, das Hasch war mit Opium versetzt.«

»Wie hat das Licht ausgesehen?«, fragt Barrett.

»Nun ja, ich würde sagen, wie eine Kugel. Oder eine Scheibe.«

»In einem blassen Aquamarin?«

Liz stößt ein Lachen mit seltsam säuerlichem Unterton aus.

»Mehr in Richtung Petrol, würde ich sagen. Ich arbeite im Textilhandel, unter Aquamarin kann ich mir nichts vorstellen.«

»Erzähl mir, wie es ausgesehen hat.«

Sie blickt ihm in die Augen, sie ist eine geduldige Frau, eine Frau, die genügend vor Begeisterung sprühende Männer erlebt hat und ihnen statt Gereiztheit lieber Ironie entgegenbringt.

»Es war wie ein lustiger, schwebender Ball aus Licht«, sagt sie. »Es war irgendwie süß.«

»*Süß?*«

»Ja. Glaube ich. So wie ein Satellit aus den Fünfzigern. Wie ein leuchtendes, überholtes Ding, das sich aus der fernen Vergangenheit, wo es ein Wunderwerk der Technik war, zu uns verirrt hat.«

»Klingt nicht nach dem Licht, das ich gesehen habe.«

»Tja, dann haben wir wohl unterschiedliche Lichter gesehen.«

»Hast du etwas gefühlt? Ich meine, was hast du gedacht, als du es gesehen hast?«

»Ich dachte, Mensch, das Hasch ist wirklich gut, ich muss mir merken, von wem ich es habe.«

»Das ist alles?«

»So ziemlich.«

»Was ist danach passiert?«

»Ich habe das Hasch geraucht, bin nach unten gegangen, habe eine Weile gelesen und bin dann eingeschlafen. Am nächsten Morgen bin ich wieder zur Arbeit gegangen. Weißt du noch, dass Joshua manchmal ein ganz schönes Arschloch sein konnte?«

»Du hast dich nicht gefragt, was es war? Das Licht?«

»Ich hielt es für eine Art Gaswolke. Ist das Universum nicht voller gasförmiger Elemente?«

Andrew sagt: »Ja, es gibt Gase und Neutrinos und das Zeug, das man dunkle Materie nennt.«

»Und du hast einfach mit deinem Leben weitergemacht?«, fragt Barrett.

»Was hätte ich deiner Meinung nach tun sollen, beim *National Enquirer* anrufen? Ich war high, ich habe ein Licht gesehen, und dann ist es wieder verschwunden.«

Barrett beugt sich vor, sein Kopf ist so dicht an Andrews Gesicht, dass er seinen Atem auf der Wange spüren kann.

Er fragt: »Ist danach irgendetwas passiert?«

»Nein, das habe ich dir doch gesagt. Nichts ist passiert.«

»Vielleicht nicht unmittelbar danach.«

»Es ist Jahre her. Irgendwas passiert immer.«

»Denk nach.«

»Du machst mir ein bisschen Angst.«

»Komm schon. Denk nach. Tu mir den Gefallen.«

»Hm. Okay. Ich habe bei TK Maxx ein Paar Jimmy Choos gefunden, das ist so etwas wie ein Wunder, oder?«

»Komm schon.«

»Du bist wirklich high, nicht wahr?«

»Ein bisschen.«

»Du bist nie high.«

»Heute ist Silvester.«

»Okay«, sagt sie. »Ich spiele mit. Mal sehen … es ist mindestens zehn Jahre her.«

Sie hält inne.

»Was ist?«

»Das ist lächerlich.«

»Was denn?«

»Es war, glaube ich, das Jahr, in dem meine Schwester zurückkam.«

Die selten erwähnte jüngere Schwester. Barrett kennt nur flüchtige Details, selbst nach jahrzehntelanger Freundschaft mit Liz.

»Sprich weiter«, sagt er.

»Das ist albern.«

»Los.«

Sie überlegt.

»Sie hatte ihre Medikamente abgesetzt. Und dann eines Tages ist sie … verschwunden. Fast ein Jahr lang.«

»Das hast du schon einmal erzählt. Glaube ich.«

»Ich spreche nicht oft über sie.«

»Ich weiß. Ich weiß das.«

»Eigentlich weiß ich selbst nicht, warum. Na, okay, der Grund ist wohl, dass es bei uns ganz offensichtlich in der Familie liegt und ich Angst habe, es könnte mich auch irgendwann erwischen. Ziemlich krank, nicht wahr? So wie bei den Griechen, die sich geweigert haben, die Götter der Unterwelt beim Namen zu nennen aus Angst, sie könnten gehört werden.«

»Was liegt bei euch in der Familie?«, fragt Barrett.

»Nun ja. Schizophrenie. Die Krankheit brach aus, als sie schon dreiundzwanzig war. Sie war das intelligenteste, hübscheste Mädchen der Welt. Es ging ihr gut, einfach gut. Sie studierte Jura, sie hatte einen Praktikumsplatz bei der Amerikanischen Bürgerrechtsunion sicher, der, das ist dir vielleicht nicht bekannt, praktisch unmöglich zu ergattern ist. Und dann kam der Zusammenbruch. Und danach war sie ein anderer Mensch. Sie war paranoid und hatte vor fast allem Angst, sie hatte diese verrückten Wahnvorstellungen von industriellen Verschwörungen und Killerkommandos und, ach, sie war … verändert. Sie war … ein anderer Mensch. Sie musste das Studium aufgeben. Sie zog wieder bei unseren Eltern ein.«

Andrew sagt: »Sie hieß Sarah.«

»So hieß sie, in der Tat«, sagt Liz. »Jedenfalls bekam sie Medikamente, und das half, aber nur teilweise. Die Medikamente machten aus ihr eine gute Kopie des Mädchens, das sie vorher gewesen war. Aber es war, als wäre Sarah gestorben und durch eine Art Replikantin ersetzt worden.«

»Ich sehe ständig Replikanten«, sagt Andrew. »Überall.«

»Sie hat die Medikamente gehasst, alle hassen diese Medikamente, sie machen fett und benommen und töten die Libido ab. Und dann hat sie, eines Tages und ohne uns etwas davon zu sagen, die Medikamente abgesetzt. Und ist verschwunden. Eines Tages. Als meine Mutter und mein Vater zufällig nicht zu Hause waren.«

»Sie ist verschwunden«, sagt Barrett.

»Sie ist einfach gegangen. Wir konnten sie nicht finden. Wir haben alles versucht. Zuerst haben wir die Stadt abgesucht, dann haben wir die Polizei angerufen und überall Steckbriefe aufgehängt. Sie war vollkommen von Sinnen, sie war eine hübsche Dreiundzwanzigjährige, wer konnte wissen, was man ihr alles antun würde?«

»In dieser Welt sind die Frauen die gearschten, irgendwie«, sagt Andrew.

»Sie hatte etwas Geld dabei, das wussten wir. Sie hatte gern Geld dabei, sie nahm es meiner Mutter einfach aus dem Portemonnaie, meine Mutter hatte nichts dagegen. Wir wussten nicht, wie viel es war, aber sicher genug für ein Busticket. Und nach dem ersten Monat dachte ich, unsere Mutter würde sterben. Ich meine das wörtlich. Sarah verschwand im Dezember. Wenn sie nicht vergewaltigt und ermordet worden war, war sie vielleicht irgendwo erfroren oder verhungert.«

Schweigen macht sich breit. Das Zimmer bedrängt sie von allen Seiten, ringsum nichts als Schatten und Stachel.

»Wenn ich meine Eltern besucht habe«, sagt Liz, »saß meine Mutter einfach nur da. In einem Sessel im Wohnzimmer. Einfach so. Als säße sie, ich weiß auch nicht ... in einem Wartezimmer, um auf einen Arzttermin zu warten oder so.«

»Was war mit deinem Vater?«

»Auch er war am Boden zerstört. Aber er blieb der Alte. Er kümmerte sich weiterhin um das Haus. Reparierte alles Mögliche. Als würde Sarah, wenn das Haus nur in einem besseren Zustand wäre, zurückkommen. Ich wusste, ich bildete mir ein zu wissen, dass mein Vater … dass mein Vater es verwunden hätte, wenn Sarah nie zurückgekommen wäre. Sicher, er wäre völlig fertig gewesen, aber er hätte es überlebt. Bei meiner Mutter war ich mir nicht so sicher.«

»Dachtest du, sie würde sich umbringen?«

»Nein, ich dachte, sie würde … sich auflösen. Stück für Stück. Ich dachte, früher oder später bekommt sie eine Krankheit, irgendetwas, was die Ärzte nicht diagnostizieren können.«

Andrew sagt: »Das kommt oft vor. Die Menschen werden von ihrem Leben krankgemacht.«

Liz, deren Geduld jetzt am Ende ist, wirft ihm einen strengen Lehrerinnenblick zu. *Wenn du nicht weißt, worum's geht, wäre es vielleicht das Beste, einfach nur zuzuhören.*

Barrett fragt: »Was ist dann passiert?«

»Was ist passiert, ja. Ungefähr fünf Monate später klopfte es an der Tür, und da war sie. Sie sah furchtbar aus. Sie wog in etwa vierzig Kilo, hatte Läuse im Haar und trug Klamotten, die andere Leute weggeworfen hatten. Aber sie war wieder da. Eines Abends. Wie aus dem Nichts.«

»Wirklich?«

»Es war so unglaublich. Wir hatten darauf gehofft, natürlich, aber wir hatten versucht, uns an den Gedanken zu gewöhnen, dass sie … nicht mehr am Leben war. Und dann, eines Abends, kam sie zurück.«

»Wo ist sie gewesen?«

»Das wissen wir nicht so genau. Sie hat etwas von Minneapolis gesagt, von South Beach. Aber sie hatte sich gegen die Uni in Minneapolis entschieden, vor dem Zusammenbruch, und im Jahr davor war sie in South Beach gewesen, um Urlaub zu machen. Wir haben die Wahrheit nie herausgefunden. Es war schwierig zu beurteilen, ob sie sich überhaupt erinnern konnte, wo sie gewesen war.«

»Aber sie war wieder zu Hause, immerhin.«

Liz nickt ernst, als stimme sie einem harten, aber unvermeidlichen Urteil zu.

»Ja. Sie war wieder zu Hause.«

»Was so etwas wie ein Wunder war.«

»Ich bete nie«, sagt sie. »Ich glaube nicht an Gott.«

»Das weiß ich.«

»Aber in den Wochen nach Sarahs Rückkehr bedankte ich mich im Stillen immer wieder, bei allen Leuten, die ihr einen Dollar gegeben, sie im Hausflur hatten schlafen lassen, bei jedem, der ihr irgendetwas geschenkt hatte. Seither gebe ich immer einen Dollar, wenn ich darum gebeten werde.«

»Und das passierte, nachdem du das Licht gesehen hattest?«

»Mindestens drei Monate später.«

»Trotzdem.«

»Okay, ja, du Nervensäge, wenn man es streng chronologisch betrachtet, passierte es, nachdem ich mich mit sehr gutem Hasch bekifft und mir eingebildet hatte, ein freundliches Licht zu sehen. Glaubst du im Ernst, da würde eine Verbindung bestehen?«

»Ich bin mir nicht sicher. Ich frage mich nur.«

»Tja. Es ist gut, es ist sehr, sehr gut, dass sie wieder zu Hause ist, dass sie in Sicherheit ist. Aber es geht ihr nicht *besser*. Sie muss immer noch die Medikamente nehmen. Sie ist fett und langsam und wohnt in ihrem alten Kinderzimmer. Sie spielt Videospiele.«

»Immer noch besser als tot in Minneapolis.«

»Trotzdem. Ein ziemlich beschissenes Wunder, findest du nicht?«

Andrew sagt: »Hey, noch drei Minuten bis Mitternacht.«

»Ich spreche nicht von Wundern, ich spreche von, ich weiß auch nicht, Omen.«

»Zwei Minuten und fünfzig Sekunden«, sagt Andrew.

Liz sagt zu ihm: »Geh ins Wohnzimmer und sag allen Bescheid. Ich komme gleich nach.«

»Du wirst den Countdown nicht verpassen?«

»Auf keinen Fall. Geh jetzt.«

Gehorsam erhebt Andrew sich vom Bett und verlässt das Zimmer. Nun sind Liz und Barrett allein, nebeneinander auf dem Bett.

»Ist es wichtig?«, fragt Liz.

»Was?«

»Ein Omen zu haben. Oder etwas in der Art.«

»Du musst schon zugeben, dass es interessant ist.«

»Schätzchen. Ich würde eher sagen, ich muss zugeben, dass es bescheuertes Wunschdenken ist.«

❄

Tyler und Beth haben sich in die Küche verzogen, um eine Weile ungestört zu sein. Sie umarmen einander, stehen an den Küchentresen gelehnt.

Beth sagt: »Ein weiteres Jahr ist fast geschafft.«

»Ja.« Tyler vergräbt seine Nase in ihrer Halsbeuge. Er inhaliert sie so tief wie das Kokain.

Da ist ein Staubkorn in seinem Auge. Er versucht es wegzublinzeln – er darf Beth nicht loslassen, um sich etwas aus dem Auge zu reiben, nicht jetzt.

»Und die Welt ist nicht untergegangen«, sagt sie.

»Nicht für alle.«

Sie zieht ihn noch fester an sich. »Fang jetzt nicht damit an«, flüstert sie. »Nicht heute Abend.«

Tyler nickt. Er wird nicht damit anfangen. Nicht heute Abend. Keine Abhandlungen über geheime CIA-Gefängnisse in Polen und Rumänien, über das unbefugte Abhören von Telefongesprächen oder über Bush, der mittlerweile persönlich zugegeben hat, dass seit dem Beginn des Krieges dreißigtausend irakische Zivilisten ums Leben gekommen sind. Ja genau, ein Krieg gegen ein Land, das die USA nicht einmal angegriffen hat.

Tyler sagt sanft, dicht an Beths Ohr: »In England wurde Mammut-DNA gefunden.«

»Dann können sie jetzt ein Mammut züchten?«

»Das wäre wohl ein bisschen zu viel verlangt. Sagen wir es so, *ohne* Mammut-DNA könnte man nie wieder ein Mammut züchten.«

»Das wäre ja phantastisch. Stell es dir nur vor!«

»Es wäre absolut phantastisch.«

»Aber sie würden es in einen Zoo sperren, nicht wahr?«

»Nein. Sicher würden sie es in seiner natürlichen Umgebung beobachten wollen. Es würde ein eigenes Mammut-Naturschutzgebiet bekommen. Wahrscheinlich in … Norwegen.«

»Das wäre schön«, sagt sie.

»Weißt du, was noch passiert ist?«

»Was denn?«

»Die Fidschi-Inseln haben ihr Anti-Homo-Gesetz gekippt. Auf Fidschi darf man jetzt schwul sein.«

»Das ist gut.«

»*Und* …«

»Hm-hmm?«

»Die japanische Prinzessin Nori hat einen Bürgerlichen geheiratet und ihren kaiserlichen Titel aufgegeben.«

»Sieht er gut aus?«

»Eigentlich nicht. Aber er hat ein ehrliches Herz, und er liebt sie über alles.«

»Das ist noch besser.«

»Natürlich.«

Pings Stimme aus dem Wohnzimmer. »Noch eine Minute bis Mitternacht!«

Beth sagt: »Lass uns hierbleiben, okay?«

»Jemand wird kommen und uns entdecken.«

»Dann sagen wir ihm, er soll wieder gehen.«

»Genau.«

Unvermittelt fängt Tyler zu weinen an. Ein trockenes, stummes Weinen, er würgt die Tränen eher heraus, als dass er sie vergießt.

Beth sagt: »Ist schon okay, Baby. Es ist okay.«

Tyler lässt sich halten. Er kann nicht sprechen. Der plötzliche Ausbruch trifft ihn unvorbereitet. Er hat Angst, natürlich hat er Angst, um Beth – die unerwartete, unerklärliche Remission könnte ebenso abrupt wieder aufhören, wie sie angefangen hat. Beide wissen das. Sie haben ein einziges Mal darüber gesprochen und beschlossen, es nie wieder zu tun.

Er weint auch wegen des Hochzeitssongs, den er für Beth gesungen hat, vor über einem Jahr. Warum kann er einfach nicht vergessen (geschweige denn vergeben), dass es kein guter Song war, trotz der Beteuerungen der anderen, er habe nie einen besseren geschrieben? Ja, klar. Das Lied kam von Herzen, natürlich sorgte es für Tränen, aber Tyler wusste, er wusste, es war eher weinerlich als wuchtig. Er hatte sich von seiner eigenen Unzulänglichkeit besiegen lassen. Er zuckt jedes Mal zusammen, wenn er heute daran denkt: *Splitter in meinem Herzen* war geblieben, jedoch ohne Erwähnung des Eises; möglicherweise sang er etwas wie (er hat sich gezwungen, die Details zu vergessen) *unser zweihändiges, feierliches Schreiten*, gereimt mit *den unsichtbaren Lenker der Rosenkutsche zu begleiten*. Er wusste, die Zeit würde nicht reichen, sein Talent würde nicht reichen, und so entschied er sich schließlich für eine Ballade, eine hübsche, kleine Ballade, dem Anlass angemessen, genug für die Anwesenden, aber kein in Bronze gehämmertes Kunstwerk; kein Song, der Liebe und Tod vereinte und der noch nachhallen würde, wenn die Liebenden selbst zu Staub zerfallen waren. Sein Lied war für den Hausgebrauch. Es wurde natürlich begeistert aufgenommen, aber schon während er es sang, als Beth zitternd vor ihm stand (zerbrechlich damals, ihre Haut vom selben wässrigen Weiß wie ihr Kleid), entrückt, brennend vor Liebe zu ihm, wurde ihm klar, dass er ein Minnesänger war, dass kein Goldreif oder Lorbeerkranz auf seiner Stirn ruhte, sondern ein Federhut; er war imstande, von der Liebe zu singen, landauf, landab, weil er dafür bezahlt wurde; überzeugend, weil erfahren, so geübt darin, Fremden Romantik vorzuheucheln, dass er in dem Augenblick nur noch heucheln konnte, obwohl die Gefühle seine eigenen waren. Die Musiksprache der überzeugenden Heuchelei war zu der einzigen Sprache geworden, in der er sang.

Der Song wurde gelobt, wie zu erwarten gewesen war. Doch der Sänger kennt die Wahrheit, immer.

Tyler weint aus vielen Gründen, er beweint sein eigenes Scheitern, ein Scheitern von der schlimmsten Sorte, ein geheimes Scheitern, weil die anderen glauben, er habe mit seinem Liebeslied für Beth den Knoten platzen lassen, habe gesiegt, den Schatz gefunden, den er gesucht hatte.

»Ist schon okay«, sagt Beth noch einmal.

Tyler hat sich das Körnchen nicht aus dem Auge gewischt. Die läppischen Ablenkungen des Fleisches…

Aus dem Wohnzimmer: »Zwanzig, neunzehn, achtzehn…«

❄

Eine aufgekratzte Nervosität im Wohnzimmer. Wo bleiben die anderen? Nur Ping, Nina und Foster sind da.

Foster, den Blick auf seiner Taschenuhr, zählt: »Siebzehn, sechzehn…«

Wo, fragt er sich, bleibt Tyler?

Ping fragt, lautlos: *Foster, ist es heute Nacht so weit?*

Nina sagt zu sich selbst: *Es tut mir leid, Stephen, ich weiß selbst nicht, was ich mir dabei gedacht habe, ich werde dich gleich nach Mitternacht anrufen.*

»Fünfzehn, vierzehn, dreizehn…«

Andrew kommt herein, beugt die Schultern im Gehen leicht vor, es ist sein Affengang. Warum ist er immer noch dabei? Wie kann Liz ihn ertragen?

Keine Frage, er ist scharf. Er ist hilflos, und sie hat gern das Sagen. Nun macht sie sich wegen ihres Alters also doch noch verrückt. Er muss einen enormen Schwanz haben. Es liegt am Mutterinstinkt, sie hätte ein Kind bekommen sollen. Sie ist zu der Einsicht gekommen, dass diese Typen alle gleich sind, warum also ständig wechseln? Er ist scharf, echt scharf. Er muss sie zu Tode langweilen. Weiß sie, wie lächerlich sie an seiner Seite aussieht? Es muss sie ermüden. Vielleicht ist er anders, wenn sie allein sind.

»Zwölf, elf, zehn…«

Ping fragt: »Wo ist Liz?«

»Kommt gleich«, sagt Andrew.

Foster ist so weit, er ist kein junger Hüpfer mehr, ich liebe ihn schon so lange, warum habe ich das zu Stephen gesagt, ich muss lernen, mich zusammenzureißen, Tyler, wo bist du, warum habe ich das gesagt, kein junger Hüpfer mehr, wo bist du?

»Neun, acht, sieben …«

❄

Im Schlafzimmer sagt Liz zu Barrett: »Wir sind nicht froh darüber, in Tylers Schublade Drogen gefunden zu haben, nicht wahr?«

»Nein. Sind wir nicht.«

»Wirst du ihn darauf ansprechen?«

»Ja, ich denke schon. Ich meine, es muss sein, oder?«

»Es ist deine Aufgabe.« Sie macht sich klein, verschränkt die Arme vor der Brust.

»Wir haben beide ein Licht gesehen«, sagt Barrett. »Du und ich.«

»Ein Flugzeug. Eine kleine kosmische Gaswolke.«

»Das glaube ich nicht.«

»Was hätte es sonst sein sollen?«, fragt sie.

»Sechs, fünf, vier …«

»Wir sollten rübergehen«, sagt sie.

»Ich weiß.«

Sie bleiben, wo sie sind.

»Drei, zwei …«

Barrett sieht Liz flehentlich an.

»Eins.«

❄

Tyler und Beth küssen sich gierig. Beim Küssen atmet Tyler in Beth hinein, und gleichzeitig inhaliert er sie. Sie tauschen eine Art Energie aus, er weiß nicht genau, ob er seine Gesundheit in sie hineinhaucht oder ob er die wundersam wiedergewonnene Gesundheit aus ihr heraussaugt. Es ist egal. Er beschließt, dass es egal ist. Sie schmiegt sich an ihn, sie sind hier, es ist 2006.

❄

»Ups«, sagt Liz. »Mitternacht.«

»Frohes neues Jahr.«

Sie und Barrett beugen sich vor und küssen sich, auf eine keusche Art.

Er sagt: »Dir ist klar, dass dein erstes Wort im neuen Jahr ›ups‹ war?«

»Das wäre dann wohl ein weiteres Omen«, antwortet sie.

❄

Ping und Foster und Nina küssen sich, ungestüm wie Kinder. Frohes neues Jahr! Sie umarmen einander, während von der Straße Johlen und Böller herauflärmen. Andrew hält sich zurück. Nina (*Warum immer ich, warum überlassen alle das der Frau?*) winkt ihn heran.

»Frohes neues Jahr, Andrew«, sagt sie.

»Frohes neues Jahr«, erwidert er mit der stumpfen, geistlosen Freundlichkeit eines Flugbegleiters. Er bleibt an seinem Platz stehen, direkt neben der Tür zum Flur.

Warum ist er immer noch dabei?

❄

Liz sagt: »Ich sollte mal nach Andrew sehen.«

»Ja, das solltest du.«

Aber keine Sekunde später ist Andrew da, stapft durch die Schlafzimmerhaufen wie Godzilla durch Tokio. Er wirkt jedoch kein bisschen verärgert. Er geht einfach in einer geraden, konsequenten Linie.

Liz steht auf. »Frohes neues Jahr, mein Schatz«, sagt sie. Sie öffnet die Arme.

»Frohes neues Jahr«, sagt er und begibt sich in die Umarmung. Sie küssen sich. Andrew umfasst mit beiden Händen Liz' Pobacken.

»Frohes neues Jahr euch beiden«, sagt Barrett im Hinausgehen.

Andrew streckt blind den Arm aus, bekommt Barretts Hand zu fassen, drückt sie. Dem Anschein nach hat er diese Güte, diese Freundlichkeit zu verschenken.

Barrett kommt ein Gedanke: Andrew hat gewartet, nicht wahr? Er wusste, er ahnte, dass Barrett und Liz sich ungestört unterhalten wollten, obwohl Mitternacht heranrückte.

In einem Menschen steckt mehr, als man vermutet. Und zugleich auch weniger. Der Trick ist, irgendwie den Mittelweg zu finden.

❄

Auf dem Weg ins Wohnzimmer kommt Barrett an der Küche vorbei. Tyler und Beth knutschen. Soll er diskret weitergehen? Nein, wen kümmert's, er gehört zur Familie, er ist Beths Ersatzehemann, er hat das Recht, die beiden zu stören.

»Frohes neues Jahr«, sagt er.

Sie lösen sich voneinander, leicht stutzig, als wären sie überrascht, sich in dieser Küche wiederzufinden, in dieser Welt.

»Frohes neues Jahr, Baby«, sagt Beth. Sie geht auf Barrett zu, legt ihre dünnen Arme um seine Schultern, gibt ihm einen richtigen Kuss.

Auch Tyler kommt heran, legt seine Arme um die beiden, wobei Beth in der Mitte steht, eingeklemmt zwischen Tyler und Barrett. Barrett nimmt ihren zarten Körperbau umso deutlicher war, ihre zähe Feingliedrigkeit. Nun ist sie eine weiße Maus, ein geliebtes Haustier, zärtlich umarmt, aber umarmt von zwei Männern, die sie, käme es ihnen in den Sinn, zerquetschen könnten. Barrett könnte schwören, ihr Zittern zu spüren, so wie eine Maus in der Hand zittern würde – jenes kaum merkliche, ununterbrochene Beben, das fester Bestandteil der Physis einer jeden Maus ist, geschuldet dem Dauerzustand aufmerksamer Ängstlichkeit (man ist schließlich ein Beutetier) und gleichzeitig einfach nur eine Folge der Winzigkeit, eines schnell klopfenden Herzens von der Größe einer Blaubeere.

Barrett sagt zu Tyler: »Wenn du jetzt ›Gruppenkuscheln‹ sagst, schlage ich dich.«

Tyler hebt den Arm, fährt Barrett mit den Fingern durchs Haar. Beth steht still zwischen ihnen und wiegt sich ganz leicht von einer Seite zur anderen. Sie hebt das Kinn, lehnt ihren Hinterkopf an Tylers Brust. Ihre Augen sind geschlossen.

Barrett kann fühlen, wie sie zu einem Schluss kommt. Es ist spürbar. Es kribbelt über ihre Haut.

Sie sagt: »Ich bin dem Tod begegnet.«

»Nein«, sagt Barrett, »bist du nicht.«

Beth öffnet die Augen nicht. Ihre Miene hat etwas Rezitatives; die lang einstudierte Rede muss nun, endlich, vorgetragen werden.

»Ich meine das nicht im wörtlichen Sinn«, sagt sie. »Aber etwas ist passiert.«

»Erdensprache, bitte«, sagt Barrett.

»Hm. Okay. Für lange Zeit war ich krank. Und dann. Hat sich etwas verändert.«

Eine Weile ist Tylers Atem das lauteste Geräusch im Raum.

Beth sagt: »Ich habe irgendwie. Nun. Ich habe angefangen zu sterben. Es war wie ein Aufbruch. Es war anders. Ich war immer noch krank. Es ging mir immer noch elend. Aber. Ich habe mich die ganze Zeit gefühlt wie ein gesunder Mensch, der krank geworden ist. Und dann. War ich ein kranker Mensch, ich konnte mir nichts anderes mehr vorstellen. Es war, als würden die Lichter nacheinander ausgehen. So wie die Lichter in einem Haus erlöschen, dessen Bewohner einer nach dem anderen zu Bett gehen.«

Niemand spricht. Sollte man ihr nicht eine Frage stellen?

»Wie hat es sich angefühlt?«, fragt Barrett.

»Nicht gut. Aber auch nicht so schlecht. Da war einfach dieses. Dämmrige Nirgendwo. Es war eigentlich egal, ob es gut war oder schlecht. Darum ging es nicht.«

Ihr Kopf ist immer noch an Tylers Brust gelehnt. Ihre Augen sind immer noch geschlossen.

»Ein dämmriges Nirgendwo«, sagt Barrett, weil auf Tyler, wie es aussieht, gerade kein Verlass ist.

»Ergibt das einen Sinn?«, fragt sie.

»Irgendwie schon.«

»Ich möchte, dass ihr es wisst. Dass es nicht so schlimm war. Das sollt ihr wissen.«

»Wir wissen es«, sagt Tyler.

»Weil«, fügt sie hinzu, »nicht mehr allzu viel Zeit bleibt.«

»Im Leben, meinst du?«, fragt Barrett. »Für jeden Menschen?«

Sie rollt ihren Kopf sanft auf Tylers rechteckigem, fleischigem Brustmuskel hin und her.

»Ja«, sagt sie. »So habe ich das wohl gemeint.«

❄

Um zehn Minuten nach Mitternacht stehen alle im Wohnzimmer und fragen sich, was sie als Nächstes tun könnten.

Foster ruft: »Vorhersagen für zweitausendsechs!«

Was, natürlich, ein Fehler ist. Alle vermeiden es, Beth anzusehen.

Ohne zu zögern, sagt Beth: »Ich sage für heute Nacht eine tolle Party voraus.«

Sie heben die Gläser. Gejohle, Applaus.

Ja, denkt Barrett wieder einmal, dafür liebt Tyler dich so. Es ist eine alte Geschichte, die sich ständig wiederholt: von dem einfachen Mädchen, das irgendeinen Thron besteigt und zur Legende wird, unter anderem, weil sie Freundlichkeit und noch weitere, eigentlich ganz normale menschliche Tugenden in einem Reich einführt, das ansonsten eher von Verschlagenheit und Grausamkeiten regiert wird, den trivialen wie den vernichtenden.

Schweigen legt sich auf den Raum. Das Unbehagen hat sich noch nicht aufgelöst.

Foster zermartert sich das Hirn, er fragt sich, ob er etwas finden wird, womit sich das Missgeschick ausgleichen ließe, oder ob eine weitere Wortmeldung alles nur noch schlimmer machen würde. Nun wird Tyler ihn für gedankenlos und oberflächlich halten. Tyler wird ihm nie jene Stunde der Hingabe gewähren …

Tyler sagt: »Ich sage voraus, dass Gott persönlich John Roberts befehlen wird, ein besserer Mensch zu sein. Die

Menschenrechte werden florieren. Frauen, Schwule und Menschen aller Hautfarben werden nicht länger in Angst leben. Überall im Land wird auf der Straße getanzt werden.«

Noch mehr Applaus, noch mehr Gejohle, die Gläser werden abermals erhoben.

Zum ersten und möglicherweise letzten Mal in seinem Leben hat Tyler mit seiner stillschweigenden Überzeugung, niemand außer ihm nehme die Dinge gebührend ernst, einen ganzen Raum voller Menschen dankbar gemacht; mit seiner Art, die ihm den Spitznamen Mister No Fun eingetragen hat (der ihn, wann immer er ihn hört, gleichermaßen stolz und verlegen macht).

Barrett sagt: »Ich sage voraus, dass Schwarz das neue Schwarz bleibt.«

Liz fügt hinzu: »Und Pink wird immer das Marineblau der Inder sein.«

Barrett legt Liz einen Arm um die Schultern. Sie drückt ihm ein Küsschen auf die Wange. Sie haben sich, Gott sei Dank, die Fähigkeit bewahrt, trivial zu sein.

❄

Die kleine Party löst sich auf. Foster, Nina und Ping brechen zur selben Zeit auf, als existiere ein klares, wenn auch unausgesprochenes Einverständnis, dass der Moment des Abschieds gekommen ist. Die Glocke wurde geläutet, die Kutschen sind gerufen, und keiner will derjenige sein, der zu lange verweilt; der den Wink nicht versteht; derjenige, über den man, wenn die Tür hinter ihm ins Schloss gefallen ist, sagt: *Ich dachte, er geht nie*.

Foster, Ping und Nina verabschieden sich voneinander, draußen auf der Knickerbocker. *Frohes neues Jahr, Darling, hab dich lieb, das war ein wunderbarer Abend, du gewinnst den Preis für den besten Hut, kommt gut nach Hause, ich rufe dich morgen an.*

Nina muss nach Norden, Ping und Foster nach Süden.

Nina fährt nach Red Hook, um herauszufinden, ob sich das mit ihrem Freund kitten lässt (*Baby, ich habe Panik bekommen, ich glaube, ich habe mich in dich verliebt, und das macht mir Angst, du weißt, wie sehr ich den Kontrollverlust fürchte*), was ihnen weitere gemeinsame Monate bescheren wird, bis Nina sich in einen Chirurgen verliebt, den sie bei Barneys kennenlernt (Nina, kühn und unverfroren: »*Herzchen, ich will mich ja nicht einmischen, aber kaufen Sie den Pullover bloß nicht, Weiße sollten niemals Gelb tragen*«); ein Mann, der ihr in der Pulloverfrage gehorchen wird und danach nie wieder; ein Mann mit der festen Überzeugung, dass Nina zwar eine Schönheit, aber unqualifiziert auf allen Gebieten ist, theoretisch wie praktisch, die nichts mit Bekleidung zu tun haben (*so ist sie, meine Nina, sie besitzt einundsiebzig Paar Schuhe, raten Sie mal, wie viel sie für diese Frisur bezahlt hat*), so dass sie beim geringsten Widerspruch ihre Meinung zurückzieht (*na ja, eigentlich verstehe ich nichts davon*); sie wird sich die Haare wachsen lassen (*Frauen mit langen Haaren sind einfach sexier, okay?*) und ein paar Kilo zulegen (*eine Frau braucht einen Hintern*); sie wird sich von ihren Freunden distanzieren (*dieser Verliererhaufen*) und mit dem Chirurgen in einem Haus mit Pförtner leben, an der Upper West Side.

Ping wird Foster zum L Train begleiten und sich dort auf französische Art verabschieden, mit einem Küsschen auf beide Wangen. Wenn Foster die U-Bahntreppe hinuntersteigt, stellt Ping sich einen Club wie aus *Kubla Khan* vor, zu dem Foster nun unterwegs ist: sanft pulsierend, grottenähnlich (aus unerfindlichem Grund ist die Tanzfläche in Pings Vorstellung von einem klaren blauen Wassergraben umgeben, auf dem schöne Jungen in kleinen Silberbooten müßig treiben). Sobald Foster außer Sicht ist, wird Ping den Limousinenservice anrufen (und sich unangenehm schuldig fühlen, weil er es sich leisten kann). Die ausgleichende Gerechtigkeit, nach der er sich sehnt, folgt jedoch auf dem Fuße: Die Limousine braucht fast fünfundvierzig Minuten. Die Dame am Telefon hat ihn vor den Verzögerungen, die an Neujahr zu erwarten sind, zwar gewarnt, aber dennoch, *fünfundvierzig Minuten*? Während Ping an der Morgan Avenue wartet, die so verlassen ist wie sonst vermutlich nur irgendwelche Vororte von Krakau, sogar in dieser festlichsten aller Nächte, denkt er mit zunehmender Vorfreude – der Wagen will partout nicht kommen – an seine kleine, behagliche, mietpreisgebundene Wohnung in der Jane Street (*wer wohnt schon in Bushwick?*), während, passend zum Feiertagsmotto, eine windgetriebene Plastiktüte mit der Aufschrift *Merry Xmas* vorbeiraschelt; er wird sich fühlen wie der müde Reisende, der er ist, er sehnt sich nach seinem Bett (ein Schlittenbett aus dem späten achtzehnten Jahrhundert, das er für einen Spottpreis in dem kleinen Antikladen in New Bedford gekauft hat), wo er im Schein der mit Halbedelsteinen besetzten arabischen Lampen Jane Bowles lesen wird. Er wird dankbar sein für das kleine Vermögen, das er geerbt hat. Er wird sich sagen, dass er Glück hat, dass er gesegnet ist.

Foster wird tatsächlich einen Club aufsuchen, eine riesige Halle mit schwarzen Wänden, die mit Pings Traumbild von ätherischer Fruchtbarkeit überhaupt nichts gemein hat; ein Darkroom voller Männer, die mit nacktem Oberkörper zu House tanzen. Foster, der sich immer noch grämt, seine Chance bei Tyler vertan zu haben, wird einen unkomplizierten und unbedeutenden Jungen namens Austin aufreißen, ein verhungert aussehendes, beflissenes, fuchsgesichtiges

Mann-Kind, nicht gerade ein Hauptgewinn. Es ist die Strafe, die Foster sich selbst auferlegt. Umso überraschter ist er, als der Junge am nächsten Morgen seinen Nachnamen erwähnt – Mars. Er ist einer der Erben des Schokoladenimperiums. Foster wird außerdem überrascht sein, wenn auch nicht mehr ganz so sehr, dass er zehn Jahre später tatsächlich mit Austin Mars auf einer Pferdefarm in West Virginia zusammenlebt.

❄

Kurz nachdem Ping, Nina und Foster gegangen sind, verabschieden sich auch Liz und Andrew. Barrett, Tyler und Beth sitzen zusammen auf dem Sofa, auf demselben großen, durchgesessenen Matronensofa, das Tylers und Barretts einzig verbliebenes Erbstück aus dem Nachlass der Mutter ist (ihr Vater hat so ziemlich alles andere behalten und nach Atlanta mitgenommen). Das ramponierte Sofa ist mit Decken und indischen Tüchern verhüllt (die knubbelige, leichenfarbene Polsterfüllung ist kein schöner Anblick). Trotz seiner Altersschwäche empfängt das Sofa seine Benutzer, empfängt, stützt sie, gibt unter ihrem Gewicht nach, nimmt sie auf.

Barrett sagt: »Wie findet ihr zweitausendsechs bislang?«

»Scheint ganz okay zu sein«, sagt Tyler.

»Noch ist nichts Schlimmes passiert.«

»Nicht uns«, sagt Tyler. »Nicht den Weißen mit einer Wohnung und einem Kaminfeuer, das im Fernseher leise knistert …«

Beth legt ihm einen Finger an die Lippen.

Er verstummt.

Barrett wird erst später verstehen, warum dieser Augenblick, diese winzige Geste, so bedeutend ist. Dazu braucht er eine Weile.

Die noch ausstehende Erkenntnis: Tyler gehört jetzt Beth. Nun, da Beth wieder bei Gesundheit ist, sind sie auf andere Weise ein Paar als zuvor, als Beth im Sterben lag. Die Beth, die dahinsiechte, die Beth, die immer mehr Aufmerksamkeit und Dienstleistungen brauchte, gehörte Tyler genauso wie Barrett: ihre flackernde Heilige, ihre entlaufene Prinzessin, die Stunde um Stunde und Tag um Tag von der Hexe bedroht wurde, der sie zunächst entkommen war.

Tyler und Barrett waren ihre Diener. Sie waren das Team Beth.

Aber jetzt, heute, Neujahr 2006, hat Beth sich zu Tylers Frau erklärt, und zwar durch ein simples, effektives Mittel: Sie hat ihm einen Finger an die Lippen gelegt und ihn zum Schweigen gebracht.

Was Tyler Barrett niemals gestatten würde oder könnte.

Barrett hat Tyler noch nie zum Schweigen gebracht. Das sieht der brüderliche Pakt nicht vor. Sie dürfen endlose Diskussionen führen, die im Streit enden oder auch nicht. Es ist in Ordnung, wenn sie einander zu übertönen versuchen, wenn sie wetteifern und rangeln und scherzen und grubeln und argumentieren; doch Beth kann alldem ein Ende machen, mit einem einzigen, kleinen Finger, so mühelos, als knipse sie eine Lampe aus.

Und von nun an ist es Beths Aufgabe, mit Tyler über seinen Drogenkonsum zu sprechen. Es ist in ihren Zuständigkeitsbereich gefallen; es ist nicht länger Barretts Pflicht. Barrett und Tyler sind nicht mehr miteinander verheiratet.

Diese Gedanken werden sich erst später einstellen. Jetzt, auf dem Sofa, eine knappe Stunde nach Mitternacht, weiß Barrett nur, dass er aufstehen, beiden einen Gutenachtkuss geben und in sein Zimmer gehen muss.

»Gute Nacht, meine Lieben.«

»Gute Nacht, mein Schatz.«

»Träum was Schönes.«

»Wir sehen uns morgen, wenn wir durch den neuen Tag wandeln.«

»Wir sehen uns in der Hölle, du Penner.«

»Gute Nacht, gute Nacht, gute Nacht.«

❄

Nachdem Barrett ins Bett gegangen ist, sagt Tyler zu Beth: »Wir fassen für das neue Jahr nur einen Vorsatz. Wir werden noch vor zweitausendsieben aus dieser Bruchbude ausziehen.«

»Ein Umzug wäre schön«, sagt Beth, »aber es geht mir gut hier. Ich mag unsere Wohnung.«

»Aber stell dir vor, sie wäre nicht ganz so düster.«

»Wer wünscht sich schon eine düstere Wohnung?«

»Keine abgehängten Decken mehr. Kein Teppichboden.«

»Das wäre schön, keine Frage.«

»Stell dir eine Gegend vor, wo du nur ans Ende der Straße laufen musst, um richtige Lebensmittel zu kaufen. Frisches Gemüse, Baby. Nur ein oder zwei Blocks entfernt.«

»Würde Barrett mit uns umziehen?«, fragt sie.

Tyler überlegt. Man möchte meinen, dass ihm die Frage noch gar nicht gekommen ist. Er blickt kurz in das Fernsehfeuer.

»Ich weiß nicht«, sagt er. »Was meinst du?«

Sie sagt: »Du willst mir das jetzt wirklich antun, nicht wahr?«

»Äh, was?«

»Du willst mich als die Ehefrau hinstellen, die sagt: Dein Bruder muss ausziehen.«

»Erde an Beth!«

»Ich meine es ernst.«

»Okay«, sagt er, »*möchtest* du, dass Barrett auszieht?«

»Nein. Ich weiß auch nicht. Ich möchte, dass du nicht von mir erwartest, das Thema anzusprechen.«

»Das ist albern.«

»Finde ich nicht.«

»Ich meine, heute ist Neujahr, wir haben eine ziemlich schöne Party gefeiert, und jetzt sollen wir uns wegen einer neuen Wohnung streiten, die wir noch nicht einmal haben?«

Beth steht vom Sofa auf. »Ich muss mal raus hier. Für einen kurzen Spaziergang.«

Tyler steht ebenfalls auf. »Bist du sauer?«

»Eigentlich nicht. Ich gehe nur spazieren, okay?«

Er umarmt sie, zieht sie an sich. Sie wehrt sich nicht, ebenso wenig schmiegt sie sich an.

Er sagt: »Ich möchte dich glücklich machen. Das ist alles.«

»Vielleicht solltest du einfach damit aufhören. Mich ständig glücklich machen zu wollen.«

»Eine ungewöhnliche Bitte.«

Sie macht sich aus der Umarmung los. »Es ist nichts. Es ist nicht so wichtig. Ich gehe nur kurz spazieren, und dann ist alles wieder gut. In Ordnung?«

»Mir gefällt die Vorstellung nicht, dass du da draußen allein herumläufst, um diese Zeit.«

»Heute ist Neujahr. Da sind jede Menge Leute auf der Straße.«

»Betrunkene Leute. Aggressive, gefährliche Leute.«

»Ich bin in, was weiß ich, zwanzig Minuten wieder da.«

»Zieh den gefütterten Mantel an, draußen ist es kalt.«

»Das *weiß* ich. Ich werde den gefütterten Mantel anziehen.«

»Ich finde das reichlich seltsam. Was hier gerade passiert.«

»Wir streiten uns. Mehr nicht. Wir werden uns streiten, hin und wieder.«

»Ich weiß.«

»Wirklich?«

»Geh spazieren.«

»Mache ich.«

Und doch rührt sie sich nicht von der Stelle, noch nicht. Sie und Tyler stehen schweigend da, als warteten sie. Auf etwas. Auf jemanden. Auf eine Ankündigung. Auf Neuigkeiten.

❄

Nachdem Beth die Wohnung verlassen hat, sitzt Tyler allein auf dem Sofa (das Sofa ist mittlerweile halb Haustier, halb Möbel). Die Weihnachtsbeleuchtung brennt noch (in Tylers Augen ist kein Rot so schön wie das besondere Rot einer glühenden Weihnachtslichterkette). Das DVD-Kaminfeuer knistert auf dem Fernsehschirm immer noch leise vor sich hin.

Diese Überraschung: Die genesene Beth ist seine Frau. Sie sind verheiratet, so wie alle anderen Ehepaare auch. Es kommt zu Zankereien. Es kommt zu Streit.

Was, fragt Tyler sich, hat er denn erwartet?

Erhabenheit vielleicht. Unendliche, unschuldige Liebe, nun, da die Bestie besiegt ist; eine Zukunft, die auf makellosen Hochglanz poliert ist, weil sie ihnen so unerwartet geschenkt wurde.

Ist es nicht so, dass die Hälfte aller Lottogewinner Selbstmord begeht? Oder so ähnlich.

Tyler weiß zwar, dass er absurd reagiert, aber das hilft ihm leider nicht weiter.

Allein im Zimmer, wird er sich der Geräusche unten auf der Straße bewusst. Das Rufen und Krächzen, frohes neues Jahr, das fröhliche Hupen und dazwischen das erboste (wie kann eine Autohupe, die über genau eine Tonlage verfügt, erkennbar wütend oder glücklich klingen?), das ferne Krachen von Feuerwerk, das Tyler hören, aber nicht sehen kann.

2006. Die Welt ist am Arsch.

Halb kaputt. Auf der Vorstufe zu kaputt.

Tyler gesteht sich ein (er versucht, seine eigenen Taten und Gedanken ebenso kritisch zu analysieren wie seine Außenwelt), dass er trotz seiner Erleichterung auch ein wenig Enttäuschung darüber empfindet, dass es nicht an noch mehr Orten noch lichterloher brennt. Wir (die wenigen Glücklichen, man darf es nicht vergessen) leben ein angenehmes Leben, auch im zweiten Jahr nach Beginn der zweiten Amtszeit noch. Wenn wir nach Hause kommen, ist unsere Wohnung nicht zerstört; niemand verschleppt uns in unterirdische Verliese, um uns den Kopf zu rasieren.

Dennoch. Tyler wünscht sich manchmal, er hätte recht bekommen. Er klammert sich beharrlich an eine Vision: Er und Barrett (er bringt es nicht übers Herz, Beth dazuzuphantasieren) stehen in einer endlos langen Menschenschlange und warten darauf, dass man sie … irgendwohin bringt. Barrett entschuldigt sich für seine nur lauwarme Empörung, damals im November 2004, aber Tyler tröstet ihn, vergibt ihm, versichert ihm, dass er es unmöglich habe ahnen können, wofür Barrett ihm rührend dankbar ist.

Vor ihnen steht ein älteres Paar in der Schlange, beide tragen, was ihnen an Armani und Schmuck geblieben ist.

Sie wispern einander zu, da liege sicherlich ein Missverständnis vor, sie reden sich ein, dass es in Kürze aufgeklärt wird; und da endlich, endlich, darf Tyler es jemandem zeigen, und zwar so richtig; er darf mehr tun, als sich über die *Times* aufzuregen (vielen Dank für die Entschuldigung, verfickte *New York Times*, weil du die Nachrichten möglicherweise ein kleines bisschen verfälscht hast, um Werbung für den Krieg zu machen); mehr, als live in der Radiosendung anzurufen – was er nur ein einziges Mal getan hat, weil ihm sehr schnell klar wurde, dass er nicht klang wie die mahnende Stimme der Vernunft, der selbstlosen und tiefempfundenen Menschlichkeit, sondern so wie alle Spinner, die bei Livesendungen anrufen. Er ist endlich befreit von der Zurückhaltung, die er sich seinem Bruder und seiner Frau und seinen Freunden gegenüber auferlegt hat; sie waren immer auf seiner Seite, sie sind in jedem Punkt seiner Meinung, man kann ihnen höchstens vorwerfen, nicht mehr getan zu haben … aber mehr wovon eigentlich? Sich organisieren? Petitionen unterzeichnen? Seine Verbitterung teilen?

Das ist es. Genau das ist es. Er wünscht sich, alle könnten so aufgebracht und verbittert sein wie er. Er hat es satt, sich so allein zu fühlen.

Aber nun, in Tylers Phantasie, steht er den Schuldigen persönlich gegenüber: denjenigen, die in Wohlstand lebten, die an nichts und niemanden dachten als an sich selbst, die in der Wahlnacht den Schalter umlegten, weil sie dachten: Ja, es läuft.

Da sind sie, diese ehemals wohlhabenden Leute, entsetzt und geläutert werden sie vor den Thron des Eroberers geschleift, der ihnen doch versichert hatte, nur Gesinde und Ganoven würden bestraft. Da stehen sie nun und müssen die Konsequenzen tragen, und endlich darf Tyler auf sie losgehen.

Die Phantasie endet jedoch immer an dieser Stelle, beim ersten Augenkontakt, im Moment des Begreifens, als sich Beschämung auf den wohlgenährten Gesichtern breitmacht. Die eigentliche Schmährede stellt Tyler sich nicht vor. Ginge es um Sex, würde er in diesem Augenblick des selbstgerechten Triumphes ejakulieren. In seinen Sexträumen kommt er immer in dem Moment, wenn sie ihre Titten auf sein Gesicht presst, wenn sie ihm ihren Slip über den Kopf zieht oder die Beine auf seine Schultern legt.

Das Wichtigste für ihn ist anscheinend die Vorfreude. Darüber sollte er sich Gedanken machen.

Aber nicht jetzt. Jetzt sitzt er im Wohnzimmer, fühlt sich wohl in seiner Haut, gelöst von Champagner und Koks, zu bequem (man möge es ihm verzeihen), um sich mit der Tatsache zu beschäftigen, dass ebendiese weiße Haut ihm das alles erkauft hat.

Er lässt sich treiben …

Und in seiner Freude und Dankbarkeit über ein paar ungestörte Minuten wird ihm plötzlich klar, was er nicht wahrhaben will, denn (hör auf damit) manchmal sehnt er sich nach den Tagen zurück, als Beth krank war, als sein Streben so kompakt und unbeirrbar war wie eine Boden-Luft-Rakete.

Dies scheint der passende Moment für ein oder zwei weitere Lines zu sein. Er hat den Konsum eingeschränkt, drastisch eingeschränkt, aber eine Line (oder zwei) täten ihm jetzt gut; sie würden ihm helfen, die Schamgefühle zu bewältigen, die ihn überkommen, sobald er auch nur einen Hauch von Nostalgie für Beths Krankheit empfindet; für die Einzigartigkeit und den Sinn, den sie ihm schenkte; und ja, sogar für das grimmige Granitgesicht der Sterblichkeit selbst, gegen das er anwüten konnte. Wie pervers ist das, bitte schön? Wie pervers ist es, dass seine Songs seither noch morastiger und amorpher klingen, dass ihm ohne den Wettlauf gegen die Zeit, ohne das Bedürfnis, der Geliebten ein übernatürliches Geschenk zu machen, solange sie noch lebt und es entgegennehmen kann … dass ihm ohne all das sein Lebenszweck entgleitet?

Genug. Er hat eine Pause verdient. Eine kurze Auszeit, nur heute Nacht. Er steht auf, um das Fläschchen aus dem Schlafzimmer zu holen. Immerhin ist Neujahr.

❄

Beth tritt auf die Knickerbocker hinaus. Heller, kristalliner Schnee fällt vom Himmel, so fein, dass er unsichtbar bliebe, wären da nicht die orange glühenden Heiligenscheine der Straßenlaternen, kleine Filme, die sich selbst zeigen, einer pro Häuserblock – ein sanftes Wirbeln orangegoldener Funken, ein in die schmalen Leuchtkegel der Laternen hineinprojizierter Spezialeffekt.

Auf der Straße sind Menschen unterwegs, ein paar Menschen, was auf der Knickerbocker, die in allen anderen Nächten beunruhigend leer ist, als Menschenmenge gelten darf. Die Leute kehren aus anderen Stadtteilen zurück, die mehr Licht und mehr Musik im Angebot hatten. Weiter vorn, am Ende des Häuserblocks, staksen drei Lateinamerikanerinnen nebeneinanderher, untergehakt, auf hohen Hacken, glücklich, aber erschöpft haben sie das Ende einer Nacht erreicht, die vor Stunden begann, als sie ein Kleid nach dem anderen anprobierten, sich gegenseitig schminkten, einander die Haare machten und hofften (oder bewusst nicht hofften), er könnte ausgerechnet an diesem Abend in einem Club oder auf einer Party auftauchen, an einem Abend, an dem sie so atemberaubend aussieht, wie sie nur kann; dass diese

Nacht sie am Ende zu einem Häuschen führt, wo ihr kleiner Sohn um eine weitere Portion Eis bettelt, während ihre noch kleinere Tochter in ihren Armen schläft und sie zu jemandem sagt: *Ja, wir haben uns Silvester kennengelernt, ist das nicht kitschig?*

Erstaunlich, am Leben zu sein. Wieder jemand zu sein, der durch den wehenden Schnee läuft, vorbei am Schaufenster des Schnapsladens, wo Flaschen in einer langen Reihe unter winzigen Blinklichtern stehen; ihr Spiegelbild über die Scheibe gleiten zu sehen; wieder in der Lage zu sein, die kleinen Freuden zu genießen, Stiefelschritte auf Asphalt, Hände in den Manteltaschen, in der rechten steckt etwas, das sich wie ein altes Tic-Tac anfühlt, es zu befingern, dabei weiterzugehen.

Beth spaziert, mehr oder weniger ziellos, durch ein paar Straßen bis zur Flushing Avenue, sie spürt die Kälte als ein Stechen in der Lunge und die kaum sichtbaren Schneeflocken als fedrige Berührung im Gesicht. Sie wollte eigentlich nicht weit gehen, sie wollte nur die Einsamkeit, die öffentliche Einsamkeit der Straße; die Nichtbegleitung durch andere Passanten, die sie nicht umarmen, die ihr nicht mitleidig und verwundert in die Augen blicken, die sie nicht bestaunen.

Manchmal findet sie es ermüdend, ein kleines bisschen, so bestaunt zu werden.

An der Flushing macht sie kehrt. Ein junger Mann und eine junge Frau kommen ihr entgegen. Er ist weiß, sie schwarz. Die beiden sind Anfang zwanzig. Er ist ganz offensichtlich einer jener Nachwuchskünstler, die, wie Tyler, hier wohnen, weil es anderswo zu teuer ist. Er trägt einen neonblauen Anzug, einen dicken, schwarzen Mantel und Arbeitsschuhe. Sie (schwieriger einzuschätzen, was Vorlieben und Beruf angeht) trägt ein enges, weißes Kleid unter einer Jacke aus Kaninchenfell. Sie kichern und halten Händchen. Als sie näher kommen, sieht Beth, dass er ein verhärmtes, schmales Gesicht hat und große, spöttische Augen, die einen verstörenden Kontrast zu seinem fliehenden Kinn bilden. Sie ist dürr, mit kleinem Kopf, und entblößt beim Lachen eine Reihe großer, kantiger Zähne, die ihr Mund kaum fassen kann. Aber füreinander sind sie schön. Vielleicht kennen sie sich seit ihrer Kindheit und haben sich nun ineinander verliebt. Sie haben diese gewisse Aura von Komplizentum, von verstohlener, erotisierter Nähe, eine Lust am Verbotenen, die sich im Kichern auflöst.

Als sie auf Beths Höhe sind, sagen sie wie aus einem Mund: »Frohes neues Jahr.«

»Frohes neues Jahr«, antwortet Beth.

Die zwei gehen weiter, in die entgegengesetzte Richtung.

Auf einmal ist es, als wäre Beth nur herausgekommen, um dieses junge Paar zu sehen. Sie kann natürlich nicht wissen, welche Sorgen die beiden belasten oder welche sie noch zu erwarten haben, aber Beth ist zufrieden mit dem flüchtigen Anblick zweier junger Menschen, denen es gut geht, jetzt, in diesem Moment; die miteinander lachen und Händchen halten können; die gedankenlos die Unkompliziertheit der Jugend erleben, der Liebe und einer Nacht, die, wie sie glauben, eine endlose Abfolge von Nächten verspricht, eine Welt, die noch mehr für sie bereithält, als sie zu hoffen wagten; die ihnen diese schneeverwehte Straße geschenkt hat und die Verheißung eines Zuhauses, bald, als wären Liebe und ein Heim das Selbstverständlichste auf der Welt.

Beth hat, als sie ihr Leben zurückbekam, ihre Selbstverständlichkeit verloren.

Da ist die Bürde der Dankbarkeit. Damit hatte sie nicht

gerechnet. Da ist das Gefühl, aus diesem unglaublichen Geschenk etwas machen zu müssen. Vor der Diagnose war es genug, Tyler zu lieben, Liz' Laden zu managen, am Wochenende zu backen, Sex zu haben und Mails zu schreiben und Barrett im Scrabble zu schlagen (er hat noch nie gewonnen, kein einziges Mal, was sagst du dazu, Mister Yale?). Sie hat keinen Anlass, mehr tun zu müssen, keine Regel besagt das, aber auf einmal fühlen sich ihre Tage und Nächte so begrenzt an. Irgendetwas wird von ihr erwartet, irgendetwas ist sie schuldig.

Aber was könnte es sein?

Sie kann ihr Leben nicht der Nächstenliebe widmen. Sie hat einen Job, sie und Tyler brauchen das Geld. Samstagnachmittags arbeitet sie ehrenamtlich in einer Reha-Klinik und liest den Alten und Schwachen vor, was zufrieden macht, in Anbetracht des Erhaltenen aber kein angemessenes Gegengeschenk ist.

Die Überraschung: Beths Gefühl, nicht mehr zu genügen.

Sie hat niemandem davon erzählt. Sie gibt es nur ungern zu, auch sich selbst gegenüber.

Manchmal – nicht oft, aber dennoch, manchmal – fühlt sie sich, seit das Leben sie wiederhat, so … deplatziert. Sie hatte sich vor dem Sterben gefürchtet, aber dann lag sie eine lange Zeit im Sterben, sie war dabei gewesen, es zu lernen, wurde immer besser darin; es war ihr so unvermeidlich erschienen, dass es ihr zu einer Heimat wurde, zu einem *Heimatland*, einer mysteriösen, aber stabilen Nation mit langer Geschichte und gutem Ruf, sorgenfrei; ein Ort, wo gründlich gekehrte Straßen in Plätze mit Brunnen münden, wo alle Läden und Cafés aufgeräumt und sauber sind, wo drohende Katastrophen ebenso ausgeschlossen sind wie ekstatische, lebensverändernde Freuden.

Fand Persephone die Sommersonne manchmal zu heiß, die Blumen grell statt schön? Dachte sie jemals, nur ganz kurz, liebevoll an die dämmrige Stille des Hades, an seine kühle, kahle Ortlosigkeit? Sehnte sie sich, gelegentlich, nach ihrer winterlichen Auszeit vom Überfluss, von der Welt, die ihr Glücklichsein abverlangte, einer Welt, prallvoll mit Wundern, wo Kränze und Tänze praktisch vorgeschrieben waren?

Beth kommt vor dem Haus an. Sie steht auf dem Gehsteig und blickt hinauf. Dort, im ersten Stock, sind die beiden Wohnzimmerfenster, sanft beleuchtet; deutlich sind die drei Weihnachtslichterketten – eine rot, eine grün, eine blau – zu erkennen, die an dünnen grünen Schnüren von der Zimmerdecke hängen.

Sie bleibt länger stehen als geplant, denkt an nichts Besonderes, blickt einfach nur zu den Fenstern der Wohnung hinauf, in der sie lebt.

Ein Abend

Keiner von ihnen hätte gedacht, dass es so schwierig wäre, den Behälter zu öffnen. Er sieht aus wie eine mittelgroße Farbdose aus gebürstetem Aluminium, doch anders als eine Farbdose ist er mit einem Schraubdeckel verschlossen. Keiner hat daran gedacht, es auszuprobieren, bevor sie an Bord der Fähre gingen.

Tyler, Barrett und Liz stehen dicht gedrängt am Heck, an das Eisengeländer in Pylonenorange gelehnt (jenes krasse Orange, das *Notfall* signalisiert); dicht gedrängt, weil es draußen im abendlichen Hafenbecken windiger und kälter ist als gedacht, auch im April noch, aber hauptsächlich deswegen, weil sie nicht die Aufmerksamkeit der blau uniformierten Crewmitglieder auf sich ziehen wollen (spricht man von Crewmitgliedern?), die sich garantiert nicht fragen, ob irgendwer illegalerweise Asche vom Boot streut, die aber ebenso garantiert eingreifen würden, sollten sie drei Passagiere bei dem Versuch erwischen.

Tyler müht sich, so unauffällig wie möglich, mit dem renitenten Deckel ab.

Um sie herum breitet sich das schwarze, mit Lichtern besprenkelte Hafengewimmel der Upper New York Bay aus, während sich das Kielwasser der Fähre – grauweiß, lebhaft wie Rauch – unter ihren Füßen furcht. Unvorstellbar, dass es irgendwo ein noch stärker befahrenes Gewässer geben soll. Lastkähne schieben sich vorbei, still und dunkel, riesengroß, gegängelt von kleineren Booten, die sie umkreisen wie brummende, leuchtende Spielzeuge. Die Fähre hat eben die betürmte, schlafende Silhouette von Ellis Island hinter sich gelassen und nähert sich der Freiheitsstatue, leuchtender Grünspan, der in der Ferne sein kleines Licht in den kohleschwarzen Himmel reckt.

»Scheiße«, sagt Tyler. »Scheiße, Scheiße, Scheiße.«

Barrett legt ihm beruhigend eine Hand auf die Schulter. Es ist nicht nur unangenehm. Es lässt die Zeremonie – das Wenige an Zeremonie, das sie haben – ins Komische kippen, was keiner von ihnen möchte.

Liz sagt: »Lass mich mal versuchen.«

Sie hatte es zunächst abgelehnt, mitzukommen, da sie der Meinung war, Tyler und Barrett sollten unter sich bleiben (Trauergäste einzuladen war ohnehin ausgeschlossen), aber Tyler und Barrett konnten sie überreden. Liz hat Beth geliebt, Liz kannte Beth länger als Tyler und Barrett. Und, wichtiger noch, wenn auch schwierig zu erklären: Sie hatten das Gefühl, dass eine Frau anwesend sein sollte.

Tyler gibt die Dose nur widerwillig her. Liz, gereizt durch diesen Anflug männlichen Starrsinns, greift ungeduldig zu. Für einen Moment ringen sie, aber dann lässt Tyler los in der Hoffnung, sich nicht lächerlich gemacht zu haben.

»Hm«, sagt Liz und dreht am Deckel, »ja wirklich, er lässt sich nicht aufschrauben.«

»Nein«, sagt Tyler. Jetzt ist nicht der Augenblick für eine Entgegnung wie: *Für was hältst du mich, einen Idioten? Ach sag bloß – er lässt sich nicht aufschrauben?*

Liz greift in ihre Handtasche. »Ich habe ein Messer dabei«, sagt sie.

Natürlich hat Liz ein Messer dabei. Ein Messer von der Sorte, wie sie es aus der Tasche zieht, ein Schweizer Armeemesser mit einem Dutzend unterschiedlicher Klingen, einer Nagelfeile, einer Schere und Gott weiß was sonst noch.

»Göttin der Pragmatik«, sagt Barrett.

Liz klappt die Nagelfeile heraus, schiebt die Spitze unter den Deckel des Behälters.

»Vorsichtig«, sagt Tyler.

Zunächst schabt die Feile vergebens an der unberingten Kante des Deckels entlang. Dann ein bisschen mehr Druck, und …

Der Deckel löst sich. Liz schraubt den Behälter auf, ohne ihn zu öffnen. Sie reicht ihn Tyler.

Er nimmt ihn zögerlich entgegen. Barrett lässt die Hand auf der Schulter seines Bruders liegen.

Tyler kneift die Augen zu, atmet schwer. Er fragt: »Meint ihr, wir sollten hineinsehen?«

»Ich habe schon einmal Asche gesehen«, sagt Liz. »Du kannst es dir sparen.«

Ein weiterer Frachtkahn schwankt vorbei, dieser ist hoch beladen mit Stahlcontainern in der Größe von Güterwaggons, riesige Stapelboxen, die unmöglich schwarz lackiert sein können, aus der Entfernung jedoch schwarz wirken. Der Frachter ist unbeleuchtet. Kein Anzeichen für einen Kapitän ist zu sehen, oder für eine Brücke, auf der ein Kapitän stehen könnte.

Tyler nickt in Richtung des schwarzen Titanen, an dem keine Lichter blinken, der sich lautlos vorbeischiebt, schneller als die Fähre. Er sagt: »Lasst uns warten, bis das Ding überholt hat.«

Niemand kommentiert den Umstand, dass die Welt manchmal die seltsamsten Zeichen des Morbiden hervorbringt und im Grunde jedes Memento mori die Eigenschaft hat, immer im falschen Augenblick aufzutauchen.

Sie stehen schweigend da und warten, bis der schwarze, führerlose Lastkahn vorbeigezogen ist. Hinter ihnen glüht Manhattan, ganz Monolith und Zikkurat. Zur Linken schlagen die Lichter der Verrazano-Narrows Bridge ihre trägen, ruhigen Bögen, gespiegelt vom bescheidenen Sternenfunkeln darüber.

Mit ihnen auf der Fähre: die Pendler, die vernünftigerweise ausnahmslos beschlossen haben, im Innenbereich zu bleiben, wo sie phlegmatisch im grünlichen Licht sitzen, nicht mehr, aber auch nicht weniger als müde Lohnsklaven auf dem Heimweg.

»Okay«, sagt Barrett, als der Frachter vorbeigefahren ist. »Sind wir bereit?«

Tyler nickt. Er hebt den Deckel ab.

Er möchte gern hineinsehen. Doch er beschließt, auf Liz zu hören. Was immer es zu sehen gibt (sind da Knochensplitter, oder ist da nur Staub, von welcher Farbe mag der Staub wohl sein?), er möchte es nicht als Inhalt einer Dose sehen.

Könnte er sich vorstellen, dass Beths Rückfall irgendwie mit dem Streit vom Neujahrstag zusammenhing; dass er die Aufmerksamkeit irgendeiner furchtbaren Gottheit auf sich lenkte, als er sich eingestand, dass sein Leben ohne die unmittelbar drohende, tödliche Gefahr irgendwie … gehaltloser war? Ja, könnte er.

»Ich werde einen Teil verstreuen«, sagt er. »Und dann möchte ich, dass ihr dasselbe tut.«

Vorsichtig, als könnte ihm ein falscher Handgriff unterlaufen (er hat für einen kurzen Augenblick vor Augen, wie die Asche sich auf den Eisenplatten des Decks verteilt), hebt er den Behälter auf Schulterhöhe an und kippt ihn leicht nach vorn.

Nichts geschieht. Ist sie etwa zusammengepresst? Müsste man sie vorher umrühren?

Er schüttelt den Behälter, sanft und behutsam.

Und dann fliegt eine Spirale aus blassbrauner Asche heraus. Zunächst erscheint sie als zusammenhängender Strom, aber dann verfängt sie sich im Wind und löst sich auf. Ganz kurz sind mattschimmernde Knochensplitter zu erkennen. Zuerst ist es ein Strahl, dann ein dünner, bescheidener Wolkenfetzen, und zuletzt, einen Moment später, ist es verschwunden.

Tyler reicht den Behälter an Barrett weiter. Barrett verteilt seinerseits eine flüchtige Aschewolke und gibt den Behälter Liz, die es ihm gleichtut, bis nichts mehr herauskommt.

Das Verschwinden ist restloser, als Tyler gedacht hätte. Er hätte sich die Weite und das Wogen der Bucht nicht dermaßen einschüchternd vorgestellt, hätte das Funkeln und das Schwarz nicht für so arktisch gehalten. Er hatte nicht an eine windige, rastlos glitzernde Tundra gedacht, oder an so viele Schiffe. Er hatte sich vorgestellt, sehen zu können, wie sich die Asche im Wasser auflöst. Aber nun ist sie weg, unwiederbringlich weg, aufgelöst in der turbulenten Luft. Der Abend geht weiter. Die drei stehen schweigend am Geländer, als ein weiterer Frachter, dieser von der Größe eines Footballfeldes, dicht vorbeifährt, mit einem tiefen Stöhnen, das Tyler nur als Schiffslaut bezeichnen kann, ein Ausatmen wie durch ein monströses Waldhorn.

Sie werden auf Staten Island von Bord gehen und anschließend mit derselben Fähre nach Manhattan zurückfahren. Die anderen warten zu Hause. Ping und Nina und Foster und etwa zehn weitere Freunde. Sie haben ein Abendessen vorbereitet, wie man es eben tut. Sie sind übereingekommen, den Ausdruck »das Leben feiern« zu vermeiden.

Es scheint, als sollten sich Tyler, Barrett und Liz umarmen oder wenigstens einen Arm um die Schultern legen. Das ist jedoch nicht, was sie schließlich tun. Sie stehen dicht beieinander, wahren aber taktvollen Abstand. Jeder fürchtet, einer der anderen könnte jeden Augenblick etwas Unerträgliches sagen, auch wenn keiner weiß, was die gefürchtete Äußerung zum Ausdruck brächte, Trauer oder Vorwürfe oder … etwas anderes, etwas, das alle drei sich vorstellen können, für das aber keiner von ihnen einen Namen hat. Es ist ganz eindeutig an der Zeit, etwas zu sagen oder zu rufen oder auf das Wasser hinauszubrüllen, aber Tyler, Barrett und Liz sind gleichermaßen überzeugt, diese Worte sollten aus dem Mund eines der anderen kommen. Sie sind ergriffen, alle drei, von einem unerklärlichen Gefühl der Reserviertheit; dem Gefühl, dass, falls sie nicht aufpassen, die wahre Auslöschung über sie hereinbrechen wird. Keiner der drei wird mit den anderen je darüber sprechen. Sie warten ängstlich, hoffen auf eine Katharsis und wünschen sich mit der gleichen Inbrunst, einfach nur ruhige, fügsame Passagiere zu bleiben, die zuschauen, wie sich die Lichter Manhattans, das eisweiße Glimmen des Fähranlegers, der kleine, leuchtende Finger von Miss Liberty langsam entfernen.

Und was genau sollen sie jetzt eigentlich mit dem leeren Behälter anfangen? Auch darüber hat sich keiner von ihnen Gedanken gemacht.

November 2008

Die Leute schleppen die Möbel fort, ehe Tyler und Barrett die letzten Stücke auf dem Gehweg abgestellt haben. Ein älteres Paar – auf schäbige Weise schick, er hat lakritzschwarzes Haar, um den Hals einen Seidenschal geschlungen, sie ist sittsam schlohweiß, und ihre uralte Pierre-Cardin-Jacke, früher einmal Apricot, hat jetzt die Farbe eines Wundpflasters – nimmt die beiden staksigen Stühle, einen pro Person. Sie tragen die Stühle mit der Sitzfläche voraus, als wollten sie jedem, der es nötig hat, eine Sitzgelegenheit anbieten. Tyler, der gerade einen Karton mit DVDs anschleppt, sucht einen Augenkontakt, als sie sich entfernen, aber sie ignorieren ihn. Sie sind ein entthrontes Königspaar. Immerhin haben sie die Stühle zurückbekommen – aber, junger Mann, Sie können sich nicht vorstellen, was wir alles verloren haben.

Während das Paar mit den Stühlen in Richtung Thames Street verschwindet, kommt ein Trio dürrer Skateboarder angerauscht, jeder mit der obligatorischen Handbreit Unterhose über dem Jeansbund, und untersucht die Lampe mit dem Leuchtturmfuß.

»Sie müsste neu verdrahtet werden«, erklärt Tyler und setzt den DVD-Karton auf dem Gehweg ab.

Einer der Jungen sagt: »Danke, Mann«, und dann sind sie

wieder weg, als hätte Tyler sie vor einer unsichtbaren Gefahr gewarnt.

Barrett kommt aus dem Haus, er schafft es kaum, den grünen Kunstledersessel allein zu tragen. Tyler eilt ihm zu Hilfe. Als der Sessel am Bordstein steht, setzt Barrett sich hinein.

»Mach's gut, alter Junge«, sagt er.

»Viel Glück für alle zukünftigen Unterfangen.«

Barrett streicht über die glatte, gallegrüne Armlehne. »Man kann sein Herz an praktisch alles hängen, nicht wahr?«, sagt er.

»Manche Menschen sind sentimentaler als andere.«

»Ich bin nicht sentimental. Ich bin … mitfühlend.«

Tyler zündet sich eine Zigarette an (im Entzug ist er vom Gelegenheits- zum Eine-Schachtel-pro-Tag-Raucher aufgestiegen). Sie sehen sich um. Die gesamte Wohnung steht auf dem Gehweg. Barrett hat auf Dioramen bestanden: Die Wohnzimmermöbel bilden eine Gruppe, ebenso der Küchentisch mit der Resopalplatte und den nicht dazu passenden, wackeligen Stühlen. Er hat sein Bestes gegeben, um das vertraute Chaos von Tylers und Beths Schlafzimmer zu rekonstruieren, wie es ein Kurator getan hätte; alle schäbigen Schätze sind mehr oder weniger in der alten Anordnung um das Bett herum verstreut.

Tyler ist überrascht, wie sonderbar alles aussieht; nicht nur, weil es draußen auf dem Gehweg steht, sondern weil er, wie es scheint, blind war für die mindere Qualität der zusammengewürfelten Besitztümer. In situ wirkten die Einrichtungsgegenstände cool, witzig, erfrischend originell. Hier im Freien, in der Öffentlichkeit, nehmen sie ein Pathos an, das sie noch nicht besaßen, als sie Privatobjekte im täglichen Gebrauch waren. Fremde kommen vorbei, stöbern, nehmen etwas mit oder auch nicht. Der graue Himmel strahlt auf alles nieder, versilbert Töpfe und Pfannen, bezirzt die Küchenstühle, bescheidene, formlose Schatten auf den Gehweg zu werfen. Eine gigantische, zinngraue Wolke schiebt sich langsam von Westen heran, lässt eine dunkle Vorahnung von Regen am Himmel aufziehen, der bis vor einem Augenblick einfach nur bedeckt war. Töpfe und Pfannen verlieren ihren Glanz, die Stühle ihren Schatten, was sie noch gewöhnlicher macht. Ebenso gut könnte man vor dem tausendäugigen Gott mit den Spiegelflügeln stehen und versuchen, ihn mit ein paar Witzen versöhnlich zu stimmen, bevor das Urteil fällt.

Barrett sagt: »Wir wollen wirklich nichts behalten? Ich meine, das wäre die letzte Chance.«

»Wir behalten den Fernseher.«

»Ich war gegen den Fernseher.«

»Dann können wir die Wahlergebnisse nicht sehen.«

»Ich glaube, Obama macht das Rennen«, sagt Barrett. »Im Ernst, ich glaube das wirklich.«

Tyler schüttelt den müden Kopf. »Das Land ist so was von nicht bereit für einen schwarzen Präsidenten. Mach dich auf McCain gefasst. Stell dich auf Vizepräsidentin Palin ein.«

Barrett sagt: »Ich glaube, dieses Land ist bereit für jemanden, der die Wirtschaft ankurbelt und vielleicht, ach ja, mit der Ermordung von einem Drittel der Weltbevölkerung aufhört.«

»Du bist ein Träumer. Das ist gut. Wenn auch manchmal ein bisschen nervig.«

Barrett sagt: »Ehrlich gesagt bekomme ich gerade Panik.«

»Dazu hast du jeden Grund. Ich meine, im Ernst, Sarah *Palin?*«

»Ich meinte damit, dass ich Panik bekomme, weil wir all unsere Möbel entsorgt haben.«

»Das Sofa. Wir behalten das Sofa«, sagt Tyler.

»Das ist, als würdest du sagen, wir behalten Tante Gertrude.«

»Auf diesem Sofa werde ich mein Leben aushauchen. Versprichst du mir, mich auf das Sofa zu legen, wenn meine Zeit gekommen ist?«

»Falls ich dich überlebe.«

»Ich habe das Gefühl, dass es so kommen wird.«

Barrett sieht sich nervös um. »Sag so etwas nicht. Weißt du überhaupt, wie sehr du mit diesem Satz die Wahrscheinlichkeit in die Höhe getrieben hast, dass ein Taxifahrer die Kontrolle über sein Auto verliert und mich überfährt, hier in diesem Sessel?«

»Du bist vielleicht nicht übermäßig sentimental, aber ohne jede Frage übermäßig abergläubisch.«

»Ich bin überaus empfänglich für die Möglichkeiten des Magischen. Wie klingt das?«

Sie unterbrechen ihr Gespräch, um einen Obdachlosen in rußgrauem Sweater und geschwärzter Wollhose – er sieht aus, als sei er gerade einem Feuer entkommen – dabei zu beobachten, wie er die Dante-Vase (Tulpen vom Koreaner um die Ecke, immer noch frisch, sprießen aus Dantes ernster, gerunzelter Stirn) in die Hand nimmt, inspiziert und zurückstellt.

Barrett sagt: »Selbst er will das Ding nicht.«

»Was soll er mit einer Vase anfangen?«

»Die hat Liz mir geschenkt.«

»Wie geht es Liz?«

»Sie ist in erster Linie erleichtert. Ich glaube, sie war ohnehin drüber weg.«

»Sie geht manchmal aus. Mit Andrew und seiner Neuen. Sie lädt sie zum *Essen* ein.«

»Typisch Liz.«

»Wirklich? Tut sie es, weil Liz so etwas tun würde?«

»Kann schon sein. Wäre das für dich kein Grund, bestimmte Sachen zu tun?«

Tyler zögert. »Nein, ich glaube nicht.«

»Ach, komm schon. Ist es nicht so, dass du manchmal nicht weißt, wie du reagieren sollst und dich fragst: Was würde *ich* in so einer Situation tun?«

»Vielleicht. Kann sein.« Tyler bläst eine Qualmfeder aus. Er sagt: »Warum hast du mir nichts von diesem gottverdammten Licht erzählt?«

»Äh, wie bitte?«

»Du hast es allen anderen erzählt. Liz. *Andrew.*«

»Und damit fängst du jetzt an, weil …?«

»Weil es stimmt. Weil du verdammt noch mal gesehen hast, wie die Heilige Jungfrau am Himmel steppt, ohne mir ein Wort davon zu sagen.«

Barrett geht in sich, führt eine Hochgeschwindigkeitssuche nach Vernunft und Logik durch, findet aber weder Spuren des einen noch des anderen.

»Das stimmt nicht. Ich habe es dir erzählt.«

»Nach Beths Tod. Also ziemlich genau, warte mal, fünf Monate nachdem du es verdammt noch mal jedem anderen erzählt hast. Ich meine, warum hast du so lange gewartet? Nein, warum hast du es mir überhaupt erzählt? Warum hast du es nicht einfach und für alle Zeiten darauf beruhen lassen, dass jeder außer mir weiß, dass … ein *Wunder* geschehen ist?«

Barrett versucht, ruhig zu bleiben. Vielleicht können sie diese Auseinandersetzung nur in der Öffentlichkeit führen; vielleicht würde es sich zu bedrohlich anfühlen, wenn kein Fremder sie dabei sehen und hören könnte. Und natürlich ist es auch hilfreich (oder gerade nicht?), dass sie hier auf dem Gehweg von ihren vertrauten, persönlichen Sachen umgeben sind, die ihnen zu diesem Zeitpunkt weder gehören noch *nicht* gehören; dass sie sich kurzzeitig in einem Niemandsland befinden, zwischen Verortung und Verstreuung.

Barrett antwortet: »Seit wann nimmst du wieder Drogen?«

Tylers Reaktion ist anders, als Barrett erwartet hätte. Er hat nichts von einem ertappten Kind an sich. Tyler nimmt einen tiefen Zug von seiner Zigarette und sieht Barrett auf eine Art und Weise an, die dieser nur als *provoziert* deuten kann; als hätte Barrett irgendeinen katastrophalen Zwischenfall abgewartet, um Tyler die Vernachlässigung einer unbedeutenden Haushaltspflicht vorzuwerfen.

Tyler sagt: »Dachtest du, die Geschichte von dem Licht würde mich *trösten?*«

»Ich hatte befürchtet …«

Tyler wartet, zieht so energisch an seiner Zigarette, dass die Glut sich von gewöhnlichem Orange zu feurigem Zinnober verfärbt.

»Ich hatte befürchtet«, fährt Barrett fort, »es könnte so aussehen, als wollte ich mich einmischen.«

»Erdensprache, bitte.«

»Als wollte ich … ich weiß auch nicht. Beths Krankheit an mich reißen. Mich besonders wichtig machen.«

»Sprich weiter.«

»Nun ja. Ich habe wohl vermutet … es könnte so rüberkommen wie, oh, Tyler komponiert ein Liebeslied für sie, Tyler *heiratet* sie, das ist ja alles gut und schön, aber wisst ihr, was? Ich, Barrett, der kleine, schwule Bruder, habe ein *Licht* gesehen. Am Himmel.«

»Dann hast du mir also das Erstaunlichste, das du je in

deinem Leben gesehen hast, verschwiegen, weil du befürchtet hast, es könnte einen komischen Eindruck hinterlassen?«

»Ich habe mich gefragt …«

»Hm?«

»Ich habe mich gefragt, ob ich tatsächlich etwas gesehen habe oder ob es nur … eingebildet war.«

»Und warum solltest du dir so etwas einbilden?« Tyler wirft die Zigarette fort, zündet sich eine neue an.

»Äh, vielleicht, um das Gefühl zu haben, was Besonderes zu sein? Ich habe nichts dazu beigetragen, dass es Beth besser ging …«

»Das hat niemand, das konnte niemand …«

»Ich konnte keinen Song für sie schreiben, ich konnte sie nicht heiraten.«

»Und deswegen hast du dir eine Halluzination zusammengesponnen.«

Barrett sagt: »Ich weiß es nicht. Zuerst kam es mir so real vor. Aber im Laufe der Zeit bin ich ins Grübeln gekommen. Ich habe gewartet, auf, ich weiß auch nicht, Vision Nummer zwei.«

»Du glaubst, die treten paarweise auf?«

»Ich glaube, ich habe mich zu lange zu sehr bemüht.«

»Könntest du bitte sagen, was du meinst?«

»Mir ist klargeworden, dass ich nicht unbedingt von Bedeutung sein muss. Etwas verändern muss. Ein Mann der Tat sein.«

»Ehrlich gesagt habe ich nicht beobachten können, dass du viel verändert hättest«, sagt Tyler. »Oder, wo wir schon einmal dabei sind, besonders viel getan hättest.«

»Aber da gibt es einen Unterschied, ob man einfach keinen weltlichen Ehrgeiz hat oder ob man sich deswegen auch noch für einen Versager hält. Ich habe mich gefragt, ob das

Licht mir das sagen wollte. So etwas wie, du wirst gesehen, du wirst zur Kenntnis genommen, du brauchst dich nicht wichtig zu machen, dein Foto muss nicht in allen Zeitschriften abgedruckt sein.«

»Waren wir nicht eben übereingekommen, dass es sich bei dem Licht um eine Art Fata Morgana gehandelt hat?«

»Das ist es ja«, sagt Barrett. »Ob es echt war oder ob ich es mir nur eingebildet habe, spielt keine Rolle. Es ergibt Sinn, so oder so.«

Tylers Gesicht verändert sich wie nie zuvor. Es ähnelt plötzlich dem Gesicht ihrer Mutter. Hat er während all der Jahre immer gewusst, wie sich ihr »Reingefallen«-Lächeln imitieren lässt, ihr zynisches Augenbrauenhochziehen? Hat er sich den Trick für einen besonderen Anlass aufgespart?

Tyler sagt: »Du hättest gern etwas Eigenes, nicht wahr?«

Barrett scheint darauf nicht antworten zu können.

»Du hättest gern irgendetwas, das nichts mit mir zu tun hat«, sagt Tyler. »Habe ich recht?«

Barrett sagt: »Eins möchte ich klarstellen. Du glaubst doch nicht, wir könnten die Tatsache, dass du heimlich kokst, mit einem Ausweichmanöver umschiffen. Oder?«

»Das stimmt nicht«, sagt Tyler.

»Ich habe ein Koksfläschchen in der Schublade deines Nachtschranks gefunden.«

»Ein *altes*. Ich hatte es *vergessen*. Wie oft haben wir schon darüber geredet?«

»Nein, im Ernst.«

»Das ist wie bei diesen asiatischen Justizsystemen, oder? Frei nach dem Motto, derjenige, dessen Schuld einmal erwiesen ist, kann nie wieder unschuldig sein?«

»Du glaubst, so funktionieren die Justizsysteme in Asien?«

»Keine Ahnung. Ist wohl rassistisch, hm?«

Tyler nimmt auf dem Sessel neben Barrett Platz, dem harmlos aussehenden, doch höllisch unbequemen Ohrensessel mit dem verblichenen Bezug aus roter Seide, den Barrett im selben Winkel zum grünen Kunstledermöbel aufgestellt hat wie oben in der Wohnung.

Barrett sagt: »Ich gehe wieder in die Kirche.«

»Wirklich?«

»An Gott zu zweifeln, weil Beth gestorben ist, kam mir irgendwie … einfallslos vor.«

»Und wie findest du es? In der Kirche, meine ich.«

»Das kann ich nicht genau sagen. Ich gehe einfach hin.«

»Aber nichts passiert?«, fragt Tyler.

»Ich würde nicht *nichts* sagen.«

»Du betest nicht? Du singst die Lieder nicht mit?«

»Nein. Ich sitze in einer Bank in der letzten Reihe.«

»Aber du musst dich doch irgendwie *fühlen*.«

»Friedlich. Halbwegs friedlich. Das ist so ziemlich alles.«

Das ist jetzt, entscheidet Tyler, nicht der passende Ort oder der Moment für eine ausführliche metaphysische Debatte. Er sagt: »Ich werde rüberfahren und mir die neue Wohnung ansehen.«

»Ich komme nach der Arbeit vorbei. Ist es okay, wenn ich Sam mitbringe?«

»Klar.«

»Wirklich klar?«

»Wieso tust du eigentlich immer so, als könnte ich Sam nicht leiden?« Tyler zieht eine weitere Zigarette aus der Schachtel, kramt in der Hosentasche seiner Jeans nach dem Feuerzeug.

»Äh, weil er zwischen uns stehen könnte?«

»Beth stand nicht zwischen uns.«

Barrett sagt: »Auch ich war mit Beth verheiratet.«

Tyler versucht, seine Zigarette mit einer Rolle Pfefferminz zu entzünden, steckt die Rolle wieder ein, findet das echte Feuerzeug.

»Dann kann ich doch auch mit Sam verheiratet sein, zusammen mit dir, oder?«, sagt er. Er zündet die Zigarette an, nimmt einen tiefen Zug. Da ist es wieder, das köstliche, leicht giftige, süßsäuerliche Strömen in seiner Lunge. Er atmet aus und schaut zu, wie der Rauch verschwindet.

»Nein, das glaube ich nicht. Das kann ich mir nicht vorstellen. Es tut mir leid.«

Tyler nimmt einen weiteren Zug, betrachtet die Rauchwolke.

Barrett sagt: »Irgendwie freue ich mich darauf, alles neu zu kaufen.«

»Ich auch.«

»Bist du sicher? Wir könnten immer noch ein paar Teile behalten. Oh, sieh mal, da geht er hin, der Küchentisch.«

Ein junges Paar, tätowiert und stachelhaarig, trägt den Küchentisch davon. Über seine Schulter ruft der Junge: »Danke, Leute!«

Tyler hebt die Hand zu einer Geste der heiteren Kenntnisnahme. Zu Barrett sagt er: »Ich bin von der Vergangenheit belastet genug, auch ohne die Möbel.«

Beide schauen zu, wie der Küchentisch gen Westen wandert. Barrett singt die erste Zeile des Titelsongs von den *Jeffersons. »We're movin' on up ...«*

»Weiter weiß ich nicht«, fügt er an.

Tyler sagt: »Aus dem totalen Drecksloch in ein halbes Drecksloch.«

Der Küchentisch, getragen von seinen neuen Besitzern, biegt um die Ecke und ist verschwunden.

»Ich habe an einen alten französischen Landhaustisch gedacht«, sagt Barrett. »Weißt du, welchen Stil ich meine? Die sind an die hundert Jahre alt. Die sind sehr lang, und sie haben diese tollen Macken und Narben.«

»Vergiss nicht, wir müssen sparen.«

»Ich weiß. Aber hey, unser Album wird ein Hit ...«

»Wir haben ein noch nicht ganz fertiges Album, das sich voraussichtlich drei Dutzend Mal verkaufen wird.«

Barrett sagt: »Weißt du, wenn man sich Hoffnungen macht, wenn man sich vielleicht sogar ein kleines bisschen freut auf etwas, das möglicherweise eintreffen wird, hat das keinen negativen Einfluss auf den Lauf der Dinge. Du könntest dir eine optimistische Phase gönnen, selbst wenn später nichts daraus wird. Und das aus dem Mund eines Abergläubischen.«

Tyler antwortet nicht. Er wirft die zur Hälfte gerauchte Zigarette auf das Pflaster, zermalmt sie mit einem Stiefelabsatz. Er steht, zum letzten Mal, vom benutzerunfreundlichsten Sessel der Welt auf.

»Das war's dann wohl«, sagt er.

»Ja«, sagt Barrett. »Ich gehe gleich noch einmal hinauf und sehe nach.«

»Na dann. Bis später. In unserem *neuen Zuhause.*«

»Bis später.«

Tyler setzt sich jedoch nicht in Bewegung; nicht sofort. Ein Gefühl, das man nur als Verlegenheit beschreiben kann, setzt ein.

»Es ist seltsam«, sagt Tyler.

»Umzüge sind immer seltsam, oder?«

»Ja. Absolut.«

Sie machen das mit den Blicken. Sie tauschen eine Bestätigung aus.

Und doch hat die Situation etwas von einem Abschied;

ein Lebewohl liegt in der Luft. Was lächerlich ist. Nicht? Sie werden sich heute Abend wiedersehen. In ihrem neuen Zuhause.

»Bis später«, sagt Tyler. Er geht die Knickerbocker hinunter, in Richtung der Morgan.

Barrett bleibt noch eine Weile sitzen. Er ist noch nicht bereit, das eigenartige Vergnügen aufzugeben, im grünen Sessel zu sitzen, umgeben von den stetig weniger werdenden Opfergaben, die gestern noch im täglichen Gebrauch waren, und dem Verschwinden der Wohnung zuzuschauen, Stück für Stück. Da geht die Hulamädchenlampe, in den Armen eines Mädchens mit Hennahaaren. Sie hat sich überraschend lange gehalten. Barrett stellt sich kurz vor, wie es wäre, im Sessel sitzen zu bleiben, bis alles verschwunden und nur noch er übrig ist, allein im Sessel vor dem senfgelben Wohngebäude mit den Aluminiumverkleidungen, ein vertriebener russischer Aristokrat, der verwundert über sein neues Leben als einfacher Bürger ohne Privilegien sinniert. Die Datscha ist dem Verfall anheimgegeben. Ihre innere Klammheit widersetzt sich der Wärme von Herd und Kamin; der an den Wänden verbliebene Damast hängt in Fetzen aus verblichenem Scharlachrot herab; die Zimmerdecken biegen sich durch, und die Dienstboten sind so altersschwach, dass sie keine Hilfe mehr sind, sondern Hilfe brauchen. Dennoch, hier wurde das Leben gelebt, und die Zukunft, selbst wenn sie sich als Verbesserung herausstellen sollte, riecht nach neuem Schnee und nach dem metallischen Mief windgepeitschter Bahnsteige.

Tyler ruft Liz an, während er auf dem Weg zum L Train ist. Sie meldet sich. Nun, da sie wieder Single ist, geht sie manchmal ans Telefon. Vorher leitete sie Anrufe grundsätzlich auf die Voicemail um.

Impliziert das eine unausgesprochene Erwartung, möchte sie den Zufall, das Schicksal einladen, sich einzumischen? Hoffentlich nicht, denkt Tyler.

»Hey«, sagt er.

»Habt ihr alles aus der Wohnung geschafft?«, fragt sie.

»Bis auf den letzten Teller. Na ja, Barrett macht noch einen allerletzten Rundgang. Ich bin auf dem Weg zur neuen Wohnung.«

Er läuft mit großen Schritten die Morgan Street entlang. Leb wohl, Maschendrahtzaun mit Stacheldrahtkante. Leb wohl, Fenster der alten Dame, auf dessen Sims eine gläserne Eichhörnchenfamilie herumtollt, auf ewig mitten in der Bewegung erstarrt.

»Ist es seltsam?«, fragt Liz.

»Ein bisschen. Es ist seltsam, dass Beth nicht dabei ist.«

»So war es gemeint.«

»Aber sie hat Bushwick nicht gehasst. Wenigstens das.«

»In der Hinsicht war sie wirklich eigen. Sie hat es eigentlich nirgendwo gehasst.«

Tyler sagt: »Meinst du, wir könnten uns in der neuen Wohnung treffen?«

»Ich muss in einer Dreiviertelstunde den Laden aufschließen.«

»Das kann Barrett übernehmen.«

»Möchtest du, dass ich komme?«

»Ja, irgendwie schon. Ich bin nicht in der Stimmung, allein reinzugehen.«

»Dann komme ich.«

»Danke.«

»Ich bin in fünfundzwanzig Minuten da.«

»Danke«, sagt Tyler noch einmal.

❄

Tyler sitzt auf der Eingangstreppe des neuen Gebäudes, wartet auf Liz und raucht eine Zigarette. Hallo, Avenue C. Hallo, neues Café neben einem ekelhaften Deli mit halbleeren Regalen, der nichts anderes sein kann als eine Tarnung für Drogengeschäfte. Hallo, junger Hüpfer in der roten Jacke, hübscher Pseudo-Iro, viel Glück, wenn du die drei steinalten Frauen überholen willst, die, in einer fremden Sprache lamentierend (Polnisch, Ukrainisch?), den Gehweg in seiner ganzen Breite einnehmen, ein menschlicher Block, alle drei tragen Plastiktüten von Key Food und schieben sich im Tempo einer Labor Day Parade vorwärts.

Als Liz um die Ecke biegt, am Ende des Häuserblocks, erlebt Tyler einen Augenblick des Nichterkennens, sieht Liz so, wie er sie sehen würde, wenn sie eine Fremde wäre, die von der Ninth Street in die Avenue C einbiegt.

Kurz sieht er eine große, ernste Frau, die etwas von einer Hilfsarbeiterin auf einer Ranch hat – die Stiefel, die weit ausholenden Schritte, die breiten Schultern. Liz geht wie ein Mann. Da ist die schokobraune Lederjacke, das achtlos zurückgebundene, ergraute Haar. Sie wurde gerufen, den kleinen Bronco einzureiten, das Wildpferd, das niemand sonst zähmen kann …

Und dann ist sie wieder Liz.

»Hallo«, sagt Tyler. Er wirft seine Zigarette in den Rinnstein, steht auf. Ihre Umarmung ist flüchtig, halbformell, als sei hier eine mutmachende Geste gefragt. Tyler muss an Trauergäste bei einer Totenwache denken.

»Hast du lange gewartet?«, fragt sie.

»Nein. Ein paar Minuten. Habe mir die neue Nachbarschaft angesehen.«

»Und?«

»Mehr Leute. Weniger davon verzweifelt oder verrückt.«

»Verzweifelte und Verrückte gibt es überall. Du bist erst seit ein paar Minuten hier.«

Tyler hält die Haustür für sie auf, und sie betreten die Lobby. Sie ist staubtrocken und dämmrig, schlecht beleuchtet durch einen flackernden Neonring unter der Decke. Es riecht nach Ammoniak und, ganz schwach, nach Kaminholz.

Die Lobby schneidet im Vergleich mit der teiggelben, grell ausgeleuchteten Eingangshalle in Bushwick jedoch deutlich besser ab.

Sie nehmen den Aufzug (es gibt einen Aufzug!) in den vierten Stock. Tyler steckt den neuen Schlüssel versuchsweise in das Schloss der mit 4B markierten Tür. Es funktioniert. Die Tür öffnet sich mit einem Seufzen, es ist der Klang erschöpfter, doch ungebrochener Geduld.

Tyler und Liz bleiben im schmalen Flur stehen.

»Das ist ja so viel besser«, sagt sie.

»Kann man wohl sagen.« Mit lauten Schritten (seine Stiefelabsätze klackern in der schattigen Stille unnatürlich laut) geht er auf kaffeebraunen Dielen ins Wohnzimmer. Liz folgt ihm.

Das Wohnzimmer ist leer, im wahrsten Sinne des Wortes. Wer immer hier zu Hause war, hat keine Spuren hinterlassen, nicht einmal Phantomspuren. Die Wohnung in Bushwick hatte eine lange, sichtbare Geschichte, war von Generationen von Mietern beflissen »renoviert« worden. Diese Wohnung ist, wie es scheint, lediglich gealtert, die Wände sind von einer schmutzigen Pfannkuchenteigfarbe, die früher einmal weiß gewesen sein muss, durchsetzt hier und da vom Loch eines Nagels, wo früher einmal ein Bild hing. Die dunklen Bodendielen sind an manchen Stellen zerkratzt, scheinen aber davon abgesehen im Laufe von achtzig oder mehr Jahren nicht weiter bearbeitet worden zu sein. Niemand hat sie abgeschliffen oder angemalt, niemand hat sie mit Lack bestrichen.

In der Mitte des Wohnzimmers steht wie eine stolze, stumme Königin das Sofa, am Vortag angeliefert durch eine Umzugsfirma namens Zwei Männer und ein Van.

»Da ist es ja«, sagt Liz.

»Ich habe Barrett gesagt, dass ich auf diesem Sofa sterben möchte. Erinnere ihn daran, okay?«

Tyler setzt sich auf das Sofa. Er ist, für einen kurzen Moment, der Hund, der sich dankbar in sein Körbchen legt, das, ausgepolstert mit Decken voller Haare, in einer Küchenecke steht.

»Hast du dir schon etwas wegen der Wände überlegt?«, fragt Liz.

»Barrett ist immer noch für komplett weiß.«

»Ihr könntet einen Kompromiss finden.«

»In der Hinsicht ist er eigen. Als würde er, wenn in der Wohnung auch nur eine einzige Wand bunt ist, nachts nicht schlafen können.«

Liz streift ihre Jacke ab, lässt sie zu Boden fallen (da ist nichts, worauf sie sie ablegen könnte), geht zum Sofa und setzt sich neben Tyler.

»Also«, sagt Tyler. »Hier wohnen wir jetzt.« Er singt wieder die Zeile aus dem Titellied der *Jeffersons*. *»We're moving on up …«*

»Was macht der neue Song?«, fragt sie.

»Er ist okay. Nein. Ich weiß es nicht. Er ist … verwertbar. Vielleicht.«

Liz beugt sich vor, wirft ihm einen langen, durchdringenden Blick zu.

»Was hier passiert, ist gut«, sagt sie.

»Ich weiß. Ich weiß das.«

»Und ich weiß, wie seltsam es für dich sein muss.«

»Es tut mir so leid, dass sie nicht erlebt hat, wie ich wenigstens ein kleines bisschen Erfolg habe.«

»Sie wusste, dass du irgendwann Erfolg haben würdest.«

»Weißt du, was an Beth echt verrückt war? So etwas war ihr egal.«

»Für sich. Nicht für dich.«

»Nun. Ja. Stimmt. Sagen wir es so, ich wünschte, sie hätte mich glücklicher erlebt, seinerzeit. Ich wäre *jetzt* gern glücklicher.«

»Wirst du sein«, sagt Liz.

»Ich habe meine Songs immer für Beth geschrieben.«

»Ich weiß.«

»Und jetzt schreibe ich sie einfach nur … weil, hey, was soll ich sonst tun?«

Und dann, zu seiner eigenen Überraschung, kann Tyler

plötzlich nicht mehr atmen. Er beugt sich vor, stützt die Ellenbogen auf die Knie, saugt an der widerspenstigen Luft.

»Alles okay?«, fragt Liz.

Tyler hat, wie es scheint, Schwierigkeiten zu sprechen. Liz wartet. Sie hat genug Einfühlungsvermögen, um zu warten. Tyler atmet eine Ladung Sauerstoff ein, die seine Lungenflügel nicht ganz füllt, fürs Erste aber ausreicht, ausreichen muss, mehr bringt er jetzt nicht zustande.

Er hört sich sagen: »Es ist … es ist nur … Beth ist gestorben. Und meine Musik wurde besser.«

»Deine Musik wurde einem breiteren Publikum bekannt. Weil du jahrelang daran gearbeitet hast.«

»Nein, sie wurde besser. Und deswegen« (atme, atme) »wurde sie einem breiteren Publikum bekannt.«

»Tja. Ich denke, wenn man so eine Sache durchgestanden hat …«

Tyler ringt wieder um Atem. Panikattacke, sagt er sich. Das ist eine Panikattacke.

Atme. So gut du kannst.

Liz sagt: »Es ist ja nicht so, als hättest du einen Pakt mit dem Teufel geschlossen.«

Tyler schafft einen weiteren Atemzug. Einen Dreiviertelzug. Sein Kopf kribbelt, ihm wird schwindlig.

»Nein«, sagt er. »Das habe ich nicht.«

Liz streicht ihm mit der flachen Hand über die Schulter, als wollte sie ein Pferd beruhigen.

»Die Sache ist die«, bringt Tyler heraus, »die Sache ist die. Wenn mir jemand so einen Pakt angeboten hätte. Wäre ich vielleicht darauf eingegangen.«

»Nein. Wärst du nicht.«

»Was ich sagen will. Ich glaube, ich habe mir um den Song für Beth mehr Gedanken gemacht als um Beth.«

»Das ist nicht wahr.«

»Doch, vielleicht. Vielleicht ist es wahr.«

Liz nickt. Sie ist, ohne jede Frage, der einzige Mensch, den Tyler kennt, der eine derartige Aussage unkommentiert stehen lassen kann, nicht, weil sie sie anzweifelt, sondern weil sie sich mit dem menschlichen Verlangen in all seinen jämmerlichen Facetten auskennt.

Endlich kann Tyler durchatmen. Es ist, als fange ein Segel den Wind ein. Die Welt fliegt davon, er ist niemand, den er kennt. Sein Song – ein Klagelied, ein langgezogenes Geheul, zum ersten Mal kamen Synthesizer zum Einsatz, weil er seiner Stimme nicht mehr trauen konnte, auf einmal war seine Stimme ihm viel zu persönlich –, jener Song mit der verlangsamten, eine ganze Oktave tieferen Stimme, eine Stimme, die Tylers Stimme vage ähnelt, so wie bei zwei entfernten Cousins, die aus demselben DNA-Pool stammen; jene Captain-Ahab-Stimme, kalt und besessen und – wie hat dieser Blogger sie genannt? – seelenruhig und rational verstört, hat knapp dreihunderttausend Hits auf YouTube erzielt (die Idee mit YouTube stammte von Barrett); der zweite eingestellte Song (noch volltönender, noch opernhaft untröstlicher – war es ein Versuch gewesen, den unerklärlichen Erfolg des Vorgängers zunichtezumachen?) bekam fast vierhunderttausend Hits, wurde von einer Armada von Bloggern bejubelt (wer *sind* diese Leute?) und verschaffte ihm einen Plattenvertrag, einen Mini-Plattenvertrag, zugegeben, aber bei einem der wenigen ernstzunehmenden Indie-Labels, womit Tyler auf einmal genug Geld hatte, um diese bessere Wohnung anzumieten; womit er Hoffnung auf eine Zukunft hat, auf ein Leben, in dem er nicht mehr unsichtbar ist. Unbedeutend zwar, (vermutlich) auf keinen Fall berühmt, doch nicht völlig unsichtbar (er ist überrascht über den Unterschied zwischen »unbedeutend« und »unsichtbar«). Er hat es endlich geschafft, unbedeutend zu sein. Beths Asche hat das Hafenbecken verschluckt, und, ja, er hat sie angebetet, und, ja, ohne sie fühlt er eine furchtbare, unsägliche Freiheit; ohne das Bedürfnis, sie zu trösten, ihr etwas Wertvolles anbieten zu können, sie zu rühren und bei Laune zu halten; das Mädchen, das Teig ausgerollt und Spielkarten von der Straße aufgelesen hat (mit dem Anspruch, im Laufe des Lebens einen kompletten Satz zusammenzutragen); das Mädchen, das überall zufrieden war; das so wenig verlangte und so wenig besaß.

Sie haben gestritten, an Neujahr. Sie schliefen nicht miteinander, als Beth von ihrem Spaziergang nach Hause kam. Und dann, keine Woche später, meldete sich die Krankheit mit voller Wucht zurück.

Tyler sieht Liz flehentlich an. Seine Augen sind feucht, sein Atem geht immer noch stockend.

Er rückt an sie heran. Es passiert schneller als sonst; keine Geste der Verführung, wie kurz auch immer. Er sieht ihr ins Gesicht, hilflos und flehend, und im nächsten Augenblick drückt er seine Lippen auf ihre, als wäre ihr Mund eine Sauerstoffmaske. Sie empfängt den Kuss, erwidert ihn, weder gierig noch keusch. Ihre Lippen sind weich, aber kräftig, da steckt ein Wille hinter ihrem Kuss, weder Verzweiflung noch Gefälligkeit. Ihr Mund schmeckt frisch, wie Kräuter, nicht wie ein bestimmtes Kraut, sondern wie ein wildes Grünen. Tyler drückt sich an sie, drückt sie rücklings nieder. Wie es scheint, kann er jetzt atmen. Er kann wieder atmen. Er legt eine Hand auf ihre Brust, erst auf dem Hemd, dann darunter. Er knöpft es auf, umfasst eine Brust. Sie passt genau in seine Hand. Liz' Brüste sind so klein, dass sie nicht hängen, es *gibt* nichts zu hängen. Unter Tylers Berührung wird ihre Warze (etwas groß für diese kleine Brust, brombeerfarben) steif. Sie stößt einen Laut aus, mehr Seufzer als Stöhnen. Sie schiebt die Hände in seinen Haarschopf.

Tyler geht auf die Knie, zieht sich Hose und Boxershorts herunter. Sein Ständer springt hervor. Liz strampelt ihre Stiefel ab, streift sich Jeans und Tanga herunter, schiebt sie bis an ihre Knöchel und schleudert sie fort, legt ihre Beine um Tylers Hüfte. Tyler erhascht einen flüchtigen Blick auf ihr Geschlecht – die dunkle Linie gestutzten Schamhaars, das kräftige Rosa der Schamlippen –, bevor er sich wieder auf sie legt.

Beide wissen, dass sie sich beeilen müssen. Er schiebt seinen Schwanz in sie hinein. Sie seufzt jetzt lauter, aber es ist immer noch ein Seufzen, kein Sexgestöhn, auch wenn es in einem leisen Keuchen endet. Tyler steckt in ihr, da ist die Wärme, er fühlt sich kraftvoll und nass umschlossen, und, oh nein, ist jetzt schon kurz davor zu kommen. Er hält inne, lässt seinen Schwanz in ihr verweilen, liegt oben, das Gesicht an ihre Wange gedrückt (offenbar kann er sie nicht direkt ansehen), bis sie sagt: »Warte nicht.«

»Bist du sicher?«

»Ja, ganz sicher.«

Er stößt einmal zu, behutsam. Er stößt noch einmal zu, und dann ist er weg, verschwindet im kreiselnden Nirgendwo. Sekundenlang lebt er in dieser schwebenden, qualvollen Vollendung. Es gibt das, nur das, er hat sich selbst verloren, er ist niemand, er ist ausradiert, es gibt gar keinen Tyler mehr, nur noch … Er hört sich selbst erstaunt keuchen. Er fällt in eine ekstatische, brennende Verletztheit, verlierend, verloren, aufgelöst.

Und ist fertig.

Er schmiegt seinen Kopf an ihren Hals. Sie küsst ihn,

keusch, auf die Schläfe, gibt ihm dann zu verstehen, dass sie losgelassen werden möchte. Er leistet keinen Widerstand. Er lässt sich herunterrollen, in den Spalt zwischen Liz und Sofalehne.

Sie steht auf, steigt schnell in Stringtanga und Jeans, bückt sich, um die Stiefel anzuziehen. Keiner von ihnen spricht. Liz hebt ihre Jacke vom Fußboden auf, schlüpft rasch hinein. Tyler bleibt auf dem Sofa liegen und betrachtet sie mit einer Mischung aus entmutigtem Staunen und Hilflosigkeit. Als sie vollständig bekleidet ist, beugt sie sich über ihn, streicht mit den Fingerkuppen über sein Gesicht und verlässt die Wohnung. Tyler hört, wie sie die Tür leise hinter sich zuzieht, hört ihre gedämpften Stiefelschritte, als sie die Treppe hinuntergeht.

Das Mädchen kann sich seit einer halben Stunde nicht für eine Halskette entscheiden. Aufmerksam wie eine Chirurgin beugt sie sich über den schlichten Glaskasten mit dem Schmuck.

Während sie sich nicht entscheiden konnte, haben zwei Frauen ein Paar nietenbesetzte, knöchelhohe Converse in Schwarz und ein Courtney-Love-Vintage-T-Shirt (Barrett wird es vermissen) gekauft. Einem Teenager wurde durch seine Mutter eines der Skateboards mit Airbrushmotiv verweigert. Ein Mann (nicht mehr jung) in abgeschnittenen Shorts und Bomberjacke hat seine amüsierte Empörung über die Tatsache, dass die Sonnenbrillen bei zweihundert Dollar anfangen, zum Ausdruck gebracht.

Barrett lässt die junge Frau mit ihrer Entscheidung für eine der Halsketten allein. In Liz' Laden drängt sich niemand auf. In der Hinsicht ist Liz streng. Man begrüßt die Kunden, wenn sie hereinkommen, beteuert, für sie da zu sein, sollten sie Hilfe benötigen, und dann lässt man sie in Ruhe. Wenn jemand ein Kleidungsstück anprobiert und wissen möchte, wie er darin aussieht, bekommt er eine höfliche, aber ehrliche Auskunft. Niemand verlässt diesen Laden mit einer Jeans, die an einem Hintern, der so viel Beachtung nicht verdient hat, unvorteilhaft eng sitzt, niemand geht mit einem T-Shirt nach Hause, das seinen fahlen Teint betont. Die Leute kaufen etwas oder nicht. Wynne, die Beths Job übernommen hat, musste anfänglich darin bestärkt werden, sich weniger um die Kunden zu kümmern.

Im Moment sind nur Barrett und die junge, Halsketten musternde Frau anwesend. Barrett faltet T-Shirts zusammen. Das Erstaunliche an der Arbeit im Einzelhandel: Es handelt sich im Grunde um ein dauerhaftes Falten, Falten und Wieder-Falten, unterbrochen nur durch die Begrüßung der Kunden und gelegentliches Kassieren. Barrett hat eine gewisse Zen-Ruhe entwickelt, und sogar so etwas wie Expertenstolz. Er faltet jedes T-Shirt zu einem perfekten Rechteck zusammen, jedes Mal, und das in weniger als zehn Sekunden.

Die junge Frau sagt: »Sorry, dass ich so lange brauche.«

»Lassen Sie sich so viel Zeit, wie Sie wollen«, erwidert Barrett.

Sie fragt: »Könnten Sie mal herkommen und es sich ansehen?«

»Natürlich.«

Barrett legt ein weiteres perfekt gefaltetes T-Shirt ins Regal. Das Mädchen, Anfang zwanzig, ist groß und zierlich, nicht auf eine kranke, aber auf eine blasse, zögerliche Art. Das dunkelrote, offene Haar fällt ihr bis knapp unter die Schulterblätter. Ihr von nadelspitzenkleinen Sommersprossen übersätes Gesicht hat die feinen, andächtigen Züge eines Engels von Fra Angelico. Als junges Mädchen, denkt Barrett, wurde sie von allen ignoriert – eines jener Kinder, die weder gehänselt noch umworben werden –, und sie hat sich noch nicht an die Aufmerksamkeit gewöhnt, die die Erwachsenenwelt der Schönheit in ihren ungewöhnlicheren Formen entgegenbringt.

Barrett tritt hinter den Schmucktresen. Das Mädchen hat

vorsichtig zwei Ketten auf der schwarzen Samtmatte ausgelegt, die Barrett für sie, als sie in den Laden kam, herausgeholt hat.

»Inzwischen habe ich nur noch zwei in der Auswahl«, sagt sie.

Auf dem Samt liegen eine Kette mit Glücksbringern – ein silberner Buddha, ein Turmalin, ein winziges goldenes Hufeisen – und ein schwarzes Seidenband, an dem ein ungeschliffener Diamant hängt, etwas größer als eine Erbse und mit mattem, eisgrauem Schimmer.

»Es wird Ihnen nicht weiterhelfen, wenn ich sage, dass beide schön sind«, sagt Barrett.

Sie lacht, hält plötzlich inne, als könnte Barrett es als Beleidigung missverstehen.

»Ich bin lächerlich«, sagt sie. »Es ist nur eine Kette.«

»Nein, Sie werden sie tragen, Sie sollten sich sicher sein.«

Sie nickt gedankenverloren, mustert die Ketten.

Barrett sagt: »Wenn Sie eine auswählen und sich später unwohl fühlen, können Sie sie umtauschen.«

Sie nickt wieder. Sie sagt: »Ich werde heiraten.«

Sie sieht ihn an. Ihre Augen werden eine Nuance dunkler, weiten sich zu einer feuchten Tiefe.

Barrett fragt: »Und Sie suchen eine Kette für die Hochzeit?«

»Oh, nein. Nicht für die Hochzeit. Da werde ich ein weißes Kleid tragen und die Perlen seiner Mutter.«

Sie überlegt.

»Seine Familie kommt aus Italien«, sagt sie.

Sie ist also unsicher, was geschehen wird, nachdem die Familie dieses Mannes sie aufgenommen hat, als wäre sie ein schüchternes Mädchen vom Dorf mit bescheidener Mitgift, das im Zuge eines wackeligen Waffenstillstands mit dem Sohn der bedrängten Herrscherfamilie verheiratet wird. Sie stellt sich vor, wie sie lärmenden, zänkischen Abendessen beiwohnen muss, wo die Söhne den Mastiffs Reste zuwerfen und die Mutter durch unmissverständliche Blicke ihre Zweifel an der Gesundheit der erwarteten Erben zum Ausdruck bringt.

Das Mädchen möchte den Laden verlassen als das Mädchen mit der Kette – mit einem Talisman, einer Garantie. *Ich habe sie selbst ausgesucht, sie hat nichts mit meinem Verlobten zu tun.* Die Kette ist, auf bescheidene Weise, das Destillat ihrer Eigenständigkeit, einer Privatsphäre, in die niemand eindringen kann.

Barrett sagt: »Okay. Ich schließe jetzt die Augen und zeige auf eine. Überlegen Sie, ob Sie mit der Kette, auf die ich zeige, glücklich sind oder ob Sie enttäuscht sind, weil ich nicht auf die andere gezeigt habe.«

Sie lächelt scheu. »Okay«, sagt sie.

Barrett schließt die Augen und zeigt. Er hat die Kette mit den drei Glücksbringern gewählt.

»Oh«, sagt das Mädchen.

»Sie möchten die andere.«

»Ja, ich glaube schon.«

»Bitte sehr, da ist sie.«

Vorsichtig nimmt sie das Seidenband mit dem eisigen, asymmetrischen kleinen Diamanten von der Samtmatte. Sie legt es sich um den Hals, hat sekundenlang Schwierigkeiten mit der Schließe, schafft es.

»Die ist gut«, sagt Barrett, »sie sieht richtig aus.«

Die junge Frau dreht sich zu dem kleinen, ovalen Spiegel auf dem Schmucktresen um. Offenbar gefällt ihr, was sie sieht.

Barrett ist versucht zu sagen, heirate den Typen nicht. Du liebst ihn jetzt, wahrscheinlich ist er toll im Bett, aber du weißt, auch wenn du es nicht in Gedanken fassen kannst, nicht einmal vor dir selbst, dass du im Begriff stehst, einverleibt zu werden, dass du in einer Welt leben wirst, wo du nicht willkommen bist, außerdem hast du noch nicht genügend Erfahrung als hübsches Mädchen gesammelt, du bist viel zu dankbar für seine Aufmerksamkeit. Du wirst noch zu den Familientreffen nach Jersey fahren müssen, wenn die Dankbarkeit längst verblasst ist, und doch wirst du dort nur geduldet sein, bis er sich irgendwann auf die Seite seiner Familie schlägt, seine rebellische Entscheidung bereut und sich fragt, warum er dich geheiratet hat und nicht die schlagfertige, vollbusige Italienerin, die seine Mutter für ihn vorgesehen hatte. Er ist ein Bürger des Staates seiner Mutter, im Augenblick liebt er dich zwar wahrscheinlich, aber sein Interesse wird schwinden, er wird eine Liste deiner Unzulänglichkeiten anlegen, er wird mürrisch werden und dir Vergehen vorwerfen, von denen du gar nicht wusstest, dass du sie begangen hast.

Was Barrett sagt, ist: »Ja, die ist wunderschön. Wäre das dann alles?«

»Ja. Endlich. Vielen Dank für Ihre Geduld.«

»So eine Entscheidung ist schwierig. Ich meine, auf ihre Weise. Also dann. Bar oder mit Karte?«

Sie nimmt eine MasterCard aus einer schmalen grünen Geldbörse. Er zieht die Karte durch das Gerät, sie unterschreibt auf dem Zettel.

»Möchten Sie eine Schatulle dazu?«, fragt er.

»Nein. Danke. Ich werde sie gleich tragen.«

»Viel Glück«, sagt er.

Sie sieht ihn fragend an.

»Das ist Hochzeitsetikette«, erklärt Barrett. »Man gratuliert dem Bräutigam, der Braut wünscht man viel Glück.«

»Das wusste ich nicht.«

Sie schweigen. Für einen Moment scheint es, als wären Barrett und die junge Frau das Brautpaar.

»Danke«, sagt sie und verlässt den Laden. Barrett macht sich wieder daran, T-Shirts zu falten.

❄

Liz trifft fast eine Stunde später ein. Ihr Gesichtsausdruck ist untypisch für sie, und Barrett kann diese unbekannte Version von Liz nicht deuten, diesen Ausdruck, den er noch nie bei ihr gesehen hat. Liz scheint auf eine ruhige Art entsetzt zu sein.

»Alles okay hier?«, fragt sie.

»Alles prima«, sagt er.

Liz zieht ihre Jacke aus, geht nach hinten und hängt sie im Lagerraum an den Haken. Sie kommt zurück, stellt sich mit durchgedrücktem Rücken hinter den Tresen und öffnet die Kasse; sie wirkt wie eine alte Jungfer, die eine Pension betreibt und nach dem Abendessen die Silberlöffel zählt.

»Alles okay bei *dir*?«, fragt Barrett.

Sie hält inne, überlegt.

»Ich war eben in der neuen Wohnung. Mit Tyler«, sagt sie.

Barrett rückt das Skateboard gerade, das an der Rückwand des Ladens hängt. Liz sagt: »Ich glaube, wir werden die Skateboards aus dem Angebot nehmen.«

»Ich mag die Skateboards. Sie verkaufen sich ganz gut. Manchmal.«

»Aber so langsam finde ich sie ein wenig … aufgesetzt«, sagt Liz. »Als wollten wir auf Biegen und Brechen cool sein.«

»Verstehe.«

»Die Sache mit Tyler ist die, irgendwie konnte ich nicht mit ihm reden oder ihn einfach nur umarmen, wie die meisten Leute es getan hätten.«

»Du warst da. Ich bin mir sicher, dass er nur das gebraucht hat.«

»Ich wollte nie eine von diesen Frauen sein«, sagt Liz.

»Wie meinst du das?«

»Na, eine von diesen Frauen, die, du weißt schon, Trost spenden und mütterlich sind und so.«

»So eine Frau bist du nicht. Gerade das macht dich so liebenswert.«

Sie sagt: »Als ich fünfzehn war, habe ich meinen Vater verprügelt.«

»Wirklich?«

»Er war gewalttätig. Das habe ich dir nie erzählt, oder?«

»Nein, du erzählst nie viel von deiner Familie. Na ja, du hast mir irgendwann von deiner Schwester erzählt, aber dazu musste es Silvester sein, da mussten erst Drogen ins Spiel kommen und Wunder ...«

»Er war nicht so gewalttätig, dass es für ein Hausverbot gereicht hätte«, sagt sie. »Bloß durchschnittlich brutal. Wenn er wütend war, verpasste er uns Ohrfeigen, mit dem Handrücken, meiner Mutter und meiner Schwester und mir.«

Einen Moment schweigen sie.

Dann sagt Liz: »Für eine lange Zeit schien es einfach, ich weiß auch nicht, zum Leben dazuzugehören. Es schien ganz normal. Aber eines Abends kam meine Schwester zu spät nach Hause. Da war sie so ungefähr dreizehn. Sie hatte einen Freund. Was für sie furchtbar aufregend war. Sie war ein schüchternes, hübsches kleines Ding, und zu ihrer totalen Überraschung lernte sie, sie war gerade in die neunte Klasse gekommen, auf einmal diesen irrsinnig attraktiven

Typen kennen. Also kam sie eines Abends ein bisschen zu spät nach Hause, und unser Vater beschimpfte sie deswegen, und dann unterstellte er ihr, sie würde mit diesem Jungen schlafen. Mit diesem, wie er sagte, Strolch.«

»Und, hatte sie? Mit ihm geschlafen?«

»Klar. Aber sie stritt natürlich alles ab. Er schlug sie trotzdem.«

»Oh.«

»Eigentlich war alles wie immer. Aber an dem Abend … ich weiß auch nicht. Meine Schwester war so glücklich, sie hatte nichts Böses getan, sie war zum ersten Mal verliebt, und ich konnte es nicht ertragen zu sehen, wie sie dafür bestraft wurde.«

»Dreizehn ist vielleicht ein bisschen jung, um mit jemandem zu schlafen«, sagt Barrett. Hastig fügt er hinzu: »Nicht, dass irgendjemand dafür schikaniert werden dürfte.«

»Dieser Junge, mit dem sie zusammen war, ich kann mich an seinen Namen nicht erinnern, das mit ihm und meiner Schwester war nicht von Dauer, und ein paar Jahre später ist er ums Leben gekommen, bei einem Zugunglück in Europa …«

»Bleib beim Thema, okay?«

»Okay. Ich griff mir eine von diesen kleinen Schaufeln, wie sie neben dem Kamin hängen, du weißt schon, diese Dinger, mit denen man die Asche herausschaufelt. Ich habe gar nicht richtig nachgedacht. Ich griff mir das Teil und schlug meinen Vater damit. Unseren Vater. Gegen den Kopf.«

»Bravo! Äh, war das jetzt unpassend?«

»Ich schlug gar nicht mal so fest zu. Ich meine, ich hatte so etwas noch nie getan. Ich war rauflustig, in der Schule geriet ich ständig in Prügeleien, aber das war bloß Streit unter

Mädchen. Ich hatte noch nie jemanden mit einem Gegenstand geschlagen. Ich wusste gar nicht, wie das geht. Es war mehr ein Klopfen als ein richtiger Schlag.«

»Und …?«

»Er hat sich umgedreht und mich angestarrt. Er war absolut verblüfft. Als wären die Aliens gelandet oder so. Und ich dachte, oh, da hab ich mir was eingebrockt.«

»Und deswegen hast du …?«

»Noch einmal zugeschlagen. Diesmal mit voller Kraft. Mitten ins Gesicht.«

»Kein Scheiß?«

»Er ist umgekippt. Nicht *umgekippt* umgekippt, er ist mehr auf die Knie gesackt. Ich stand über ihm, dieses Schaufelding in der Hand. Und ich sagte zu ihm: ›Wenn du eine von uns noch ein einziges Mal schlägst, bringe ich dich um.‹ Das habe ich gesagt.«

»Und er …?«

»Es war absolut seltsam. Ich war nur ein fünfzehnjähriges Mädchen mit einer winzigen Waffe, er hätte sich einfach auf mich stürzen können, er hätte mich umbringen können. Tat er aber nicht. Er stand nicht einmal auf. Er blieb am Boden knien. Und er warf mir diesen furchtbaren Blick zu. Ich hatte mit allem gerechnet, aber damit nicht. Es war ein Blick, na ja, der Niederlage. Als hätte ich, als hätten wir ihm die ganze Zeit einfach nur befehlen müssen, damit aufzuhören.«

»Oh.«

»Es war irgendwie … erstaunlich. Wir wussten beide nicht, was wir als Nächstes tun sollten. Ich kam mir lächerlich vor, wie ich da mit der kleinen Schaufel in der Hand vor ihm stand. Ich fühlte mich kein bisschen wie eine Heldin. Und dann, nach einer Weile, ist er aufgestanden und aus dem Zimmer gelaufen. Er ist nach oben gegangen. Er ging ins Schlafzimmer und machte die Tür hinter sich zu, und das war's. Am nächsten Morgen kam er zum Frühstück herunter, als wäre nichts geschehen.«

»Und danach?«

»Er hat uns nie wieder geschlagen. Außerdem schien er, und das war eigenartig, ein kleines bisschen Angst vor mir zu haben, und es war auch so, als würde er mich seither ein kleines bisschen mehr lieben. Aber weißt du, an jenem Tag habe ich mir gesagt, kein Mann wird mich jemals unterkriegen. Ich bin mir sicher, dass ich den Gedanken auch vorher schon hatte, aber irgendwie war es, als wäre ich in dem Moment ... *ich* geworden. An dem Abend, als ich meinen Vater mit der blöden kleinen Schaufel schlug.«

Barrett hat das starke Gefühl, etwas sagen zu müssen, ihm fällt jedoch nichts ein.

»Eins ist komisch«, sagt Liz. »Danach hatte meine Schwester ebenfalls ein bisschen Angst vor mir. Ich war der Meinung gewesen, sie gerettet zu haben. Und in gewisser Hinsicht hatte ich sie auch gerettet. Aber es schweißte uns nicht zusammen. Offenbar war ihr eher klargeworden, dass ich gefährlich war, und zwar auf eine Weise, die sie mir nie zugetraut hätte.«

»Warum fällt dir das alles jetzt wieder ein?«

»Jetzt ist meine Schwester schizophren, sie nimmt Medikamente, die sie fett und träge machen, und sie wohnt wieder zu Hause ...«

»Warum fällt es dir *jetzt* wieder ein?«

»Wohl nur«, sagt Liz, »weil ich heute mit Tyler einen Moment erlebt habe, der mich, na ja, an jenen Abend erinnert hat. An den Abend mit meinem Vater.«

»Du hast Tyler nicht geschlagen.«

»Ich glaube, ich habe nie jemanden wirklich geliebt«, sagt Liz.

»Nie?«

»Oh, ich habe alle möglichen Typen geliebt. Manche mehr als andere. Aber es gibt da ein Gefühl, von dem ich die Leute reden höre, Beth hat oft davon gesprochen, und das ich nie *wiedererkannt* habe. Es ist so eine Art Hingabe … ich weiß auch nicht, wie ich es ausdrücken soll … eine Art Grenzüberschreitung, man dringt in einen anderen Menschen ein und lässt zu, dass er in einen selber eindringt. Ich drücke mich nicht sehr geschickt aus …«

»Nein, ist schon okay, ich kann dich verstehen.«

»So etwas habe ich nie gefühlt. Ich habe es eigentlich auch nicht vermisst. Bis. Und das ist komisch. Bis jetzt. Ich wollte es mit Tyler fühlen.«

»Tyler ist nicht dein Geliebter.«

»Irgendwie konnte ich ihn nicht trösten. Aber ich wollte so gern. Ihm zuliebe. Und Beth zuliebe. Ich glaube, ich wollte tun, was Beth getan hätte.«

»Beth war ein anderer Mensch«, sagt Barrett.

»Natürlich. Aber sein Mögliches zu tun, um einen anderen zu trösten, ist doch keine Zauberei. Die meisten Menschen können das.«

»Tyler liebt dich. Tyler respektiert dich. Du hast ihm wahrscheinlich gerade mehr Gutes getan, als du dir vorstellen kannst.«

»Weißt du, was? Ich denke gerade nicht an Tyler. Ich denke an mich selbst. Ich denke an diese vollkommen simple menschliche Sache, die ich offensichtlich nicht hinkriege.«

»Du kriegst eine Menge anderer Sachen hin.«

Liz wendet sich wieder den Quittungen zu.

Sie sagt: »Auf dem Weg hierher hatte ich einen merkwürdigen Einfall. Ich habe gedacht, ich habe mich gefragt … ich habe angefangen mich zu fragen. Ich war immer der Meinung, ich hätte meinen Vater besiegt. Ich habe ihn davon abgebracht, uns zu schlagen. Und auf dem Weg hierher, eben im L Train, habe ich mich gefragt, ob am Ende nicht vielleicht er der Sieger war. Ob er mich besiegt hat, indem er mich dazu brachte, ihn zu schlagen.«

Beide schweigen eine Weile. Barrett bedankt sich insgeheim bei den vielen Kunden, die nicht hereinkommen.

Schließlich sagt Liz: »Meinst du nicht, die Skateboards wirken ein bisschen verzweifelt?«

»Doch. Vielleicht sollten wir sie mit etwas Erwachsenerem ausgleichen. Was würdest du zu ein paar wirklich hochwertigen Lederjacken sagen? Neue Jacken, nicht nur secondhand.«

»Glaubst du, du könntest dich allein um den Laden kümmern, wenn ich für eine Weile verschwinde?«, fragt sie.

»Wo willst du denn hin?«

»Ich weiß es nicht. Ich glaube, ich möchte gern mal anderswo sein. Eine Zeitlang.«

»Das kommt jetzt ziemlich überstürzt, findest du nicht?«

»Hast du in letzter Zeit etwas von Andrew gehört?«, fragt sie.

»Er hat mich angerufen. Er will mich aus irgendeinem Grund heute Abend im Central Park treffen.«

»Wie schön.«

»Ich finde das reichlich seltsam. Ich meine, warum ausgerechnet mich?«

»Er mag dich«, sagt sie.

»Mag er nicht mehr oder weniger jeden?«

»Vielleicht liegt es daran, dass du ihn mochtest. Du warst der Einzige.«

»Die anderen fanden einfach, dass er … nicht der Richtige war. Für dich.«

»Ist er immer noch mit Stella zusammen?«

»Hm-hmm.«

»Sieh mich nicht so an, das ist gut, sie ist gut. Für ihn.«

Barrett sagt: »Sie ist ein bisschen …«

»Sie ist nicht die hellste Kerze auf der Torte. Ich weiß. Sie ist Weberin, wusstest du das?«

»Ach, sie ist wohl einfach ein seltsames Mädchen. Offenbar ist sie Yogalehrerin und, ja, auch so etwas wie eine Weberin, immerhin besitzt sie einen Webstuhl …«

»Aber sie ist ganz in Ordnung«, sagt Liz.

»Ja. Willst du etwas Lustiges hören? Bei unserer letzten Begegnung hat sie mir erzählt, sie sei ein Medium.«

»Aber sie vergöttert Andrew. Irgendjemand sollte ihn vergöttern.«

»Warum bist du eigentlich so lange bei ihm geblieben? Ich hatte nie wirklich die Gelegenheit, dich zu fragen. Ich wollte wohl nicht unhöflich sein oder so.«

»Ach, weißt du«, sagt sie. »Durch ihn haben sich … viele Probleme von selbst erledigt. Er war sexy und ein bisschen dumm und hat nie Ärger gemacht, und so hatte ich ein Problem weniger, um das ich mir Gedanken machen musste.«

»Nicht das schlechteste aller denkbaren Arrangements.«

»Ich glaube nicht, dass ich mir einen neuen zulegen werde.«

»Äh, einen neuen *was*?«

»Einen neuen dummen Jungen, der sexy ist und bei mir bleibt, bis er zu Sinnen kommt und sich mit einer Frau in seinem Alter davonmacht. Ich glaube, ich habe genug davon.«

»Ist vermutlich besser so.«

»Liebst du Sam?«, fragt sie.

»Ach, ich weiß es nicht. Wir kennen uns erst seit ein paar Monaten …«

»So etwas weiß man. Oder wenigstens wird das gemunkelt. Ich habe gehört, man merkt es ziemlich schnell.«

Barrett sagt: »Er ist kein bisschen so wie der, den ich mir vorgestellt hatte.«

Liz nickt, als hätte sie eine lang erwartete, weder gute noch schlechte Nachricht erhalten.

»Ich habe mir überlegt«, sagt sie, »eventuell für eine Weile nach Westen zu gehen. Nach Kalifornien vielleicht.«

»Kalifornien ist toll.«

»Vielleicht gehe ich hin. Ich denke darüber nach.«

»Ich kann mich um den Laden kümmern, wenn du möchtest.«

»Inzwischen bist du darin besser als ich.«

»Das stimmt nicht.«

»Du bist der nettere Mensch. Du schenkst den Kunden Aufmerksamkeit. Sie sind dir nicht egal. Ich hingegen hoffe nur, dass sie etwas kaufen, ohne dass ich sie dazu überreden muss.«

»Was genau würdest du in Kalifornien tun?«, fragt Barrett.

»Ich weiß es nicht. Bislang denke ich nicht weiter als bis zu dem Entschluss, hinzugehen. Alles Weitere ist völlig offen.«

Barrett fragt: »Denkst du jemals an das Licht?«

»Welches Licht?«

»Das wir gesehen haben. Oben am Himmel.«

»Eigentlich nicht. Du?«

Barrett nickt bekümmert. »Ständig«, sagt er.

»Aber du hast es nie wieder gesehen?«

»Nein. Nie.«

»Schätzchen, ich war high. Du warst … ach, was weiß ich, was du warst. Arschloch Nummer siebzehn hatte gerade mit dir Schluss gemacht, warum solltest du dir in der Situation nicht wünschen, dass da mehr ist als ein Flugzeug hinter einer Wolke?«

»Und dann ging es Beth auf einmal besser …«

Liz sieht ihn teilnahmsvoll an, entgegnet aber nüchtern: »Und dann ist sie gestorben.«

»Ich weiß. Aber sie hatte noch ein paar Monate, nicht wahr?«

»Ich glaube nur nicht, dass ein Licht am Himmel etwas damit zu tun hatte.«

Barrett sagt: »Ich warte immer noch auf … irgendetwas.«

»Und was sollte das sein?«

»Ein weiteres Zeichen, glaube ich. Eine Fortsetzung.«

»Ein Zeichen von …?«

»Davon, dass es, ich weiß auch nicht, mehr gibt als uns. Du weißt schon, mehr als die Suche nach Liebe und die Frage, wo man zum Abendessen hingehen soll. Mehr, als einem armen Mädchen, das kurz davor ist, den falschen Mann zu heiraten, eine Halskette zu verkaufen …«

Liz sagt: »Das wünscht sich jeder.«

»Und wenn es wahr ist?«

»Tja«, sagt sie. »Was, wenn es wahr ist?«

Sie sagt es in einem Tonfall geduldiger, leicht genervter Nachsicht. Klar, Süßer – was, wenn das Gemälde vom Flohmarkt sich als echter Winslow Homer erweist, was, wenn die Zahlen, die du seit so vielen Jahren tippst, endlich, diesmal, gezogen werden?

Einen Augenblick später betritt ein Paar den Laden, zwei junge Männer mit Post-Punk-Frisuren. Der eine sagt zum anderen: »Glitzer, Neely, Glitzer!«

Liz begrüßt sie mit einem Hallo.

»Hallo«, sagt der eine, und der andere lacht, als hätte sein Freund einen Witz gemacht.

»Lasst es uns wissen, wenn wir euch helfen können«, sagt Liz.

»Das machen wir.«

Die beiden jungen Männer fangen an zu stöbern. Liz geht noch einmal die Quittungen durch. Barrett macht sich wieder daran, die T-Shirts zu falten, obwohl sie alle schon gefaltet sind.

Es ist schon fast drei Uhr, was bedeutet, dass Liz die Wohnung vor über vier Stunden verlassen hat. Seitdem hat Tyler auf dem Sofa gelegen, in seligem Schwebezustand, und über Liz und die Musik nachgedacht.

Die Sache mit Liz … Hm. Die Sache mit Liz …

Seit wann schlafen sie miteinander? Seit Beths Diagnose? Noch länger? Ganz untypisch für sie beide, so ein Geheimnis darum zu machen; sie, die praktisch keine Geheimnisse haben, nicht aus moralischen Gründen, sondern weil die Wahrheit so viel unkomplizierter ist, die Wahrheit ist das Naheliegende, sie bedarf keiner Modifizierung und keiner Schönfärberei.

Wann haben sie aufgehört? Es muss zu der Zeit gewesen sein, als Beth genas, auch wenn Tyler das Gefühl hat – mehr schwach erinnerter Traum als Erinnerung –, dass es später passierte. Wie es scheint, erinnert er sich weniger an den Sex als an die Scham; an die Gewissheit, gegen Ende, dass er und Liz etwas Schändliches taten. Obwohl er mit der Scham, er kann es nicht abstreiten, die ganze Zeit kokettiert hat.

Er war so einsam und verzweifelt gewesen, als Beth dahinsiechte. Liz war da. Liz war so unsentimental, wie ein Mensch nur sein kann.

Tyler hat beschlossen, die ganze Zeit schon, den Gedanken, für Liz könnte der Reiz gerade in seiner leichten Verlotterung und seinem mittleren Alter begründet liegen, nie ernsthaft (nie ausführlich, nie tiefergehend) in Betracht zu ziehen; den Gedanken, er könnte für sie der Nicht-Andrew sein – kein junger Olympionike mit glattem Gesicht, keine Erscheinung aus dem Paralleluniversum der hormonvergoldeten Jugend, kein Ariel, der bald entschwunden sein wird, um andere zu entzücken; nur ein ganz normaler Typ, Mister Unkompliziert, Mister Dankbar.

Nicht nur, dass er und Liz mit niemandem darüber sprachen, sie sprachen auch selbst nicht darüber. Es war etwas, das sie taten, aber es war nie ein Thema, niemals.

Nicht einmal Barrett hat er es erzählt.

Das Seltsame: Höchstwahrscheinlich hätte es Barrett am meisten gestört. Barrett hätte sich ausgeschlossen gefühlt. Immerhin ist Barrett derjenige, der entthront wurde; der doch anfangs (denkt Barrett) die Hauptfigur war, sprühend vor Möglichkeiten, ein Bankert von Hamlet und Oscar Wilde; Barrett, der durch die Korridore der Highschool schritt in seinem unsichtbaren Kettenhemd aus Silberlamé, der anmutig in höhere Sphären aufstieg, weit über der Footballteam-Normalität des großen Bruders mit den Joints und der Folkgitarre; Barrett, der urplötzlich (findet Barrett) unter Sofakissen nach verlorenem Kleingeld wühlte und sich fragte, ob der Verzehr jener Essensreste noch unbedenklich sei, der sich fragte, ob die Liebe mit dem nächsten Zug ankommen würde oder mit dem übernächsten, der wachsam auf das Pfeifen der Lokomotive lauschte.

Dass Tyler mit ihrer besten Freundin ins Bett ging, hätte Beth nicht gestört. Sie hätte genau gewusst, was es zu bedeuten hatte und was nicht.

Und hier, ungebeten … schlimmer noch als ungebeten,

hinterrücks … taucht eine Erinnerung auf, kalt und befremdlich wie Schnee, der ins Schlafzimmer fällt …

Seine Mutter (seine und die von Barrett, versuch, es nicht zu vergessen) hockt auf der Tribüne, in der ersten Reihe, mit exzentrischer Sonnenbrille und auffälligem Halstuch. Ihr Vater muss gerade unterwegs sein, um Cola zu holen oder die Reisedecke, die sie ursprünglich abgelehnt hat. Tyler, der das erste Down im Spiel gemacht hat (knapp, aber immerhin), weiß, dass er zu ihr gehen und sich vor sie stellen muss (seine Triumphe sind rar), um ihr nach Gladiatorenart das gesenkte Schwert zu präsentieren oder, wie ein Matador, das abgetrennte Bullenohr. Er ist behelmt und aufgepolstert, kostümiert, berauschend entpersonalisiert; unter seinen Augen glänzt schwarze Schmiere.

»Hey, Mom.«

Er genießt, in diesem Moment jedenfalls, die Anonymität des Footballtrikots – in diesem Panzer könnte der Sohn einer jeden Mutter stecken. Er hat seine Mutter erwählt: ihre riesigen Kreolen, ihr kurz geschnittenes schwarzes Haar, den wuchtigen, wabernden Magnolienduft ihres Eau de was auch immer. Er fühlt sich, als erfülle er nicht die Pflicht eines Sohnes, sondern die eines Edelmanns.

Natürlich trägt auch sie ein Kostüm. Tylers Aufgabe ist es, den anderen ähnlich zu sein. Ihre ist (wie sie gesagt hätte), sich »von ihrer Schokoladenseite zu zeigen«.

Sie schaut von der Tribüne herunter, sitzt drei Meter oberhalb von Tylers himmelwärts gekehrtem Gesicht (so wenig ist davon zu sehen: die Augen, durch die schwarzen Fettschlieren zu Tümpeln gedimmt, die kleine Nase über der Kinnpartie des Helms, die seinen Mund bedeckt). Sie schlingt ihren in Kaschmir gehüllten Arm kokett um das stumpfgraue Geländer (ob sie weiß, wie durchschaubar sie ist, wie künstlich und aufgedonnert, im Ernst, dieses ganze Gräfinnen-Gehabe, sie muss etwas merken, sie ist zu intelligent, um es zu übersehen, sie muss einen geheimen Plan verfolgen …). Sie beugt sich vor und hinunter, zeigt ihr Gesicht (körnig von dem Puder, der im Stadionlicht fiebrig leuchtet, es ist das dunkle Ohrfeigenrosa, das sie bevorzugt) und sagt: »Gut gespielt.«

»Danke.«

Sie sieht sich effektheischend um wie eine Laiendarstellerin in einem zweitklassigen Stück, die mit ostentativer Hoffnung nach einer anderen Figur sucht, die, das Publikum weiß es längst, verloren, verschwunden oder tot ist. Sie sagt (sie muss laut sprechen, um überhaupt gehört zu werden): »Wo ist dein Bruder heute Abend?«

Zum Nachdruck sieht sie sich noch einmal um, sie scannt die Menge, als erwarte sie, Barrett zu entdecken, einen kenntlicheren Barrett, der mit ein paar Freunden gekommen ist, um seinen Bruder Football spielen zu sehen.

Tyler schüttelt den behelmten Kopf. Seine Mutter stößt einen Gastgeberinnenseufzer aus – wir sind auf einer Dinnerparty, die Suppe ist alle –, der selbst im Lärmen der Menge noch zu hören ist. Für Tyler stellt sich immer wieder dieselbe Frage: Warum spielt sie, dreist und augenzwinkernd, eine andere? Wann kommen ihre eigentlichen, wahren Absichten ans Licht?

Tyler sagt: »Er kommt nie zu den Spielen.«

»Nein, das tut er nicht, was?«

»Er hat andere Interessen.«

»Er ist schon seltsam, nicht wahr?«, erwidert sie.

Es wäre schwierig, einen weniger passenden Augenblick für einen derartigen Kommentar zu finden. Verkündet sie es tatsächlich vor der versammelten Elternschaft von Harrisburg, vor Cheerleadern und Kapelle?

Tyler antwortet: »Ja, irgendwie schon.«

»Behalte ihn im Auge, ja?«

»Äh, klar.«

»Ich meine, ich sähe es nur ungern, wenn er Schwierigkeiten bekäme.«

»Was für Schwierigkeiten?«

Sie überlegt, als hätte sie sich diese Frage bis zu diesem Moment nie gestellt.

»Er sollte sich nicht zum Außenseiter machen. Er sollte sich nicht den ganzen Tag in seinem Zimmer verkriechen, um zu lesen.«

»Er ist in Ordnung«, sagt Tyler. »Ich meine, alles wird in Ordnung kommen.«

»Hoffentlich behältst du recht«, antwortet sie und lehnt sich mit einem bedauernden Halblächeln auf ihrem oktoberlich kühlen, unbequemen Tribünensitz zurück.

Die Nachricht ist, wie es scheint, verkündet, und ganz offensichtlich musste sie in einer Arena verkündet werden. Barrett ist ein Außenseiter. Barrett ist vom Scheitern bedroht, man muss auf ihn aufpassen.

Tyler trottet auf das Spielfeld zurück. Er weiß, dass er eben seine Zustimmung gegeben hat. Er weiß nur nicht genau, wozu. Er ahnt jedoch, jetzt schon, dass er mehr versprochen hat, als er einzulösen imstande ist.

Jetzt, über zwanzig Jahre später, taucht die Frage auf: Hat Tyler sich zu eifrig um Barrett gekümmert? Hat er Barrett entwaffnet, indem er stets der große Bruder mit der endlosen Geduld war, derjenige, der niemals nachfragte oder kritisierte?

Tyler zieht einen winzigen Umschlag aus der Hosentasche.

Ups, ja, und dieses Geheimnis wäre da auch noch, nicht wahr?

Es ist nur für jetzt, für diesen einen, letzten Song, aber Tyler kann nicht erwarten, dass irgendjemand, auch nur *irgendjemand* es gutheißen wird, nicht nach seinem Zusammenbruch (barfuß auf der Cornelia Street, leise vor sich hin fluchend), nicht nach den langen und quälenden Gesprächen mit der Krankenhauspsychologin (wer hätte eine Frau mit schlecht gefärbten Haaren und leichtem Hinken erwartet?), nicht nach dem Entzug (auf Barretts und Liz' Drängen), nicht jetzt, da er seine Story so gründlich umgeschrieben hat.

Und genau genommen handelt es sich nicht um einen Rückfall. Nicht im eigentlichen Sinn. Er mag das Zeug nicht, nicht besonders. Koks hat er enorm gemocht, aber zu koksen war ein Fehler gewesen. Mit dem Kokain hat er immer nur versucht, sich aufzuputschen. Warum hat er sich nie überlegt, dass Musik aus dem Land des Dämmerns kommt? Musik ist die vertraute Fremdheit nächtlicher Visionen – der halbwilde Junge, der auf einem zwischen uralten Bäumen sich schlängelnden Pfad herumtollt, ausgelassen seine Bocksbeine schwingt und mit einer Stimme singt, die man sich hoch und klar und nicht ganz menschlich vorstellt, unhörbar aus der Entfernung. Der Trick ist, lange genug zu träumen, um in Hörweite zu kommen.

Tyler hat erkannt, er hat endlich begriffen, dass er einer irrigen Vorstellung vom Songschreiben aufgesessen ist. Es handelt sich um einen jener Fehler, die so tief im Denken verwurzelt sind, dass man ausschließlich damit beschäftigt ist, das Problem zu lösen, anstatt daraufzukommen, dass die Vorstellung an sich fehlerhaft ist. Wieso hat er es nicht früher durchschaut, vor Jahren schon? Nach der Musik greift man nicht, die Musik lässt man herein. Es war reines Machogehabe gewesen, die ganze Zeit. Er hat versucht, die Songs niederzuringen wie ein lachhafter, unbewaffneter Jäger, der darauf beharrt, mit bloßen Händen Vögel aus der Luft zu fangen, wo es doch, wenn man keine Pfeile und keinen Speer hat, still und geduldig abzuwarten gilt, bis der Vogel landet.

Heroin ist die bessere Lösung. Heroin lässt mehr herein. Unter Heroin kann Tyler die Töne hören: Beths letztes Stöhnen, wie das eines kranken Tieres; das leise Brummen seiner Sorgen und Selbstvorwürfe; das noch leisere Brummen der Erde selbst, die sich um ihre Achse dreht; der unterdrückte Schrei, der auf ewig in Tylers (in jedermanns?) Kehle steckenbleibt, jener langgezogene Klagelaut, der nichts zum Ausdruck bringen soll außer das Gefühl einer unfassbaren Entfremdung, eines unstillbaren Verlangens nach mehr, nach weniger.

Hab keine Angst vor der neuen Ära. Mach dich bereit. Mach dich bereit für einen herzlosen, verschlagenen alten Präsidenten, für eine Vizepräsidentin, die Afrika nicht für einen Kontinent, sondern einen Staat hält und die vom Helikopter auf Wölfe schießt.

Unter Heroin kann Tyler all das hereinlassen. Er kann sich vorstellen, es zu vertonen.

Der Trick: es am Rand der Bewusstlosigkeit zu fassen zu kriegen, ohne selbst über die Kante zu fallen. Die dunkle, schimmernde Entität in den Raum zu lassen, aber dort hinten abzustellen, am anderen Ende, an der gegenüberliegenden Wand; darauf zu bestehen, dass sie wartet, mit all dem Schlaf in ihren Taschen, mit ihrem ruhigen und mitfühlenden Blick; genau so viel Heroin zu nehmen, bis man die Figur sehen kann, verhüllt und gütig, aber sie sich dennoch vom Leib zu halten, die Dunkelheit abzuwehren, die sie spenden will, so dass unerträgliche Geräusche wie das Krankenhausgestöhn und die fernen, brutalen Siegesschreie hereintröpfeln und die Atmosphäre infizieren, ohne dich in den Wahnsinn zu treiben. Ohne dich barfuß auf die Cornelia Street zu schicken.

Tyler zieht zwei ordentliche Lines (keine Spritze, er ist kein Spritzentyp) und scheint, einen Augenblick später, aufgestanden zu sein. Es ist merkwürdig. Ein bisschen merkwürdig. Eben noch lag er auf dem Sofa, jetzt steht er. Er steht in diesem leeren Zimmer, in dem er, wie es scheint, wohnt. Da ist Musik in seinem Kopf, leise Musik, er meint, ein Fagott zu hören; mehr Pochen als Melodie, über das er jedoch eine Melodie legen könnte; oder nein, keine Melodie (albernes Wort) … sondern Gesang, Gregorianischen (oder so), auch den kann er hören, ein leises Stimmengemurmel, vehement andächtig, wie wenn ein Rosenkranz schnell, aber mit unendlicher, geübter Sorgfalt gebetet wird; und dann … etwas Silbriges, etwas Schwebendes, eine klarinettenhafte Stimme, die in einer unbekannten Sprache singt; sie singt (es ergibt Sinn, ja, irgendwie schon) von Hoffnung und Verzweiflung, als wäre es ein und dasselbe; als gäbe es im Vokabular dieser Sprache nur ein einziges Wort für beide Zustände; als implizierte Hoffnung Zerstörung und Zerstörung Hoffnung, und zwar so unbedingt, dass beide nur einen Namen benötigen.

Und dann hat er, wie es scheint, eines der Fenster geöffnet und sitzt auf dem Sims.

Dort unten, zwischen seinen baumelnden Füßen, liegt die Avenue C, vier Stockwerke tiefer. Da ist eine Frau in einem geblümten Kleid, die einen alten Schnauzer an der Leine hinter sich herzerrt. Da ist eine zweite Frau in einem lila Kleid (Schwestern?), die in einer Mülltonne wühlt. Da ist der Gehweg selbst, er hat die Farbe von Elefantenhaut und ist mit den dunklen Punkten vor langer Zeit ausgespuckter Kaugummis besprenkelt. Da ist eine Brise, ein lebhafter Wind, der um die Beine seiner Jeans streicht.

Er könnte vom Fensterbrett rutschen. Oder etwa nicht? Es fühlt sich an, in diesem Moment, als wäre er kurz davor, in einen Swimmingpool zu gleiten. Da wäre der Augenblick der bevorstehenden Kapitulation, durchwirkt von Zaudern – ob das Wasser kalt ist? Und dann würde er eintauchen.

Er sitzt auf dem Fensterbrett und schaut hinunter, während die Musik in seinem Kopf spielt. Er scheint dem wilden Jungen im Wald immer näher zu kommen; nah genug, um die Stimme des Jungen in der pochenden Luft zu hören; nah genug, um zu begreifen, dass es sich gar nicht um einen Jungen handelt, genau genommen ist es nicht menschlich, und da stimmt etwas nicht mit seinem Gesicht.

In der schwindenden Sonne wird das Wasser des Hafens opak, hier und da ist es bespritzt mit dem letzten orangegoldenen Tageslicht, einem Licht, das nicht mehr leuchtet; ein Licht, das sich alt anfühlt, das aus einer Vergangenheit zu kommen scheint, die viel heller war, als die Erinnerung erlaubt, das aber dennoch, zwangsläufig, durch die zurückgelegten Jahrzehnte leicht gedimmt wird. Ein riesiger Frachter, einer schwimmenden schwarzbraunen Plattform gleich (auf der könnte man glatt mit einer zweimotorigen Maschine landen), strahlt kupferrot im letzten Sonnenlicht. Möglicherweise wurde der Kahn aus irgendeinem Halbedelmetall gebaut; Barrett, der am Heck der Fähre steht, kann es nur nüchtern sehen, dieses edle Metall, gefragt und begehrt von Industriellen, nicht von Königen.

Ihre Mutter wurde auf einem Golfplatz vom Blitz erschlagen. Warum diese komische Tragödie? Barrett und Tyler haben wieder und wieder darüber gesprochen. Warum sollte eine Frau, die ernst und intelligent war, die unberechenbar großzügig oder distanziert war, je nach Tageszeit (bis heute hat er keine zweite Frau getroffen, die mit sich selbst so im Einklang ist und für alle anderen ein Buch mit sieben Siegeln); die an gute Damenschneider glaubte, korallenroten Lippenstift trug, von oben herab mit den Lieferanten flirtete und sehr mitteilsam war (ein bisschen zu mitteilsam für Barretts Geschmack), was ihr Pech anging (das Haus: zu weit von der Stadt entfernt, die geerbte Perlenkette: von einem Zimmermädchen im Hotel gestohlen – wer sonst käme in Frage?); die ihr Studium an der Bryn Mawr abbrach, um Barretts und Tylers Vater zu heiraten (wie hätte sie seinerzeit ahnen können, dass aus New York Philadelphia wurde und aus Philadelphia Harrisburg?); die über der Lektüre eines Buches gern mal vergaß, das Abendessen zu kochen … Warum ausgerechnet dieses Ende, für sie? Warum dieser Unfall, der sich nur als schlechter Witz erzählen lässt? Wie ist es möglich, dass Betty Ferguson, ihre Golfpartnerin – Betty, die sie nicht einmal sonderlich gemocht hatte *(Betty ist eine von diesen Frauen, die glauben, Schuhe und Handtasche müssten zusammenpassen. – Betty ist eine von diesen Frauen, die, je älter sie werden, immer männlicher aussehen.)* –, sich herausnehmen durfte, bei der Trauerfeier aufzustehen und zu verkünden, ihre Mutter habe an jenem schicksalhaften Tag drei Schläge unter Par gelegen?

Barrett und Tyler sind nicht nur quasi Waisen, sie sind Opfer eines bösen Streichs, seit ihrer Kindheit schon; sie sind die Geschöpfe eines Gottes, der den Witz anscheinend dem gerechten Zorn vorzieht.

Und jetzt, hier, vor Barrett, erstreckt sich die gekräuselte Masse des dunkelnden Wassers, das Beths Asche so gelassen aufnahm.

Da ist ein Auge im Wasser. Nur deswegen nimmt Barrett immer wieder diese Fähre.

Was das Auge im Wasser so besonders macht, was es von jener nächtlichen, aufwühlenden Lichterfahrung unterscheidet, ist der Umstand, dass Barrett es nie gesehen hat. Er weiß aber, dass es da ist. Er weiß, dass er auf diesen einsamen

Bootsfahrten nach Staten Island und zurück ... wahrgenommen wird. »Beobachtet« ist nicht das richtige Wort. »Beobachtet« impliziert eine pseudo-menschliche Absicht, die Barrett dem ruhelosen, stark befahrenen Hafenbecken nicht unterstellen will. Höchstens an jenem ersten Abend, als ihm Beths Asche anvertraut wurde. Beth hat sich mit dem Wasser vereint, nicht auf eine verdrehte *ihr Geist ist irgendwo da draußen*-Weise (vergiss es), doch es scheint, als habe sie, als hätten ihre sterblichen Überreste (die ein Staubsauger in zehn Sekunden beseitigt hätte) sich einer riesigen, erkennenden Nicht-Intelligenz angeschlossen, und Barrett weiß (wird er verrückt oder wird er vernünftig?), er wusste es an jenem Abend und er weiß es jetzt, dass die Welt unbeseelt, aber nicht unbewusst ist; dass Beth jetzt einer Größe angehört, die zu majestätisch und zu gewaltig ist, um Gedanken zu hegen oder Reaktionen zu zeigen, die aber dennoch, auf ihre Weise, zu Empfindungen fähig ist.

Es ist eine Wahnvorstellung. Vermutlich nur das. Doch seit Barrett geholfen hat, Beths Asche zu verstreuen, besucht er diesen Ort immer wieder, als wäre der Hafen ein echter und herzloser, unmenschlicher Elternteil für ihn, ein Elternteil ohne Beweggründe und ohne Ziele, was seine Kinder betrifft; ein Elternteil, der weder stolz noch enttäuscht ist. Barrett wird das Gefühl nicht los, da wäre ein Auge im Wasser, unsichtbar und doch immer da, es ist weder froh noch betrübt, ihn zu sehen, nimmt aber zur Kenntnis, dass er wieder einmal gekommen ist.

Tyler hatte eine Mutter für sie beide gefunden, nicht wahr? Über diesen Gedanken kann Barrett nur nachdenken, wenn er auf der Fähre steht. Er könnte wahr sein oder auch nicht. Er klingt ein wenig unsinnig. Doch Beth war so anders als Tylers vorherige Freundinnen. Tyler kam mit ihr zusammen etwa zu der Zeit, als Barretts Leben anfing … *zu zerbrechen* wäre zu melodramatisch (Barrett, du verwechselst dich mit einer Figur aus einem B-Movie – oder, wo wir einmal dabei sind, mit einer Figur aus einem Roman von Dostojewski) … ins Rutschen zu geraten, nicht mehr rund zu laufen, so dass ihm nichts anderes übrig blieb, als bei Tyler einzuziehen.

Bei Tyler einzuziehen, und bei Beth. Beth, die sanft und freundlich war, die jeden Tag dieselbe war. Beth, die an jenem Silvesterabend in der Küche der Meinung war, Barrett und Tyler sollten erfahren, dass sie sich wie ein Haus gefühlt hatte, in dem nacheinander alle Lichter erloschen, dass im Leben eine Zeit kommt, in der die Frage nach Gut oder Böse unerheblich ist.

Wäre es vorstellbar, auch nur ansatzweise, dass Barrett in seinem Leben hauptsächlich damit beschäftigt war, Tylers kleiner Bruder zu sein?

Boote gegen den Strom, unablässig zurückgetrieben in die Vergangenheit. Verpiss dich, F. Scott Fitzgerald.

Sprich es aus. Nur vor dir selbst. Als Beth sich erholte, glaubtest du zu wissen – ahntest du zu wissen –, was das Licht dir sagen wollte: Du hast deine Kindheit mit Tyler nachgestellt, bloß würde die Frau diesmal nicht die Aufmerksamkeit des Spaßvogelgottes auf sich ziehen.

Woraus zu folgern wäre, dass das Licht gelogen hat. Und das Wasser die Wahrheit sagt.

❄

Eine Stunde später, nach Barretts Ausflug nach Staten Island, wartet Sam auf ihn, wie er es versprochen hatte, uptown, am Bethesda Fountain im Park. Barrett sieht ihn von der Balustrade aus, die sich fast zehn Meter oberhalb des Brunnenplatzes erstreckt. Sam sitzt auf der Kante des Brunnens, unter dem Engel – dem Bauernmädchen-Engel, stramm und stämmig, der nicht verzückt gen Himmel schaut, sondern zu Boden, gravitätisch, erdergriffen, von seiner Bronzeschale herunter, aus der die Wasserstränge fallen, und der einen Arm leicht vorgereckt hat und im anderen einen Speer aus Lilien hält.

Barrett bleibt eine Weile an der Balustrade über dem Brunnen stehen. Er kann Sam sehen, aber Sam sieht ihn nicht. Er bekommt die Gelegenheit, ein Zwischenspiel ungestörter Samheit zu erleben, den Sam, der nicht weiß, dass Barrett in der Nähe ist; den Sam, der ganz für sich ist und sein Verhalten nicht an Barrett anpasst (falls er es je tut).

Sam sitzt stabil da, hat beide Füße auf die Ziegel gepflanzt und die Hände auf die Kniescheiben gelegt, als erhole er sich von einer anstrengenden Arbeit, die nach dieser kurzen, gewerkschaftlich verordneten Pause weitergehen wird. Er sieht aus wie ein Kerl, der eine Rast einlegt. Er trägt die Handwerkerjeans, an der er so hängt, und eine graue Cordjacke von Carhartt, die Barrett ihm letzte Woche zum Geburtstag geschenkt hat und die Sam besser gefällt als Barrett (es ist ein Zeichen von Liebe, nicht wahr, dem Beschenkten etwas zu gönnen, das er sich wünscht, auch wenn man es selbst nicht würde haben wollen); tatsächlich hegt Sam eine besondere Hochachtung für die Bescheidenheit der arbeitenden Klasse und genießt es, für einen Bauarbeiter gehalten zu werden, obwohl er doch in Princeton englische und amerikanische Literatur des neunzehnten Jahrhunderts unterrichtet.

Sam verhält sich, als wäre er ein Besucher von einem fremden Planeten, auf dem andere Maßstäbe gelten und wo er eine gute Partie ist. Auf Sams Planeten zählen zu den begehrten Eigenschaften: ein übergroßer Kopf mit verstörend weit auseinanderstehenden, grauen Augen; ein kleiner Einschub von einer Nase (was den Effekt des großen Kopfes noch verstärkt) und ein breiter Mund über einem Kinn, das so ausladend und pferdeähnlich ist, dass man sich ein Stück Zucker auf die Handfläche legen und ihm entgegenstrecken möchte, auf dass es neugierig beschnüffelt und schließlich, mit einem sanften Kratzen der Barthaare über die Handfläche, angenommen werde.

Sam geht mit einer solch unverfrorenen Selbstsicherheit durch die Welt, dass ihn, obwohl er noch nie als gutaussehend bezeichnet wurde, fast alle, die ihn kennen, auf die eine oder andere Weise verblüffend sexy finden.

Er und Barrett haben sich vor knapp fünf Monaten in einem koreanischen Deli am Lower Broadway kennengelernt. Sie standen beide vor dem Kühlregal, das mit jenen unappetitlichen transparenten Plastikstreifen verhängt war, die einen sofort an entlegene, miserabel ausgestattete Krankenhäuser denken lassen, wo Medikamentenmangel herrscht und wo für die Todkranken nicht viel mehr getan wird, als die Fliegen von ihnen fernzuhalten.

Barrett und Sam begannen ein Gespräch über die jeweiligen Vorzüge von Coca Cola und Pepsi Cola.

Eines Dienstagabends bist du auf dem Heimweg und denkst dir, ich werde jetzt in diesen Deli gehen, in dem ich noch nie war, und eine Cola kaufen. An einem Dienstag um achtzehn Uhr zweiunddreißig. Vor dem Kühlregal steht ein riesiger Kerl, du denkst dir nichts, so dass es ganz natürlich ist, keinerlei Mut oder Überwindung kostet, zu fragen: »Coke oder Pepsi?« Es ist nicht überraschend, dass der Kerl sich umdreht, dich anschaut, den Mund zu einem kleinen, nachdenklichen Lächeln verzieht, als hättest du ihm eine ernste Frage gestellt, und antwortet: »Pepsi. Keine Frage. Coke sind die Beatles, Pepsi die Rolling Stones.«

Und dann ist es nur wenig überraschend, dass du die gütige graue Tiefe in seinen Augen bemerkst, die resignierte Erschöpfung darin, und dir vorstellst – in der Annahme, dass sowieso nichts daraus wird –, dir aus irgendeinem Grund vorstellst, seinen Kopf im Schoß zu halten, ihm über das stahlgraue (trotzig ungewaschene) Haar zu streichen und zu sagen: Ruh dich aus, nur für eine Minute.

Sam ist nicht Barretts Typ (auch wenn Barrett bis zu ihrer ersten Begegnung geschworen hätte, keinen »Typ« zu haben). Sam ist weder jung noch optimistisch auf die lebhafte, tölpelige Art; er ist kein breitschultriger Boxer; er ist niemand, den Eakins hätte malen wollen.

Die Liebe ereilt uns, wie es scheint, nicht bloß unangekündigt, sondern so zufällig, so willkürlich, dass man sich fragen muss, warum man, warum irgendwer auch nur zeitweise an das Gesetz von Wirkung und Ursache glauben soll.

Barrett bleibt noch ein bisschen an der Balustrade stehen und beobachtet Sam. Wann wird dieser Mann ihn, fragt er sich, via E-Mail oder SMS abservieren? Oder wird dieser hier eines Tages schlicht nicht mehr zurückrufen? Immerhin ist das für Barrett eine Art Tradition. Es geschieht einfach immer wieder.

Barrett spielt – ganz kurz – mit dem Gedanken, sich umzudrehen und den Park zu verlassen; dieses Mal selbst der Deserteur zu sein, der Mann, der den anderen im Ungewissen lässt, der keine Erklärung anbietet und nicht einmal die gallige Genugtuung einer offenen Auseinandersetzung gewährt; der einfach davontreibt, weil es (offenbar) Zuneigung gibt und Sex, aber keinen Drang, keine kleinen Haken, die in Ösen greifen; keine Bindung, keine hündische Hingabe, kein Flehen um Gnade, nicht, wenn man sich Gnade so leicht selbst gewähren kann. Wie es wohl wäre, fragt Barrett sich, der andere zu sein, der Mann, der einen kleinen Vorgeschmack bekommen hat und der Meinung ist, das sei jetzt genug, der sich davonschleicht, bevor das Chaos ausbricht, bevor er sich Anklagen und Schuldzuweisungen ausgesetzt sieht, bevor die Obrigkeit ihn befragt zum Wann und Warum und Mit Wem?

Beth hatte etwas mehr als fünf Monate hinzugewonnen. Aus dem Nichts. Drei Monate und vier Tage davon waren verstrichen, als die Krankheit wieder zu wüten anfing, und unter anderem bedauert Barrett (er pflegt eine in seinen Augen angemessen lange Liste bedauernswerter Dinge), wie schnell es ging, so schnell, dass er keinen Moment fand, keinen geeigneten Moment, um sie zu fragen, ob sie für den Aufschub dankbar war.

Sie muss dankbar gewesen sein. Barrett redet es sich beharrlich ein. Hatte sie es nicht selbst gesagt, mehr oder weniger direkt, an jenem Silvesterabend? Und hatte sie nicht, auch wenn sie andere Worte wählte, ihn und auch Tyler wissen lassen, wie froh sie war, von ihnen im Arm gehalten zu werden, auf einer Party, obwohl sie doch wusste (es scheint im Nachhinein, als habe sie es gewusst), dass sie eine Art Geist war, dem es aufgrund eines Systemfehlers erlaubt wurde, in einem Körper herumzuspuken, was für sie – es kann nicht anders gewesen sein, oder? – ein großes Vergnügen gewesen sein musste. Es sei denn, es war anders; es sei denn, sie fühlte sich, als der Krebs zurückkehrte, doppelt betrogen, misshandelt, verarscht.

Sam wird aller Wahrscheinlichkeit nach verschwinden, früher oder später. Das hat bis jetzt noch jeder geschafft.

Aber das Leben ist einfach so kurz. Barrett richtet sich auf und geht zur Treppe, die auf den kleinen Platz hinunterführt, wo der Engel mit seiner endlosen bronzenen Geduld steht und wo Sam wartet.

Nachdem sie den Laden abgeschlossen hat, kann Liz anscheinend noch nicht nach Hause gehen. Es klingt zu abgedroschen, zu sehr nach älterer Dame, zu sagen, sie fürchte sich vor ihrer leeren Wohnung – wer suhlt sich schon gern im Selbstmitleid? –, aber dennoch: Nachdem sie den Laden abgeschlossen hat, spaziert sie an einem der letzten warmen Novemberabende durch Williamsburg. Die Bars und Restaurants an der Driggs Avenue locken mit goldenem Glühen (in Sachen Beleuchtung kennen die Betreiber sich aus), die Tische sind besetzt mit Feiernden, die Eingänge verstopft von Müßiggängern, deren Name auf der Gästeliste steht und die lachend und rauchend auf dem Gehweg warten. Alle sind vierundzwanzig Jahre alt.

Es ist eine Nation der Jungen, was Liz natürlich deprimieren könnte; aber während sie unbemerkt die Driggs entlangschlendert, wird ihr bewusst, heute mehr denn je, wie vorübergehend die Jugend dieser Stadtbewohner ist, wie flüchtig ihre Nacht; wie bald sie, während Kleinkinder sich auf dem Wohnzimmerteppich balgen, von *den Nächten in Williamsburg* schwärmen werden. Vielleicht sind es gerade ihre jugendlichen Verheißungen und ihr Glück, ihr offenkundiger Überfluss an Begabungen, die ihnen … nicht das Genick brechen, nein, aber sie zähmen werden, sie heimwärts drängen und zur Vernunft kommen lassen werden. Sie haben (die meisten, soweit Liz es beurteilen kann) keinen Hang zu Originalität – zu beflissen sind sie nach Williamsburg gezogen, zu bereitwillig haben sie den Kleidungsstil übernommen. Es wäre albern, es wäre unverschämt von Liz, diese Leute zu verunglimpfen, während sie unsichtbar an ihnen vorbeigeht; es wäre boshaft von Liz, ihnen nicht wenigstens in Gedanken zu wünschen, dass sie den Tag, an dem die Schlinge sich zuzieht (wir brauchen eine größere Wohnung, jetzt, wo das Kind schon fast zwei ist), so elegant wie möglich überstehen, das Jahr, in dem sie erkennen, dass sie charmante Exzentriker sind, die immer noch als Computergrafiker oder Toningenieur arbeiten, sich in den eigenen Augen zwar treu geblieben sind, aber dennoch Teil der alternden Bevölkerung (Überraschung!), die neueste Ausgabe (die Hipster-Ausgabe) der Vierzigjährigen, die immer noch Reste von Punk mit sich herumtragen, der Fünfzigjährigen (von dir ist die Rede, Liz), die immer noch, auf abgeschwächte Weise, auf die Secondhandladen-Cowgirl-Flittchen-Nummer setzen.

Sie kann nicht nach Hause, noch nicht. Aber sie kann auch nicht endlos durch Williamsburg spazieren.

Sie nimmt die Fifth Street und geht auf die Williamsburg Bridge zu.

Sie weiß natürlich, wohin sie geht. Das Seltsame ist, dass sie es nicht beschlossen hat. Sie geht einfach, als wäre es unvermeidlich, als gäbe es kein anderes Ziel.

❄

Am frühen Abend sieht die Avenue C aus wie der leicht beschränkte Cousin der Driggs. Auch hier gibt es überfüllte, florierende Bars und Cafés, wenn auch weniger – Liz legt einen ganzen Block zurück, ohne mehr zu sehen als einen fluoreszierenden Deli, einen chinesischen Schnellimbiss, einen Waschsalon (LETZTE WÄSCHE 21 UHR), ein Tattoostudio (zur Zeit ohne Kunden), einen Laden für Fahrradreparaturen, dessen Fenster jetzt schon für die Nacht vergittert sind, und ein leeres Geschäft, in dem sich früher eine Zoohandlung befand (auf den Schaufenstern steht immer noch in silbernen Lettern KANARIEN- UND ANDERE SINGVÖGEL). Die jungen Leute in den Bars und Cafés (die meisten davon Studenten, die den Abend in einem angesagten Viertel verbringen wollen) sehen aus wie Söhne und Töchter des niederen Adels – charmante, faule, wohlgenährte Kinder, die sich modisch kleiden, ohne verkleidet zu wirken; die das Unerwartete weder erwarten noch umwerben. Ein Junge in einem stilvoll schäbigen Blazer (Ralph Lauren, Liz hat einen Blick dafür) beugt sich aus dem Eingang einer Taverne und ruft seinen rauchenden Freunden zu: »Schon wieder ein Treffer!«

Liz erreicht das Haus mit der nichtssagend korduanlederfarbenen Ziegelfassade und drückt auf die Klingel 4B. Keine Reaktion. Sie klingelt noch einmal.

Sei's drum. Ihr wurde eine Demütigung erspart. Es ist an der Zeit, ein Taxi zu rufen und nach Hause zu fahren.

Doch als sie sich zum Gehen umdreht: Tylers Stimme von weit oben.

»Hey.«

Liz erlebt einen Augenblick der Unmöglichkeit. Tyler spricht aus dem Himmel zu ihr; Tyler ist gestorben, er schwebt über der Landschaft …

Sie blickt hinauf. Tyler steht im vierten Stock auf dem Fensterbrett wie eine Schnitzerei in einer Nische hoch oben in der Kirchenmauer, nur zur Hälfte sichtbar im von der Straßenlaterne geworfenen Lichtfächer.

Liz ruft: »Was zum Teufel tust du da?«

Tyler antwortet nicht. Er blickt mit wohlwollender Geduld auf sie nieder, blickt über sie hinweg in den spärlichen Autoverkehr auf der Avenue C.

»Komm da runter«, ruft Liz.

Nach kurzem Zögern – ein regloses Innehalten, als hadere er damit, etwas Vertrauliches preiszugeben – sagt Tyler: »Ich werde nicht springen.«

»Das will ich dir auch geraten haben. Komm da runter und lass mich rein.«

Tyler betrachtet sie, und seine Kopfhaltung erinnert Liz an einen ganz bestimmten Engel – es muss sich um eine der Skulpturen in der Kirche ihrer Kindheit handeln.

»Jetzt«, sagt Liz.

Langsam, in träger Resignation zieht Tyler sich aus dem Fenster zurück. Bald darauf summt der Türöffner, und Liz eilt ins Haus.

Die Wohnungstür ist unverschlossen. In der Wohnung ist es dunkel. Liz findet Tyler dort wieder, wo sie ihn vor vielen Stunden verlassen hat. Er liegt in ganz normaler Ruhepose auf dem Sofa ausgestreckt. Liz unterdrückt den Impuls, mit schnellen Schritten auf ihn zuzugehen und ihm mit aller Kraft ins Gesicht zu schlagen.

»Was sollte das denn?«, fragt sie.

»Tut mir leid, wenn ich dich erschreckt habe«, sagt er.

»Was hast du da *gemacht*?«

»Ich weiß es nicht genau. Ich wollte raus aus der Wohnung, aber ich wollte nicht auf die Straße.«

»Du hattest wirklich nicht vor zu springen?«

»Nein. Ich meine, der Gedanke ist mir schon gekommen. Ich habe daran *gedacht* zu springen, aber ich hatte es nicht *vor*. Da besteht ein Unterschied, oder?«

»Das könnte sein.«

Wie ist es möglich, dass sie ihn versteht?

Er sagt: »Seit Jahren haben wir Sex.«

»Ich weiß.«

»Und wir haben nie darüber geredet. Kein einziges Mal.«

»Auch das weiß ich.«

»Kommt dir das nicht merkwürdig vor?«

»Ich weiß nicht«, sagt sie. »Ja, könnte sein.«

»Wir haben Beth hintergangen. Und Andrew.«

»Hattest du wirklich das Gefühl, du würdest jemanden hintergehen?«

»Ich weiß es nicht«, sagt er. »Hätte Andrew etwas dagegen gehabt?«

»Nein. Nun ja. Falls ja, hätte er es niemals zugegeben. Etwas dagegen zu haben, hätte bedeutet … nicht der zu sein, der er sein wollte.«

»Vermisst du ihn?«, fragt Tyler.

»Nein.«

»Kommt dir *das* merkwürdig vor?«

»Na ja, manches schon. Manches an ihm vermisse ich. Den versauten Teil, um ehrlich zu sein. Einen Achtundzwanzigjährigen im Bett zu haben … ach, nicht so wichtig. Aber ehrlich gesagt hat das mit den Drogen irgendwann überhandgenommen.«

»Ja, die Drogen hat er gemocht, nicht wahr? Aber du auch.«

»Ach, gegen eine durchgekokste Nacht dann und wann hatte ich nichts einzuwenden. Aber Andrew war so … gierig.«

»Wie es manche Leute sind.«

»Und wer«, sagt sie, »hat deiner Meinung nach monatelang dafür *bezahlt*?«

»Ich habe mir so etwas gedacht.«

»Ehrlich gesagt war das Geld nicht der Grund. Ich habe mich bloß irgendwann gefühlt wie … Also, dem Dealer deines viel jüngeren Liebhabers ständig Zwanziger in die Hand zu drücken ist eine Erfahrung, die du dir getrost sparen kannst. Vertrau mir.«

»Tue ich«, sagt er. »Ich vertraue dir.«

»Und Beth hätte ebenfalls nichts dagegen gehabt. Wenn ich der Meinung gewesen wäre, es könnte anders sein, hätte ich mich von dir ferngehalten.«

»Dennoch. Du hast es ihr nie gesagt.«

»Aber nicht deinetwegen.«

»Sondern …?«

»Sondern weil ich der Meinung war, dass sie nicht noch zusätzlich daran erinnert werden musste, dass sie stirbt und jemand ihren Platz einnimmt. Gewissermaßen.«

Tyler verändert sich, ganz ohne sich zu bewegen.

»Das hast du getan?«, fragt er. »Du hast ihr zuliebe eine ihrer Pflichten übernommen?«

»Ganz ehrlich? Ja. Anfangs.«

»Du bist für eine Freundin eingesprungen.«

»Am Anfang. Es wurde anders, nach einer Weile.«

»Ich bin siebenundvierzig. Ich sehe so aus.«

Liz sagt: »Ich bin sechsundfünfzig. Ehrlich gesagt bist du mir ein bisschen zu jung.«

»Ich war ein ziemlich hübscher Junge. So habe ich den Eintritt in diese Welt erlebt. Es ist ziemlich deprimierend, um ehrlich zu sein. Ein Typ zu sein, den die Leute nicht mehr wirklich sehen.«

»Ich sehe dich.«

»Dich meine ich nicht. Ich meine fremde Leute. Leute, die eine Wahl haben.«

»Es bedeutet mir viel«, sagt sie, »dass du dich so gut um Beth gekümmert hast.«

»Ich habe nur getan, was jeder getan hätte.«

»Du hast nicht viel Ahnung vom Leben, was?«

»Ich habe das Gefühl, Ahnung zu haben.«

»Du hast dich nicht von ihr zurückgezogen. Das habe ich gesehen. Du hast zugesehen, wie der Tod sie aufgefressen hat, nicht nur einmal, sondern zweimal, aber du hast sie nicht losgelassen. Du hast nicht aufgehört, sie zu sehen.«

»Es war nur … Ich meine, wer hätte das nicht getan?«

»Viele Menschen. Übrigens, ich bin zu Fuß hergekommen.«

»Aus Williamsburg?«

»Jawohl. Ich bin über die Brücke gelaufen.«

»Warum?«

»Warum warst du auf dem Fensterbrett?«

»Beantworte meine Frage, bitte.«

»Nur so«, sagt sie. »Ich hatte das Bedürfnis, den ganzen Weg zu deiner Wohnung zu Fuß zurückzulegen. Du hattest das Bedürfnis, draußen zu sein, aber nicht auf der Straße. Wir beide, gleichzeitig. Siehst du den Zusammenhang?«

»Irgendwie schon. Nein, ehrlich gesagt nicht. Nicht so richtig.«

»Soll ich wieder gehen?«

»Nein«, sagt er. »Würdest du herkommen und dich eine Weile neben mich legen? Ich werde auch keine Annäherungsversuche unternehmen.«

»Ich hätte nichts dagegen.«

»Es ist nur so dunkel hier.«

»Du hast überhaupt keine Lampen. Du und Barrett, habt ihr tatsächlich *alles* entsorgt?«

»Das Sofa nicht. Den Fernseher nicht.«

»Die beiden einzigen Gegenstände auf der Welt, die dir etwas bedeuten.«

»Es wäre einfach schön, ein bisschen hier zu liegen, können wir das tun?«

»Ja«, sagt sie. »Das können wir.«

Die Laternen im Park strahlen fahle Kegel ab, Lichtschürzen, zwischen denen eine schmale, unruhige Finsternis steht. Sam sagt zu Barrett: »Es wird nicht den ganzen Abend dauern, oder?«

Barrett hat im Gehen den Himmel überprüft. Er kann nicht anders, nicht, wenn er im Central Park ist. Dort oben sieht er, wie gewöhnlich, nur den gewöhnlichen Himmel.

»Nein«, sagt er. »Ich würde dir keinen ganzen Abend mit Andrew und Stella zumuten. Weißt du, es ist nur … er hat angerufen.«

Sam sagt: »Der Central Park wurde für die Reichen angelegt. Hast du das gewusst?«

»Ich glaube, ich habe es irgendwo schon mal gehört.«

»Mitte des neunzehnten Jahrhunderts plante man das zukünftige New York. Hier oben gab es damals nichts als Wälder und Farmen.«

»Ich weiß. Ich weiß das.«

»Einige plädierten für London als Vorbild. Viele kleine Parks, überall verstreut. Sie verloren. Die Gewinner setzten einen gigantischen Park durch, meilenweit entfernt von dort, wo die Armen wohnten. Und zu Frederick Law Olmstedt sagten sie: Nichts, was arme Leute mögen. Keine Paradeplätze, keine Spielfelder.«

»Im Ernst?«, sagt Barrett.

»Wie du dir vorstellen kannst, schnellten die Immobilienpreise in die Höhe. Die Armen wohnten downtown, die Reichen uptown. Und voilà!«

»Voilà.«

»Ich bin ziemlich pedantisch, oder?«, fragt Sam. »Langweile ich dich?«

»Nein«, sagt Barrett. »Ich kann auch sehr pedantisch sein.«

Barrett gestattet sich im Gehen einen langen, gründlichen Blick auf Sam. Im Profil wirkt Sams Gesicht strenger, im herkömmlichen Sinn attraktiver als in der Frontalansicht. Im Profil wirkt die Nase energischer, die Kuppel seiner Stirn trifft mit kraftvollerer Wölbung auf die wild flatternden Haare. Im Profil sieht er ein kleines bisschen wie Beethoven aus.

Haben die Japaner nicht ein Wort dafür? Ist es *ma*? Es steht für (existiert es tatsächlich, oder ist es nur ein Begriff, den Barrett erfunden hat und mittels asiatischer Ästhetisierung überhöhen will?) etwas, das nicht aus einer Perspektive allein zu begreifen ist, etwas, das sich verändert, wenn man hindurchgeht. Gebäude besitzen *ma*. Gärten auch. Und Sam.

Sam fragt: »Was ist denn?«

»Nichts.«

Sam lacht. Er wurde mit einem tiefen, melodiösen Lachen ausgestattet – die Holzbläser stimmen sich ein, bevor das Konzert beginnt.

❄

Andrew und Stella erwarten sie auf den Strawberry Fields. Sie sitzen dicht aneinandergedrängt auf einer Bank am Rand des Imagine-Mosaiks. Sie wirken wie abgebrannte junge Reisende, weder verzweifelt noch entmutigt (noch nicht), auch wenn sie des Herumstreunens mittlerweile müde sind; sie erleben jenen Moment der Jugend, in dem die Planlosigkeit anfängt, ganz sacht zu gerinnen; sie haben noch kein Ziel, fangen aber an, sich nach einem zu sehnen, was sie selbst am meisten überrascht, hatten sie doch immer geglaubt, diejenigen zu sein, die durchs Raster fallen, auf ewiger Wanderschaft und zufrieden mit erbetteltem Kleingeld und Mülltauchen und dem Warteraum des Busdepots, wo sich die eine oder andere Nacht verbringen lässt. Andrew und Stella sind wie ein junges Liebespaar, dem zu seiner traurigen Verwunderung dämmert, dass die Anrufe der Mutter *(Baby, es ist schon spät, komm bitte nach Hause)* nicht mehr ganz so lästig sind wie früher; dass ihr Flehen sich in – nichts hätten sie sich weniger gewünscht – Güte verwandelt; dass die Stimme der Mutter und das Angebot von Sicherheit und Bequemlichkeit wie die Schwerkraft zu wirken beginnen.

Andrew und Stella haben sich in einer so selbstgenügsamen, sanften Eindringlichkeit unterhalten, dass sie, als Barrett und Sam näher kommen, ganz überrascht scheinen.

»Hey«, ruft Barrett.

Andrew dreht sich zur Seite, grinst Barrett breit an. »Hey, Mann«, sagt er.

Ist es möglich, dass Andrew gealtert ist? Das kann nicht sein. Barrett hat ihn erst vor wenigen Monaten gesehen. Andrews Gesicht sieht immer noch aus wie Museumsmarmor. Aber etwas verändert sich. Oder nicht? Schwärt da ein Aussatz unter seiner Haut vor sich hin, an der Oberfläche noch nicht sichtbar, aber kurz vor dem Ausbruch? Ist da der vorzeitige, hohlwangige Niedergang im Anmarsch? Oder liegt es nur an den trüben Lichtverhältnissen?

Stella lächelt Barrett wissend an, als müsse sie sich ein

Lachen verkneifen. Stella könnte die Tochter einer verträumten jungen Nymphe sein, die es irgendwie geschafft hat, sich mit einem Falken zu paaren. Sie ist vogelartig auf eine spitze, grimmige Weise. Ihre winzige Gestalt – die milchigweißen, dünnen Ärmchen, der lange, weiße Stiel von einem Hals – vermittelt den Eindruck eines scharfsichtigen, geschickten Raubvogels. Sie ist klein, aber kein bisschen zerbrechlich.

Andrew springt von der Bank auf und bietet Barrett den Handschlag des routinierten Siegers an, indem er seine Handfläche auf Schulterhöhe anhebt, eine Geste, die Barrett erwidert. Andrew lässt Sam die gleiche Begrüßung zukommen, obwohl er ihn erst einmal gesehen hat, zufällig, kurz, auf der Orchard Street.

Sam sagt: »Hallo, Andrew.«

Stella steht nicht von der Bank auf. Barrett geht, wie es ganz offensichtlich von ihm erwartet wird, auf sie zu.

»Hallo, Stella«, sagt er.

Sie richtet ihre Falkenaugen auf ihn. Ihr Blick ist nicht bedrohlich, nicht wirklich – Barrett ist nicht ihre Beute. Sie macht jedoch unmissverständlich klar, dass sie ihn gesehen hat, dass sie alles sieht, aus beträchtlicher Höhe, dass sie den Schatten eines Hasen so deutlich erkennen kann wie andere Leute die Lichter eines herannahenden Zuges.

»Hi, Barrett«, sagt sie. Die Stimme, hoch und unerwartet mädchenhaft, passt nicht zum Rest. Aus Gesicht und Körper eines Raubvogels spricht ein sanftmütiges, schlichtes Ding. Wer weiß, welcher Eindruck der zutreffendere ist?

Andrew, Gastgeber dieser kleinen, mysteriösen Party, sagt: »Danke, dass ihr gekommen seid, Leute.«

»Hey, das ist ein schöner Abend«, sagt Barrett. »Einer der letzten. Hört ihr es leise rumpeln? Das ist der Winter. Er ist bald nur noch einen Kilometer entfernt.«

»Ja, so was von«, sagt Andrew.

Barrett wird sich des stummen Sam bewusst, der sich vermutlich gerade fragt, was er hier eigentlich tut, wie er bloß in diese Lage geraten konnte.

»Also«, sagt Barrett. »Wollen wir vielleicht irgendwo etwas trinken gehen?«

»Wir gehen eigentlich nicht in Bars«, sagt Stella.

»Tja, dann«, sagt Barrett. »Wie wäre es, wenn Sam und ich losgehen und irgendwo eine Flasche Wein besorgen?«

»Wir trinken nicht«, sagt Stella.

Barrett sagt: »Oh, na ja, das ist gut. Es ist auch ungesund. Ich persönlich trinke Alkohol, das muss ich zugeben, und seht euch mein Leben an.«

Stella mustert ihn mit ihrem Raubvogelblick, aufmerksam, unverwandt, als habe er es wörtlich gemeint. Offenbar kann sie, so wie Andrew, mit Ironie und Witz nichts anfangen – ein in ihren Breiten unbekannter Dialekt.

Barrett wirft Sam einen kurzen Blick zu, verspricht ihm mit den Augen, ihn so bald wie menschenmöglich aus dieser Situation herauszuholen.

Stella sagt, mit sanfter Stimme und mehr in Barretts Richtung als direkt zu ihm: »Du wirst etwas Wunderbares sehen.«

Barrett dreht sich zu ihr um. Er wird sich ihrer körperlichen Unwirklichkeit bewusst; sie wirkt nicht zart oder zerbrechlich, sondern leicht transparent, als wäre ihr Fleisch aus einem Material gemacht, das formbarer und für Verletzungen und Narben anfälliger ist als das anderer Menschen. Als hätte sie sich auf körperlicher Ebene noch nicht ganz zu Ende gedacht.

Barrett fragt: »Was soll das heißen?«

Stellas Ausdruck vager Halbaufmerksamkeit ändert sich nicht, genauso wenig ihr leiser, beschwörender Tonfall.

Sie sagt: »Du wirst etwas Wunderbares sehen. Bald.«

»Was glaubst du, was es sein wird?«, fragt Barrett.

Sie schüttelt den Kopf. »Ich habe keine Ahnung«, sagt sie. »Meine übersinnlichen Fähigkeiten sind sehr schwach.«

Mit diesen Worten kommt sie zurück aus dem Zustand ihrer … nicht ihrer Trance, es war nicht ansatzweise so dramatisch; sie kehrt zurück aus dem Zustand der Kifferin, die in die leere Luft vor ihren Augen gestarrt hat.

Sie sind bekifft, nicht wahr, sie und Andrew. Wie hatte Barrett das übersehen können? Er hat es Gott weiß wie oft miterlebt, bei Tyler.

»Das wäre schön«, sagt er. »Ich freue mich darauf.«

Andrew mischt sich ein. Er könnte genauso gut ein gelangweilter Ehemann auf einer Dinnerparty sein, irgendein Typ, der von dem weibischen Geplänkel genug hat und mit hemdsärmeliger Energie beschließt, die Frage von Teerpappe versus Holzschindeln aufzubringen oder die Vorzüge seiner neuen Stereoanlage zu preisen.

Zu Barrett sagt er: »Okay, Mann. Ich möchte dir etwas erzählen. Und, weißt du, ich konnte es nicht am Telefon sagen.«

»Was denn?«, fragt Barrett.

»Und da dachte ich, hey, welcher Ort wäre geeigneter dafür als der Central Park?«

»Toll. Schieß los.«

Andrew sieht kurz Stella und Sam an, verhalten und doch verschwörerisch – *keine Sorge, die sind in Ordnung, denen können wir vertrauen*.

Zu Barrett sagt er: »Ich habe das Licht gesehen. Ich meine, das, von dem du mir erzählt hast.«

Barrett fällt nichts ein, was einer Antwort gleichkäme. Er sieht noch einmal in Sams Richtung. Sam weiß nichts von dem Licht. Sam scheint das Gefühl zu haben, unter Ausländern zu sein, deren Sprache er nicht versteht, und so bleibt ihm nichts übrig, als mit freundlichem, angedeutetem Lächeln und einer Miene wohlwollender Anteilnahme abzuwarten.

»Gestern Abend«, sagt Andrew. »Ich war auf dem Heimweg. Ich war, na ja, zu Fuß auf der Utica unterwegs. Wir wohnen jetzt in Crown Heights.«

Stolz und ein wenig trotzig sagt Stella: »Wir wohnen in einer gigantisch großen Wohnung. Zusammen mit einem Haufen anderer Leute. Nette Leute.« Es ist, als verteidige sie die Vorzüge – die einfachen Sitten, die ausgeprägte Solidarität – eines kleinen, im internationalen Vergleich unbedeutenden Staates.

»Aha.«

»Ich habe nach oben geschaut«, sagt Andrew. »Es war so, als hätte mir etwas befohlen, nach oben zu schauen. Und da war es.«

»Das Licht«, sagt Barrett.

»Es hat irgendwie … geblinkt«, sagt Andrew. »Es war direkt über mir. Wie eine Handvoll kleiner Sterne. Aber näher als Sterne. Grün. Dichter dran an der Erde, weißt du. Als die Sterne es sind.«

»Du hast es tatsächlich gesehen«, sagt Barrett.

»Hat er«, sagt Stella. *Zweifele die Worte meines Gefährten nicht an.*

»Das wollte ich dir erzählen«, sagt Andrew zu Barrett. »Ich habe es gesehen, Mann. Und hey, wo könnte ich dir besser davon erzählen als hier im Park?«

»Das ist … erstaunlich.«

»Es war total schön.«

»Klar.«

Zu seiner Überraschung stellt Barrett fest, dass er zittert. Ist es möglich? Ja. Es wäre möglich. War Andrew nicht der erste Mensch, dem er davon erzählte? Hatte ihn nicht sein Instinkt dazu bewogen? Er hatte seine Lust verantwortlich gemacht, und das Kokain. Aber vielleicht, vielleicht ahnte er, damals schon, dass Andrew, der schlichte, schöne Andrew, der einzige Mensch aus seinem Bekanntenkreis war, der … unschuldig genug war, ihm zu glauben. Der, wie sich nun herausstellt, unschuldig genug ist, das Licht selbst zu sehen.

Da war auch noch Liz, natürlich, aber Liz hatte darauf bestanden, besteht bis heute darauf, dass es eine Einbildung war.

Eine neue, verbesserte Wirklichkeit beginnt, sich zu behaupten, probehalber. Es gibt also eine kleine Schar gewöhnlicher Erdenbürger (hat Gott nicht immer schon die gewöhnlichen Erdenbürger bevorzugt?), die anfällig ist für Visionen.

Was, wenn Barrett und Andrew (und vielleicht sogar die zynische Liz) auf der Schwelle zur Offenbarung stehen; was, wenn sie zu den Ersten gehören, die erfahren, dass ihr Schöpfer kurz davor ist, sie zu sich zu holen?

Es ist möglich. Es scheint, jetzt in diesem Moment, nicht unmöglich.

Barrett schafft es, mit fester Stimme zu sprechen. Er sagt zu Andrew: »Aha. Eine kleine Handvoll Sterne.«

»Ja. Irgendwie türkis.«

»Und hast du irgendetwas … *gefühlt?*«

»Ich habe das Auge Gottes gefühlt, Mann. Wie es mich sozusagen abgecheckt hat.«

Ja. Wow. Diese versprengten Pilger, Empfänger eines himmlischen Blinzelns …

Zögerlich sagt Barrett: »Ich weiß. Ich meine, ich habe es auch gefühlt. Diese … Präsenz. Die auf einen gerichtet ist.«

»Total.«

»Das ist … das ist unglaublich.«

»Es ist total unglaublich.«

Ein Schweigen. Barrett versucht sein Bestes, um Sam, den armen Sam, der danebensteht und sich wahrscheinlich fragt, *was zur Hölle*, nicht zu vergessen, aber Sam wird Verständnis haben, es kann nicht anders sein, Barrett wird ihm alles erklären. Barrett ist nicht verrückt, er leidet nicht unter Wahnvorstellungen. Ein gigantischer, bislang unbekannter Elternteil hat beschlossen, dass es an der Zeit ist, die Kinder wissen zu lassen, dass sie gesehen, dass sie wahrgenommen werden; wie sich herausstellt, irrten sie doch nicht die ganze Zeit allein durch den Wald …

»Also, hör mal«, sagt Andrew. »Ich muss dich um einen kleinen Gefallen bitten.«

»Okay. Klar. Was auch immer.«

Andrew hält inne, setzt wieder sein Grinsen auf, sein makelloses, breites Lächeln, das frei von Künstlichkeit oder Hintergedanken ist; nichts als reine Jungen-Freude.

Er sagt: »Ich habe da ein kleines Problem. Ein klitzekleines Problem.«

»Und das wäre?«

»Es geht irgendwie um Geld.«

»Oh.« Offenbar ist Barrett zu nichts Weiterem als »oh« imstande, und offenbar kann er den Einsilber mit nichts Besserem betonen als verblüffter Enttäuschung.

Andrew zieht das Lächeln zurück. Das Tempo, in dem er es verschwinden lassen kann, hat etwas Beunruhigendes. Sein Gesicht verdunkelt sich. Da ist sie wieder, die Ahnung eines aufkeimenden Aussatzes, eines Zustandes, der sich durch erste, subtile Symptome verrät – der Ausschlag kurz vor dem Ausbruch, der Husten, der tiefer und feuchter klingt, als normaler Husten klingen sollte.

Andrew sagt: »Ich schulde einem Typen ein bisschen Geld.«

»Ich verstehe.«

Barrett wartet, er kann nur warten. Etwas Schreckliches kommt auf ihn zu, er kann es fühlen wie eine anrollende Flutwelle; das Umschlagen der Meeresfarbe in ein sonderbares, blickdichtes Grün, wo man doch eben noch am Strand lag und den Sommertag genoss.

»Ich habe mich mitreißen lassen«, sagt Andrew. »Du weißt doch, wie das ist, wenn man sich mitreißen lässt, oder?«

»Natürlich.«

»Und dieser Typ. Also, er verlangt gewissermaßen Geld von mir. Das ich ihm schulde.«

Da ist ein Typ, dem Andrew Geld schuldet. Höchstwahrscheinlich will er sein Geld eher früher als später zurück.

»Ich verstehe«, sagt Barrett.

»Deswegen habe ich mich gefragt. Meinst du, du könntest mir ein paar Dollar leihen?«

»Ich soll dir ein paar Dollar leihen.«

»Immerhin haben wir beide das Licht gesehen.«

Barrett scheint keine Antwort einzufallen. Er ist nicht bereit, noch nicht ganz, für diese neue Offenbarung – diese Ent-Offenbarung. Es ist ein Betrug. Andrew hat nichts am Himmel gesehen. Andrew zieht bloß eine Masche ab. Er hat sich Barrett als Opfer ausgesucht, weil Barrett zu wahnhaftem Denken tendiert, weil Barrett ein Eiferer ist, Andrew war sich seiner Wirkung auf Barrett durchaus bewusst (wer glaubt schon, dass schöne Kinder in Unkenntnis ihrer

Gaben durchs Leben gehen?), Barrett wird sicher an die Stiftung der *Leute, die das Licht gesehen haben* spenden.

Stella ist eingeweiht. Stella hat Instruktionen erhalten: Schmeichele ihm mit einer übersinnlichen »Vorhersage« und spiele die Überraschte, wenn du erfährst, dass du das Phänomen gesehen und dich lediglich im Zeitpunkt geirrt hast.

»Du bist mein Freund, oder?«, fragt Andrew. »Ich stecke ein bisschen in der Klemme, vorübergehend, ich meine, ich brauche jetzt einen Freund.«

Barrett hört sich sagen: »Ehrlich gesagt habe ich kein Geld. Ich *verdiene* kaum Geld. Ich arbeite in Liz' Laden.«

Und da, auf Andrews Gesicht – ein Ausdruck verhärmter Verzweiflung. Es ist eine Version von Andrew, die Barrett noch nie gesehen hat. Auf einmal ist Andrew der Geplagte, der an einem heißen Tag im August schmachtend auf der Veranda sitzt, die Welt vorbeischlendern sieht und sich verwundert fragt, wie es sein kann, dass sie ganz offensichtlich so gut ohne ihn zurechtkommt.

»Mann«, sagt er, »ich spreche nicht von viel Geld. Ich stecke hier echt in Schwierigkeiten, kapierst du das?«

»Ja«, sagt Barrett, »das kapiere ich. Aber ich glaube nicht, dass ich dir helfen kann.«

»Ich habe ein *Licht* gesehen. Ich habe den heiligen Wink gekriegt. Das zählt doch, zwischen uns, es muss doch zählen, oder?«

»Du hast in Wahrheit gar nichts gesehen, oder?«

»Mann, ich habe es dir eben gesagt ...«

Sam fragt: »Wie viel brauchst du?«

Der Coffeeshop ist eine mit grellem Licht gefüllte Box. Tyler hält den Kaffeebecher mit beiden Händen fest, schirmt ihn ab. Liz ignoriert ihre kleine Teekanne vollkommen.

»Kannst du glauben, dass ich noch nie in Kalifornien war?«, fragt Tyler.

»Allerhand Leute waren noch nie in Kalifornien.«

Dieser besondere Coffeeshop auf einem der dunkleren Abschnitte der Avenue C zieht Gäste an, für die es anscheinend gerade nicht so rund läuft im Leben. Eine Frau mit gleißend orangegefärbten Haaren fragt demonstrativ laut nach der Tagessuppe. Zwei Männer, beide mit Sonnenbrille, streiten darüber, ob es einen Unterschied zwischen Zement und Beton gibt.

»Da ist ein Ort namens Castroville«, sagt Tyler zu Liz, »die Artischockenhauptstadt der Welt.«

»Das wäre das erste Reiseziel, für dich?«

»Nein. Ich finde es nur so unglaublich … kalifornisch.«

»Das ist es wohl.«

»Jedes Jahr wird dort das Artischockenfestival gefeiert. Es gibt einen Festumzug und eine Artischockenkönigin. Sie trägt ein Kleid aus Artischockenblättern. Und rate mal, wer vor langer Zeit die Artischockenkönigin war? Marilyn Monroe.«

»Woher hast du diese Sachen nur immer her?«

»Ich bin ein Nachrichtenjunkie.«

»Das lief in den Nachrichten?«

»Wir wären zur Wahl in Kalifornien«, sagt er.

»Das wären wir.«

»Vielleicht kommt es so, dass wir gerade auf dem Artischockenfestival sind, dass wir an einer kleinen Straße stehen und die Parade mit dem Mädchen im Artischockenblätterkleid vorüberzieht, wenn wir erfahren, dass es auf McCain und Palin hinausläuft.«

»Das wäre ein ziemlich großer Zufall, meinst du nicht?«

»Doch. Ich fände es nur auf eine kaputte Art tröstlich, genau dann zu erfahren, dass das Land nun endlich und gründlich und unwiderruflich vor die Hunde geht, wenn wir zusehen, wie ein hübsches Mädchen in einem Kleid aus Artischockenblättern der Menge zuwinkt.«

»Du leidest an einer Fixierung.«

»Äh, wie bitte? Fixiert ist man auf ein Hobby. Fixiert sind Leute mit siebzehn Katzen. Fixierte besitzen alle je herausgebrachten Videospiele, inklusive Pong. Ich hingegen bin am Schicksal der Welt interessiert. Und das findest du schrullig?«

Sie sagt: »Wenn du mit mir nach Kalifornien willst, musst du mit den Drogen aufhören.«

»Ich nehme keine Drogen mehr.«

Sie braucht nichts weiter zu tun, als ihm direkt in die Augen zu sehen.

»Du glaubst, du wüsstest alles, nicht wahr?«, sagt er.

»Nein. Ich gehe nur immer vom Schlimmsten aus, und manchmal wirkt es dann eben so, als wüsste ich alles.«

Drei Sitznischen weiter sagt einer der Männer mit Sonnenbrille: »Zement besitzt einen höheren Sandanteil. Deswegen stürzen in rückständigen Ländern so viele Gebäude ein. Die bauen mit Zement.«

Tyler starrt in den dunklen Kreis seines Kaffees. Er sagt: »Mit den Drogen habe ich abgeschlossen. Ein für alle Mal.«

»Du lügst.«

»Nein, tue ich nicht.«

»Tja, dann. Das ist gut.«

Sie weiß, natürlich weiß sie, dass er lügt.

»Als ich Drogen nahm, *früher*«, sagt Tyler, »war das nur, um an die Musik heranzukommen. Mein nacktes, unverfälschtes Hirn war dazu scheinbar nicht fähig.«

»Ist dir eigentlich klar, was für eine *Abhängigkeit* aus diesem Satz spricht?«, fragt Liz.

»Ja. Ich weiß. Es ist ja so viel besser, clean und nüchtern zu sein.«

»Genau. Ein Großteil der Bevölkerung ist dieser Meinung.«

Tyler sagt: »Es ist bloß so. Wenn man Drogen nimmt. Dann hat man das Gefühl, man könnte einen Weg finden, dorthin zu gelangen, wo die Musik ist.«

Einer der Sonnenbrillenträger, der andere, sagt: »Du bist verrückt. Das sind nur zwei Bezeichnungen für ein und dieselbe Sache.«

»Das verstehe ich«, sagt Liz. »Früher habe ich Drogen genommen, um mich Andrew verbunden zu fühlen. Um nur ein Beispiel zu nennen.«

»Ah, ja. Wenn ich versuche, einen annehmbaren Song zu schreiben, ist es dasselbe, als wenn du versuchst, einen Abend mit einem Jungen durchzustehen, der eine Minute braucht, um seine rechte Hand von der linken zu unterscheiden.«

»In Ordnung. Schlechtes Beispiel. Ich wollte dir nur sagen, dass ich es verstehen könnte, falls du doch wieder

Drogen nimmst. Ich würde immer noch wollen, dass du aufhörst, aber ich könnte es verstehen.«

Tyler nickt, als pflichte er einer Binsenweisheit bei, von der er insgeheim weiß, dass sie nicht zutrifft.

Dies wäre der Moment, um Liz die Wahrheit zu sagen.

Der Moment verstreicht.

»Aber ich habe abgeschlossen damit«, sagt Tyler. »Ich bin durch. Es ist hart. Ich meine, jetzt bin ich mit der Musik ganz allein.«

Sie sagt: »Und wenn das nicht so wichtig wäre?«

»Was soll das heißen?«

»Was, wenn sich in deinem Leben nicht alles darum drehen würde, Songs zu schreiben?«

»Kein schöner Gedanke, ehrlich gesagt.«

»Ich spreche nicht davon, dass du es aufgeben sollst. Ich meine, was, wenn du ein Mann wärst, der sein Leben lebt, und Songs zu schreiben wäre nur ein Teil davon?«

Er sagt: »Weiche zurück, Dämon.«

Sie lacht. Sie weiß genug, um lachen zu können.

Die orangehaarige Frau verkündet lautstark, sie werde die Kohlsuppe probieren, warnt die Kellnerin jedoch eindringlich vor der durchaus bestehenden Möglichkeit, sie zurückgehen lassen zu müssen.

Liz sagt: »Du hast gedacht, du könntest Musik komponieren, die Beth das Leben rettet. Meinst du nicht auch?«

»Das wäre reichlich vermessen.«

»Oder du hast es aus dem, ehrlich gesagt, sehr rührenden Anspruch heraus getan, du könntest mehr für sie tun als ein gewöhnlicher Sterblicher.«

Der erste Mann mit Sonnenbrille sagt: »Wozu sollte es zwei Bezeichnungen für eine Sache geben? Das ergibt keinen Sinn.«

Tyler sagt: »In letzter Zeit kommt mir immer öfter ein Gedanke.«

»Hm-hmm.«

»Genau genommen ist es kein Gedanke. Ich meine, ich habe es nie in Worte gefasst, nicht einmal für mich. Es handelt sich eher um so was wie Gedankenmoleküle, die immer noch in der Phase der Neuanordnung sind.«

»Und es ist zu frisch, um darüber zu sprechen?«

»Ich werde es mal versuchen.«

»Unbedingt.«

»Ich habe mich gefragt«, sagt er, »ob das Songschreiben mir mehr bedeutet als die Songs an sich.«

»Das verstehe ich.«

»Wirklich?«

»Ja. Glaube ich jedenfalls.«

»Irgendwie ist das Beste für mich immer die Vorfreude. Ich bin in die Vorstellung eines Songs verliebt. Und dann, wenn er fertig ist …«

»Sogar dein YouTube-Hit?«

»Sogar der. Er fühlt sich so … überflüssig an. Wie ein Artefakt aus einer untergegangenen Zivilisation, das kein Mensch wirklich vermisst.«

»Aber der Song ist wirklich gut«, sagt sie. »Nur, dass du es weißt.«

Die orangehaarige Frau sagt zu niemand Besonderem, von Kohl bekomme sie manchmal Blähungen.

»Eigentlich ist es egal«, sagt Tyler. »Ich muss trotzdem das Album fertigstellen. Ein Song fehlt noch.«

»Vielleicht wird das Album nie fertig.«

»Ich habe einen Vertrag.«

»Verträge sind einen Scheißdreck wert.«

Er nickt. Verträge sind einen Scheißdreck wert.

Sie sagt: »In Kalifornien gibt es Mammutbaumwälder.«

»Davon habe ich gehört.«

»Da krachen Wellen an die Klippen, und am Himmel kreisen Adler.«

»Ich habe Fotos gesehen.«

»Was nicht heißt, dass wir nicht auch nach Castroville fahren könnten«, sagt sie. »Wenn du wirklich ein Mädchen in einem Kleid aus Artischockenblättern sehen willst.«

»Ich kann nicht weg«, sagt Tyler. »Nicht jetzt. Ich muss das Album beenden.«

Er legt seine Hand auf die Tischplatte, die Handfläche nach unten. Liz betrachtet sie eindringlich.

»Dann solltest du das tun«, sagt sie. »Du könntest mich später in Kalifornien treffen. Wenn du willst.«

»Und dann könnten wir nach Castroville fahren. Zum Artischockenfestival.«

»Ja. Ich meine, vorher müsste man herausfinden, wann es stattfindet. Das wäre nicht unwichtig.«

»Es gibt ja Google«, sagt er.

»Ich werde in Kalifornien sein«, sagt sie. »Ich werde dir schreiben, wo du mich finden kannst.«

»Das ist gut. Das ist gut zu wissen.«

Nach einer Weile legt sie ihre Hand auf seine, und dann kommt die Kellnerin und fragt sie mit routinierter, bockiger Freundlichkeit, ob sie fertig sind oder noch einen Kaffee möchten.

Als sie zur großen Wiese gehen, fragt Barrett Sam: »Warum hast du Andrew Geld gegeben?«

»Es klang so, als würde er es brauchen«, sagt Sam. »Und ich habe Geld. Ein bisschen, nicht viel. Aber es ist genug, um einen dummen Jungen davor zu bewahren, von seinem Drogendealer zusammengeschlagen zu werden.«

»Glaubst du wirklich, irgendjemand könnte Andrew *zusammenschlagen*?«

»Ich habe keine Ahnung. Aber darum geht es auch nicht, oder?«

»Worum geht es dann?«

»Jemand braucht ein bisschen Geld. Man selbst hat ein bisschen Geld. Da könnte man ihm vielleicht helfen.«

»Sogar, wenn es nur eine Masche ist?«, fragt Barrett.

»Ich glaube, fast jeder, der behauptet, Geld zu brauchen, braucht Geld, wirklich und wahrhaftig. Vielleicht sagt er nicht die Wahrheit, was den Verwendungszweck angeht. Aber dennoch.«

»Das ist irgendwie christlich.«

»Es ist einfach menschlich. Nicht, dass Christen nicht herzlich dazu eingeladen wären. Aber es ist ja nicht so, als befände sich die Nächstenliebe in ihrem alleinigen Besitz.«

»Sie besitzen alles Mögliche«, sagt Barrett.

»Allein die Immobilien sind ein Vermögen wert. Argh, jetzt klinge ich schon wieder pedantisch.«

»Und wie wir beide wissen, mag ich das. Ich weiß, was pedantisch ist. Ich *lebe* pedantisch.«

In einer impulsiven, kindischen Geste krallt Barrett sich in den Ärmel von Sams Jacke. Klammert sich fest, wie ein Kind es täte.

Ist es möglich, dass Sam von Natur aus gütig und großzügig ist – dass diese Eigenschaften wahrhaftig und beständig sind? Ist es möglich, dass das etwas bedeutet, dass es trägt, dass es ein Seil sein könnte, an dem man sich festhält, an dem man, Hand über Hand, einem Ziel entgegenklettert, das noch zu fern ist, um sichtbar zu sein?

Sie überqueren die große Wiese. Vor ihnen erhebt sich die riesige Sandsteinfassade des Metropolitan Museum in ihrem ernsten, vertrauten Glanz. Barrett denkt, wie immer, wenn er sich dem Museum nähert, an die Exponate hinter der Fassade: eine übergenügende Auswahl an Belegen für jene Momente, in denen menschliche Wesen mehr geleistet haben, als menschliche Wesen in technischer Hinsicht zu leisten imstande sind, ob es nun darum geht, störrisch unbelebten Leinwänden mittels Farbe Lebendigkeit einzuhauchen oder Heiligenfiguren aus Gold zu hämmern, deren ekstatisch gemarterte Gesichter die Größe eines Zehncentstücks haben.

Vor ihnen liegt die Stelle, an der Barrett das Licht gesehen hat. Eventuell werden Barrett und Sam mehr oder weniger genau über jenen Fleck hinwegschreiten, auf dem Barrett stand, als das Licht sich zeigte.

Vielleicht hat Liz recht. Vielleicht war das Licht nur eine Halluzination, entstanden aus dem Zusammenwirken von Sternenkonstellation und Luftfahrt, erfunden von Barrett an einem Abend, an dem er so dringend das Gefühl brauchte, in der Welt nicht ganz unbegleitet zu sein.

Oder vielleicht war das Licht auch im Begriff, das Museum mit seinen schlummernden, nächtlichen Wundern anzuerkennen, und Barrett hat nur vermutet, das Licht betrachte ihn, so wie man begeistert das Lächeln und Winken eines Unbekannten erwidert, auch wenn der in Wahrheit jemanden meint, der hinter einem steht.

Oder vielleicht war das Licht einfach nur wieder ein Witz Gottes. Vielleicht sollte Barrett beschließen, diesmal nicht darauf hereinzufallen.

Sam fragt: »Willst du mir sagen, was es mit diesem Licht auf sich hat?«

»Es ist eine lange, schräge Geschichte«, sagt Barrett.

»Ich mag schräge Geschichten.«

»Ja, das stimmt«, sagt Barrett, »du magst schräge Geschichten.«

»Ich kann mir keine Geschichte vorstellen, die zu schräg für mich wäre.«

»Das ist gut«, sagt Barrett.

Diese Überraschung: Barrett ist, zum ersten Mal, seit er denken kann, nicht derjenige, der hofft, möglicherweise ein wenig zu eifrig hofft, zu gefallen; der seine Erinnerung nach originellen Anekdoten durchkämmt (und anschließend fürchtet, die Anekdoten könnten bemüht »originell« sein); der mit allen Mitteln versucht, einem anderen sein Leben zu erklären, während er einen Rosenstrauß aus dem Ärmel zaubert. Er ist nicht der Einzige mit dem Wunsch, geküsst zu werden; er ist fähig, diesen Wunsch in einem anderen zu wecken.

Coke oder Pepsi? Die banalste aller Scheinfragen, gerichtet an einen Fremden, der ihm seinerzeit kein bisschen interessant erschien. Wer hätte gedacht, dass die Antwort so lang, so kompliziert ausfallen würde?

Barrett wartet einen Moment, bevor er weiterspricht. Sam sieht ihn beim Gehen immer wieder an. Sams Blick ist liebevoll, intelligent und, momentan, ein kleines bisschen reserviert. Sam hat immerhin erfahren, dass er eine schräge Geschichte zu hören bekommen wird, und trotz seiner Beteuerung, schräge Geschichten am liebsten zu hören (was sonst hätte er sagen sollen?), wird er auf der Hut sein. Wer weiß, wie schräg die Geschichten waren, die andere Männer ihm erzählt haben? Wer kann sagen, wie ängstlich er ist, wie düster seinerseits die Erfahrung mit Zurückweisung und Verlassenwerden, mit Geschichten, die sich als einen Tick zu schräg erweisen, um noch erträglich zu sein?

Barrett richtet seinen Blick auf Sam. Ein lebendiges Schweigen geht zwischen ihnen hindurch, ein kurzes Zwischenspiel der Stille, in dem die Moleküle der Luft unruhiger als üblich zu sein scheinen, angeregt von einem unsichtbaren Funkeln, einem kaum hörbaren Brummen. Barrett geht neben Sam. Barrett fühlt sich aufgeladen, als hätte man seinen Schalter auf Ein gelegt; als gäbe er Wärme und ein trübes, aber deutliches, leicht fiebriges Licht ab.

Stellas Satz kommt ihm wieder in den Sinn. *Du wirst etwas Wunderbares sehen.* Ist es möglich, wäre denkbar, dass sie tatsächlich ein kleines bisschen hellsichtig ist; dass sie keine Hochstaplerin ist; dass sie wirklich etwas gefühlt hat; dass sie von der Zukunft sprach und nicht von der Vergangenheit; dass Barrett tatsächlich etwas Wunderbares zu Gesicht bekommen wird, auch wenn sich dessen Erscheinungsform nicht bestimmen lässt?

Er sammelt sich, reißt sich zusammen, macht sich bereit, alles zu geben, wieder einmal. Das Ganze: die dem Zertrampeln geweihten Hoffnungen; das Bild eines neuen Lebens, das vermutlich nicht mehr ist als närrischer Optimismus. Er widmet seine gesamte Aufmerksamkeit diesem größtenteils noch immer unbekannten Mann, der neben ihm geht und wartet. Barrett schwört, in Sams Gesicht einen Ausdruck zögerlicher, gespannt erhoffter Bestätigung zu erkennen; eine Ahnung, dass nichts an Barrett ihm jemals zu viel sein könnte, oder zu wenig. Barrett sieht nicht zum Himmel hinauf.

Jetzt ist da nur noch Tyler, auf dem Sofa in der leeren Wohnung (sieht man vom matt schimmernden Fernsehschirm ab – in nur wenigen Tagen wird das glänzende, glasige Rechteck, machen wir uns nichts vor, Sarah Palin zeigen, wie sie lächelnd triumphiert, Konfetti im Haar). Aber fürs Erste ist da nur das leere Schweigen des Fernsehers, der samtige Liebreiz von Dunkelheit und Stille (sieht man von den Autos ab, die draußen vorbeiröhren, und von der Frau, die irgendjemanden anschreit: »Du darfst niemals, nie, nie, nie …«).

Die Welt wird untergehen. Dafür werden McCain und Palin sorgen. Tyler hat (er gibt es zu) ein schwaches mulmiges Gefühl von Genugtuung in der Magengrube; er hat zumindest recht gehabt, die ganze Zeit.

Doch selbst der bevorstehende Kollaps scheint in diesem Moment sehr fern. Tyler hat sich wieder in einen Schwebezustand versetzt, seinem Komplizen sei Dank, seinem Freund in dem seltsam niedlich aussehenden Miniaturumschlag. Weniger als ein Song fehlt ihm noch. Und dann ist Tyler … fertig. Er wird nicht zufrieden sein, für so eine verzweifelte Hoffnung ist er nicht romantisch genug, aber er wird etwas zu Ende gebracht haben, und es wird draußen in einer Welt existieren, die größer ist als eine Wohnzimmerhochzeit oder eine Bar mit ein paar Trinkern; es wird schroff oder wohlwollend aufgenommen werden oder komplett ignoriert werden von Leuten, die Tyler nicht kennen, die Tyler nicht lieben, die sich einen Dreck scheren um Tylers vergangenen und gegenwärtigen Schmerz, die nicht vorhaben, ihn zu Fall zu bringen oder zu retten oder in Kalifornien zu treffen. Es wird in die Welt hinausgehen, vielleicht in eine niederschmetternde, reinigende Gleichgültigkeit, doch es wird hinausgehen. Es wird nicht einfach verschwinden, so spurlos, als hätte es nie existiert.

Er wird Liz finden, wenn er fertig ist. Und er wird nicht darauf bestehen, das gottverdammte Artischockenfestival in Castroville zu besuchen, das (danke, Google) ohnehin erst in sechs Monaten stattfindet. Das war nur ironisches Coffeeshopgeplänkel, ein Abstecher in verdrehten Humor. Er wird glücklich sein, mit Liz durch Mammutbaumwälder zu spazieren und Adler zu beobachten, die Fische von der dunklen, smaragdgrünen Oberfläche des Pazifiks zupfen. Er wird glücklich genug sein. Die Hoffnung erscheint ihm berechtigt.

Ist dort der letzte Song zu finden? Geht es um einen Traum von Mammutbäumen und Adlern, um eine Frau, die er inbrünstig lieben könnte, eine Frau, mit der er sich im erotischen Kampf messen könnte, eine Phantasie (wer zieht nicht Phantasien dem Endergebnis vor?) von Liebe zwischen zwei alternden Kriegern?

Oder wäre auch das sentimental, nichts als ein weiterer … Song? Die Wunschvorstellung von einer Frau, die unter uralten Bäumen wandelt, unter einem von Adlern durchkämmten Himmel? Er sieht in erschreckender Klarheit, was alles schiefgehen könnte, wie leicht es in eine weitere traurige, vertraute Realitätsflucht kippen könnte: die Frau in den Wäldern, die Ruhe und die Reinheit, die dort warten, nicht weit von hier, in einem kerzenbeschienenen Zimmer, im nächsten Stadtviertel, an einer anderen Küste …

Aber dringt der Song nicht in dieses Zimmer ein, sogar jetzt? Da ist Bewegung in der Luft. Der Trick, das hat Tyler inzwischen gelernt, besteht darin, sich nonchalant zu geben, auf dem Sofa – seinem einzigen irdischen Besitz – aufgebahrt zu liegen wie ein Schläfer, der darauf wartet, dass sich die nächtlichen Träume zeigen.

Vielleicht – wir sollten es nicht ausschließen – wird das der Song sein, der einen klaren Schnitt macht, der von Bedeutung ist, der alle Normvorstellungen von Romantik über Bord wirft und unter dessen alter Haut eine rohe, blutrote Hingabe zum Vorschein kommt, die tiefer geht als Trost, ein Verlangen, profunder als Schuljungengeilheit, eine Sehnsucht, die so kalt und unbefleckt und unaufhaltsam ist wie Schnee. Vielleicht wird der Song ein liebevoll sadistischer Streich sein, kein wehmütiger Lobgesang. Vielleicht wird er die Wunde sein, die nicht verheilen möchte; die Suche, die weiß, dass sie nie zum Schatz führen wird und dennoch immer weitergeht, mit gesteigerter Gewissenhaftigkeit verfolgt, was nicht gefunden werden kann; denn auf die Suche kommt es an und nicht auf den ersten Blick in die Grabkammer, wo Gold und Alabaster im Fackelschein glänzen.

Die Toten, falls die Toten Rudimente an Bewusstsein zurückbehalten, fühlen sich vielleicht allein auf genau diese Weise – einsam, begraben, während die Welt sich ohne sie weiterdreht. Barrett ist sonstwo, mit Sam, und Tyler weiß (er hat genügend Erfahrung), dass eine Verwandlung vor sich geht; dass die träge, bewusstlose Masse, als die Barrett die Männer kennengelernt hat, zum Leben erweckt wurde, die Wandlung von Brot zu Leib; dass der stundenlange Hintern- und Wirbelsäulenkontakt mit dem unnachgiebigen Holz der

Kirchbank (Überraschung!) doch noch zu etwas gut war. Wie es scheint, ist die Liebe angekommen. Oder, akkurater ausgedrückt, ist Barrett zur Liebe gekommen. Und das mit einem Mann, der ihn davontragen wird; der Tyler ersetzen wird, anders als die vielen hoffnungslosen Affären, die (seit wann wusste Tyler es?) der Brüderschaft niemals – nicht ernstlich oder dauerhaft – in die Quere kommen durften.

Wir erreichen in den seltensten Fällen das Ziel, das wir anvisiert haben, oder? Unsere Hoffnungen mögen sich nicht erfüllt haben, aber aller Wahrscheinlichkeit nach haben wir ohnehin das Falsche erhofft. Woher haben wir – ganz allgemein, als Spezies – diese seltsame und perverse Angewohnheit?

Gesegnet sollst du sein, Barrett. Von deinem großen Bruder in der Wohnung im vierten Stock an der Avenue C. Nicht gerade ein Auge am Himmel. Aber hey, wir können nur anbieten, was wir zu geben haben, nicht wahr? Du hast den Segen deines leicht zugedröhnten Bruders, der keine Romantik zu bieten hat, dafür aber Nähe und Erlösung. Ich kenne dich. Ich habe es gesehen. Und da ich allwissend bin, erlöse ich dich.

Der Himmel hat dir zugezwinkert, richtig? Vielleicht. Vielleicht hat er das getan. Oder vielleicht waren es nur ein Flugzeug und eine Wolke. Aber wenn der Himmel irgendwem zuzwinkert, dann vermutlich eher den nicht so angesehenen Suchern; den Leuten, die in entsorgtem Krempel wühlen und die Gasse der Avenue vorziehen, die lieber durch die Lücke in der Hecke gehen als durch ein von Trompetern flankiertes Tor. Wahrscheinlich liegen deswegen keine nachprüfbaren Beweise vor, nicht wahr? Das Universum zwinkert nur jenen zu, denen ohnehin keiner glaubt.

Ist das der Witz? Es ist der Witz im Witz. Die Offenbarung

wird nur jenen zuteil, die zu arm und zu unbedeutend sind, um als Kandidaten ernst genommen zu werden.

Aus Tylers Blickwinkel, vom Sofa aus, befindet sich eines der beiden Wohnzimmerfenster genau zwischen seinen Füßen. Er kann das Sprenkeln der Stadtlichter durchs Fenster sehen und auch einen einsamen Stern, einen Stern, so hell, dass sein Licht die Dunstglocke über New York durchdringen kann. Oder vielleicht ist es ein Flugzeug. Die starten praktisch im Zehnminutentakt von JFK und La Guardia.

Tyler kann sich an keine Zeit erinnern, in der er sich nicht zu Fenstern hingezogen fühlte; in der er sich nicht vorstellte, er könnte den Sprung wagen und nicht fallen, sondern aufsteigen, bis er den Sternen näher ist als den Straßenlaternen.

Man versucht, sich singend den Sternen zu nähern (oder wenigstens den Flugzeugen, die sich für Sterne ausgeben), und die seltsame Schönheit des Ganzen hat auch mit ihrer absoluten Unerreichbarkeit zu tun, die sogar noch Bestand hätte, wenn man fliegen *könnte*. Wer wünscht sich schon einen nahe gelegenen Stern? Wer sehnt sich nach dem Erreichbaren?

Es ist der Song, und es ist die Frau. Es ist der Song, von dem man träumen, den man aber nie ganz fassen kann. Dasselbe gilt für die Frau.

Oder ist das wieder nur romantischer Murks?

Liz ist jetzt ein Licht am Himmel oder wird bald eines sein, wenn sie zusammen mit einem Haufen anderer Leute von JFK gen Westen fliegt. Ist sie jetzt in diesem Moment, genau jetzt, dort oben am Nachthimmel und blickt auf die Lichter von New York City herunter? Denkt sie (auf einer Höhe von zehntausend Fuß, im Steigflug) an Tyler, wie Tyler an sie denkt?

Während er an Liz denkt, an Sterne und Flugzeuglichter am Nachthimmel, ist Tyler auf einmal sicher: Liz sieht zu ihm herunter, wie er zu ihr hinaufsieht, durch die Decke hindurch, durch die drei Wohnungen, die sich über der seinen aufstapeln und wo andere Leute, Unbekannte, trachten und hoffen und zweifeln; sich fragen, wie sie eigentlich hier gelandet sind; die sich fragen, ob sie die Leere in der Speisekammer ansprechen sollten oder die neuen, teuren Bettlaken (ägyptische Baumwolle, 600 gsm, wofür steht das eigentlich?), oder ob sie, nun ja, einfach nachsehen, was heute im Fernsehen läuft.

Da ist wieder das Körnchen in seinem Auge. Tyler reibt darüber, aber es bleibt an seiner Hornhaut kleben.

Ihm wird etwas klar: Er hat schon seit geraumer Zeit etwas im Auge. Er ist sich der Tatsache zu gewissen Zeiten einfach nur bewusster als zu anderen.

Eine ungefragt aufscheinende Erkenntnis (wow, sie ist alt): der Eiskristall, der ins Schlafzimmer geweht kam – wie lange ist das her? Als Beth zum ersten Mal im Sterben lag; als Tyler aus dem Bett aufstand, um das Fenster zu schließen; als er so sicher war, sich um alles kümmern zu können, um alle …

Hat er ihn seither im Auge?

Nein. Das ist verrückt. Tyler irrt durch einen Nebel verlockender Ideen. Nirgendwo hält er sich lieber auf.

Er hat getan, was von ihm verlangt wurde. Er hat die anderen nach Kräften geliebt. Er hat gesehen, wie sein Bruder erlöst wurde; er hat das Versprechen gehalten, das jene Erscheinung, die behauptete, seine Mutter zu sein, ihm vor langer Zeit abnahm.

Was, wenn das ausreicht? Was, wenn der letzte Song unvollendet bleiben muss; was, wenn Tyler ihn mit seinem hartnäckigen Bemühen nur vermasseln kann? Was, wenn das Fenster ihm, indem es sich so perfekt mittig zwischen seine gespreizten Beine stellt, sagen will, dass es an der Zeit ist zu fliegen?

Tyler kann nicht genau sagen, ob er vom Sofa aufsteht oder nur darüber spekuliert.

Dennoch – heraufbeschworen möglicherweise vom Spuksofa, vom Fenster, von dem kurzen Abstand dazwischen – hat er den Eindruck, etwas – etwas – sei ins Zimmer gekommen; etwas, das eine Melodie auf Tylers Stirn drücken wird, sanft wie einen Gutenachtkuss. Es will ihm den letzten Song bringen, das Abschiedsgeschenk, die Rose, die in dem Moment, in dem sie auf das Kissen gelegt wird, zu welken beginnt. Ein Klagelied für Beth, vermählt mit einem Liebeslied für Liz. Der Song wird von allein in sein müdes Hirn eindringen (dieser Zirkusaffe, der darauf besteht, er könne auf seiner Miniziehharmonika eine Sonate spielen), und dann – weil er die letzte und glorreichste Enttäuschung sein wird, das unerreichbare Ziel, die Frau, die niemals bleibt – wird er Tyler in die Freiheit entlassen. Danach werden die Sterne vielleicht auch ihm zuzwinkern. Wenn er seinen Song beendet hat und wieder unsichtbar geworden ist. Dann wird er die Frage des Fensters beantworten können, die Frage, ob er im Zimmer bleiben oder fliegen will.

Er bleibt, wo er ist, hingestreckt, demütig, wartend. Er denkt an Liz, an die Lichter ihres Flugzeugs hoch über ihm. Liz ist, wie es scheint, in den Himmel eingegangen.

Er sagt oder bildet es sich ein: Hey, Göttin. Bist du da?

Danksagung

Mein Leben als Schriftsteller wäre nicht vorstellbar ohne die Einsichten, Ideen und Ermutigungen, die ich fünfundzwanzig Jahre lang von Ken Corbett bekommen habe.

Meine Agentin Gail Hochman, mein Lektor Jonathan Galassi und ich bilden seit mehr Jahren, als ich und vermutlich auch sie zählen möchten, ein literarisches Sondereinsatzkommando. Auch Marianne Merola bin ich sehr dankbar, die sich so gewissenhaft um die ausländischen Ausgaben meiner Bücher kümmert.

Abschnitte dieses Romans schrieb ich in Beatrice von Rezzoris Santa Maddalena Foundation. Beatrices Großzügigkeit und Freundschaft machen seit über zehn Jahren einen wesentlichen Bestandteil meines Lebens aus.

Besonders dankbar bin ich Marie Howe, die jeden schiefen Satz entdeckt wie ein Habicht eine Maus aus hundertfünfzig Metern Höhe. Andere unverzichtbare Erstleser waren Frances Coady, Jessie Gaynor, Daniel Kaizer, James Lecesne, Christian McCulloch, Adam Moss, Christopher Potter, Seth Pybas, Sal Randolph und Derrick Smit.

Jonathan Parks-Ramage, Jessie Gaynor und Fiona True haben mir während der Arbeit an diesem Buch immer wieder geholfen, durchzuhalten. Jochen Hartmann hat mir alles über das Bushwick der Jahre 2004 bis 2008 erzählt.

Tim Berry, Jen Cabral, Billy Hough, Dan Minahan, Nina West und Ann Wood haben mich jede Woche erneut an die Aufnahmefähigkeit der Leser und ihre Empfänglichkeit für Nuancen erinnert. Als ich versucht habe, den Prozess des Songwriting besser zu verstehen, kam Billy persönlich mit seinem E-Piano zu mir nach Hause, um mir den Unterschied zwischen Dur und Moll zu erklären.

David Hopsons visuelle Begabung ist eine Bereicherung.

Mein Redakteur John McGhee hat nicht nur jeden grammatikalischen Lapsus und alle Ungereimtheiten aufgespürt, sondern auch jene Wendungen, die ich nicht weniger als acht- oder neunmal benutzt habe.

Miranda Popkey und Christopher Richards haben aus einem Stapel eselsohriger, fleckiger Seiten ein Buch gemacht.

Dank auch an Steven Barclay, Michael Warner und Sally Wilcox.

Und schließlich würde es dieses Buch (aus Gründen, die ihnen bekannt sind) nicht geben ohne Billy Hough, Tracy McPartland und Nina West.

Michael Cunningham

In die Nacht hinein

Roman

320 Seiten, btb 74293
Aus dem Amerikanischen von Georg Schmidt

Eine moderne, herrlich ironische Hommage an »Tod in Venedig«.

Was bleibt, wenn in der Mitte des Lebens plötzlich alles Bisherige in Frage gestellt wird? Michael Cunningham begleitet ein seit zwanzig Jahren verheiratetes New Yorker Paar durch diese Zeit voller Verlockungen und Sinnkrisen. Und wie in seinem pulitzerpreisgekrönten Roman »Die Stunden« huldigt er dem Rätsel des Lebens, der Mannigfaltigkeit der Welt und der unberechenbaren Kraft der Liebe.

»Ein sehr kluger, sehr schöner, sehr lesenswerter Roman.«
Deutschlandfunk